Rolf Hochhuth

Räuber-Rede

Drei deutsche Vorwürfe
Schiller / Lessing / Geschwister Scholl

Rowohlt

Lektorat Hans Georg Heepe

1. Auflage Oktober 1982

Umschlagentwurf Werner Rebhuhn
Gesamtherstellung Clausen & Bosse, Leck
Printed in Germany
ISBN 3 498 02859 6

Dr. h. c. Heinrich Maria Ledig-Rowohlt
gewidmet,
meinem Verleger,
in nunmehr schon zwanzigjähriger
Verbundenheit

Räuber-Rede

Nationaltheater Mannheim am 13. Januar 1982,
dem 200. Jahrestag der Uraufführung

I

Sechstausend Hirsche sind in schwäbischen Wäldern zusammengetrieben worden für die Hofjagd zu Ehren Seiner Kaiserlichen Hoheit des Thronfolgers Großfürst Paul von Rußland, der mit einer Nichte Carl-Eugens verheiratet ist. Ein Straßburger Bankier hat Seiner Herzoglichen Durchlaucht das Geld vorgeschossen, damit am Abend dieses 22. September 1782 die Solitude durch ein Feuerwerk erleuchtet werden kann, das in so noch nie gesehener Prächtigkeit zweifellos die Bewohner der ganzen Gegend vollzählig zu seinen Zuschauern machen, also von Stadttor und Landstraße ablenken wird. Entscheidend aber ist: Freund Scharffenstein hat heute als Wachoffizier Dienst am Esslinger Tor, durch das sich nunmehr, um zehn Uhr abends, ein Klavier hinten auf dem Reisewagen, die Doktoren Wolf und Ritter beim diensttuenden Unteroffizier aus Stuttgart abmelden, «beide nach Esslingen reisend» – wie sie zur Irreführung angeben. So lassen sie den Kutscher zunächst auch die Straße nach Ludwigsburg einschlagen, anstatt gleich die nach Bretten und Mannheim – denn das Ziel ist Mannheim. Als der Wagen die Straße überquert, die Ludwigsburg mit der Solitude verbindet, erblicken die zwei Abreisenden das Lustschloß taghell erleuchtet auf dem Hügel, und der in Zivil verkleidete Dragonerregiments-Medicus zeigt dem Freund, der in Wahrheit Andreas Streicher heißt und in Hamburg beim Sohn des großen Bach Musik studieren will, das Haus, in dem die Eltern ihre Dienstwohnung haben. Denn der Vater des in dieser Nacht zum Deserteur werdenden Illegalen ist Hauptmann und heißt Caspar Schiller. Nun sank dessen Sohn, wie der Chronist meldet, «erschöpft im Wagen zurück», und alles, was er in diesem Augenblick fühlte, verseufzte er in zwei Worten, mit denen er um seiner *‹Räuber›* willen Jugend, Heimat, Familie und Vaterland hinter sich ließ: «Meine Mutter!»

Zweiundzwanzig Jahre später abermals Staatsempfang für

Russen: Maria Pawlowna, die Tochter jenes ehemaligen Thronfolgers und späteren Zaren Paul, der vor drei Jahren durch seine Offiziere mit seiner Schärpe erdrosselt worden ist, zieht als Schwiegertochter des Herzogs von Sachsen-Weimar-Eisenach ein – und noch zwei Tage vor seinem letzten Geburtstag dichtet der mit seiner Deszendenz 1802 geadelte meiningische Hofrath Professor Friedrich von Schiller zum Einzug dieser Enkeltochter Katharinas der Großen an seinem letzten Bühnenwerk: *‹Die Huldigung der Künste›*, das für den Galaabend der Hofbühne zu schreiben, Seine Exzellenz der Staatsminister von Goethe keine Lust gehabt hatte. So opfert denn Schiller vier seiner Arbeitstage diesem Hochzeitsspiel für die Petersburgerin, deren gebürtig württembergische Mutter, die Witwe des ermordeten Zaren, ihm einen Ring mitsendet. Und Schiller bestätigt in drei Zeilen von abgründigem Geschichts-Einblick, wie sehr er seinen Idealismus einem ethischen *Trotzdem* abgerungen hat, zeitlebens:

«Wisset, ein erhabener Sinn
legt das Grosse in das Leben,
und er sucht es nicht darin ...»

Legt und sucht läßt Schiller gesperrt drucken. So nüchtern wie drastisch ist nie gesagt worden, daß die Wirklichkeit keinen Wert an sich – sondern *den* hat, den wir ihr geben. Denn Schiller kannte die Geschichte und jenen Wirkstoff, der sie macht, die menschliche Natur, zu genau – immerhin war er Arzt –, um weltfremd jene Illusionen zu hegen, die fälschlich und immer nur ordinärerweise dem Idealisten unterstellt werden, während es ja gar nicht der Idealist, sondern der Ideologe ist, der irdisch oder himmlisch *Gläubige*, der den Illusionen aufsitzt, weil er nicht glaubt, was er sieht, sondern «sieht», was er glaubt ...

Schiller ist längst darüber hinaus, sofern er überhaupt bis zu den mörderischen Auswüchsen der Französischen Revolution sich das Heil aus der Geschichte erhofft haben sollte; es gibt tatsächlich Sätze in seiner Jenaer Antritts-Vorlesung, die seine Hoffnung – doch nie mehr als seine Hoffnung – ausdrückten, die Völker Europas oder seine Fürsten könnten «einander anfeinden, aber hoffentlich nicht mehr zerfleischen».

Das ist lange her. Und alle jene, die sich fortschrittverblendet auf die Zeile des Fünfundzwanzigjährigen berufen:

«Die Weltgeschichte ist das Weltgericht»

setzen nie hinzu, daß sie in dem düsteren Gedicht *‹Resignation›* steht; und daß Schiller nirgendwo sagt, daß er der Gerichtsbarkeit ausgerechnet der Welt auch *Gerechtigkeit* zutraue! Vierzehn Jahre später, 1800, hat er gar die ausnüchternden Zeilen gedichtet:

«Nicht dem Guten gehöret die Erde
...
Solang er glaubt an die Goldene Zeit,
Wo das Rechte, das Gute wird siegen –
Das Rechte, das Gute führt ewig Streit
Nie wird der Feind ihm erliegen
...
Stets wächst ihm die Kraft aus der Erde neu.»

‹Worte des Wahns›: nannte Schiller, alle Hoffnung fast denunzierend, dieses Gedicht. Und jetzt, November 1804, sieht Schiller ihn, den Feind des Guten und Rechten, und er scheint der erste oder einzige zu sein in der Weimarer Hofgesellschaft, der ihn bereits durchschaut: am Rhein, in jenem neuen Mann Frankreichs, der dem Reich das linke Ufer schon abgefetzt hat. Daß Napoleon nur vier Jahre später bei der Okkupation Weimars nicht das ganze Herzogtum einfach liquidieren und seinem Bruder in Kassel, dem König von West-

falen, unterstellen wird, ist allein der Hochzeit zu danken, zu der Schiller sein letztes Bühnenspiel schrieb; denn der Herzog wird 1806 als preußischer General die Schlacht von Jena mitverlieren, und nur seine russische Schwiegertochter, sie allein als die Schwester des Zaren Alexander, legt dann dem Korsen noch Zurückhaltung auf! Der hat überall, wo er bisher eingezogen ist, zwar bürgerliche Freiheiten mitgebracht – jedoch für alle jungen Männer auch die Todesgefahr der Zwangsrekrutierung eingeschleppt, damit sie unter der falschen Flagge: «Freiheit» mit ihren Leibern Kriege ausfechten, die keinen anderen Zweck haben als die Verjagung angestammter Fürstenfamilien zugunsten der Inthronisierung seiner korsischen Mafia.

Das kann kein Sterblicher voraussehen. Und doch hat Schiller den Korsen erkannt! Seine Schwägerin Wolzogen überliefert: «Als alle Welt voll war von dem Ruhme Napoleons, und des Feldherrn Genie und die ungeheuere Wirkung desselben auch manchen guten Kopf und manches edlere Gemüt mit Zauberkraft magisch umspann, da sein Name die allgemeine Losung war, stimmte Schiller in den allgemeinen Beifall und Jubel nicht ein; er war des ewigen Redens über den Helden der Zeit müde, und wir hörten ihn sagen: Wenn ich mich nur für ihn interessieren könnte! Alles ist ja sonst tot – aber ich vermags nicht; dieser Charakter ist mir durchaus zuwider – keine einzige heitere Äußerung, kein einziges Bonmot vernimmt man von ihm.»

Zu Napoleon «fiel ihm nichts ein» – sowenig wie später Karl Kraus zu Hitler.

Dieser verächtliche Vorausblick allein müßte schon genügen, das Klischee zu tilgen, Schiller sei kein Realist, das sogar Goethe breitzureden geholfen hat, so gegenüber Ludwig von Bayern, als der 1827 mit Goethe das Schillerhaus besuchte und bedauernd ausrief: «Es ist zweifach bewundernswert, wie Schiller in solcher Beschränkung, förmlich in Enge eingeschlossen, so großartig freie Schöpfungen hat schaffen können. Ach, hätte ich nur damals schon freie Hand gehabt, ich hätte den trefflichen Mann sogleich nach Rom in die Villa di Malta versetzt und ihm zur Pflicht gemacht, das so herrlich angefangene Drama ‹*Die Malteser*› in den klassischen Räumen auszuführen und Roms Geschichte unter Roms Ruinen zu schreiben!» Als der König dieses so vernünftig Nächstliegende ausspricht, antwortet absurderweise, da sicher nicht neidlos, Goethe: «Italien würde Schiller nicht zugesagt, ihn eher erdrückt als gehoben haben, weil sein Wesen nicht realistisch genug gewesen ist»!

Immerhin, Goethe hat Schiller doch auch bescheinigt, der würde im Staatsrat nicht weniger groß gewesen sein als am Teetisch! Und nichts belegt exakter, wie vulgär die Allerweltsmeinung ist, ein Idealist könne nicht auch ein Realist sein als Schillers Abtaxierung des Korsen: ein halbes Dutzend Jahre schon vor dessen weltverändernden Kriegsverbrechen sieht Schiller als einziger in seiner Umgebung voraus, wie «zuwider» dieses machtvolle Lebewesen ist, das alsbald mehr Menschen ums Leben bringen wird als in Europa vor ihm jedes andere – das aber zu dieser Zeit von genau *den* Intellektuellen, Romantikern und Philosophen, die Schiller verächtlich als den Wichtigtuer an Goethes Seite verleumden, in einem Unmaß vergöttert wird, das fast dem entspricht, mit dem diese selben Leute dann herfallen werden über Napoleon, sobald er gestürzt ist. Allen voran «natürlich» der klassische Mitläufer Hegel, für den immer vorübergehend *der* sogar die Vernunft in der Geschichte verkörpert, der obenauf ist – und nur so lange er obenauf ist, eine «Haltung», die Hegel auch noch veranlaßt, seinen Verriß des ‹*Wallenstein*› zu schreiben: nie an der Wahrheit interessiert, sondern immer am Sieger, dem er ordinärerweise dann deshalb die Wahrheit zugesteht, *weil* er als Sieger das letzte Wort hat, verübelt Hegel dem Dichter, daß seine Tragödie «nicht endigt als Theodicee ... unglaublich! abscheulich!» urteilt er: «... der Tod siegt über das Leben! Dies ist nicht tragisch, sondern entsetzlich! Dies zerreißt das Gemüt, daraus kann man nicht mit erleichterter Brust springen!»

Und wie dieser spätere Praeceptor Germaniae Schillers Meisterwerk mit der gleichen Verve verwirft, mit der er – freilich nur solange der zu siegen scheint! – den «Weltgeist zu Pferde» anhimmelt, so vergottet den Korsen auch Schelling, dessen Geliebte schreibt: «Über ein Gedicht von Schiller, das Lied von der Glocke, sind wir gestern mittag fast von den Stühlen gefallen vor Lachen»; ihr vorübergehender Ehemann, August Schlegel, reimt denn auch eine witzige Parodie auf ‹*Würde der Frauen*› ...

Nirgendwo findet man die – so meine ich – doch bedeutsame Tatsache festgehalten, wie sehr es für Schillers Blick und einsamen Rang als Mensch, als Realist, als Historiker und Politiker und *folglich* auch als Dichter zeugt, daß *er* allein in seiner Umwelt Revolution und Napoleon mit Ekel durchschaut hat in ihrer wahren Natur – schon Jahre bevor der Bluthund, für den Schillers Verächter sogar noch dann hirnlos schwärmen, speziell Hegel und Schelling, als Sieger von Jena die Okkupierten notzüchtigt ...

Schillers Gewissen verwehrte ihm jedes Verständnis für die Barbarei der Guillotine: hatte er wie jeder Vernünftige den Sturm auf die Bastille von Herzen bejubelt – sprach er nunmehr voller Ekel von den Pariser Vorgängen, die so rasch aufgehört hatten, das edle Wort Revolution zu verdienen, das doch neben Liebe das teuerste der Menschheit ist. Nie sind Schillers Geist und Humanität genauer charakterisiert worden als durch einen Satz, den die geniale unter den Frauen seiner Zeit, Madame de Staël, über ihn schrieb: «La conscience est sa muse.»

Dieses Gewissen war sein Leitstern, auch als er die von vielen so oft verkannte Verwandlung vom Republikaner zum Royalisten vollzog, weil er zum Beispiel, doch nur *ein* Beispiel, an den zwei Herzögen, die sein Leben bestimmt haben, dem schwäbischen in der Jugend, dem thüringischen in seinen Mannesjahren, ablesen konnte, daß die Staats*form* sehr wenig bis gar nichts über das Los der Staats*bürger* aussagt: so sicher Schillers angestammter Herzog ihn wie Schubart auf dem Hohenasperg hätte verkommen lassen – so selbstverständlich war es dem zu Weimar, ihn zu versorgen, ja, zu adeln. Und so im Überpersönlichen: seine Unbestechlichkeit ließ Schiller *nicht* dagegen erblinden, daß genau jene, die ihn, der *‹Räuber›* wegen, mit nur siebzehn anderen ausländischen Zelebritäten wie Washington oder Pestalozzi zum Ehrenbürger der Republik Frankreich erhoben hatten – auch *die* gewesen sind, deren feige Serien-Morde an Wehrlosen die höchsten Ideale auch Schillers – denn die waren identisch mit denen der Französischen Revolution –, alsbald in Blut und Dreck zertreten hatten. Schon am 8. Februar 1793 hatte er Körner geschrieben: «Ich kann seit vierzehn Tagen keine französische Zeitung mehr lesen, so ekeln diese elenden Schinderknechte mich an» – die nämlich am 21. Januar 1793 den ebenso unbedeutenden wie wehrlosen König geköpft hatten. Ihn in einer Denkschrift zu verteidigen, hatte Schiller noch für seine Pflicht angesehen – mit der herrlichen Begründung: «Vielleicht rätst Du mir zu schweigen, aber ich glaube, daß man bei solchen Anlässen nicht indolent und untätig bleiben darf. Hätte jeder freigesinnte Kopf geschwiegen, so wäre nie ein Schritt zu unserer Verbesserung geschehen. Es gibt Zeiten, wo man öffentlich sprechen muß ... und eine solche Zeit scheint mir die jetzige zu sein.» Schiller läßt sich nicht einen Lidschlag lang korrumpieren durch die Tatsache, daß seine *‹Räuber› das* mehrfach übersetzte Zugstück nicht nur in Paris, sondern sogar in den Fronttheatern der Revolutions-Armee ist. Und zwar mit jenem optimistischen Schluß, den der Dichter von *‹Figaros Hochzeit›*, der radikale Beaumarchais, dem Schiller hinzugedichtet hat: Karl Moor stellt sich nicht dem Gericht eines von ihm doch immer nur verächtlich betrachteten Staates, sondern erbittet für seine Truppe und für sich beim Kaiser Generalabsolution, mit dem Angebot, die Illegalen in den Dienst der Legalität zu stellen, was der Kaiser auch gewährt: «Triumphierend schwenkt ein Bote am Schluß die Zusage» – warum nicht! Ist das überhaupt eine Vergewaltigung des Willens ihres Autors Schiller? Hat der nicht selbst nur vier Jahre nach den ‹*Räubern*› in seiner Dokumentation über den ‹*Verbrecher aus verlorener Ehre*› genau diesen Schluß, den der Franzose vernünftig fand, bejaht, indem er den von der Gesellschaft wegen einiger Bagatelle-Vergehen zum Terroristen kriminalisierten Sohn der bankrotten Sonnenwirtin darüber philosophieren läßt, ob nicht auch er «den Staat versöhnen» kann, «dessen Gesetze er beleidigt hat» – und zwar versöhnen nicht auf dem Rad und am Galgen, sondern als Freiwilliger in der Armee des Königs von Preußen? Hat nicht Schiller seine ‹*Räuber*› ursprünglich ‹*Der verlorene Sohn*› nennen wollen? Was ist zu halten von einer Gesellschaft, die zwar als christlich firmiert, die aber nicht versöhnungsbereit ist, sondern der auch Goethe nachsagt, *sie* lasse den Armen schuldig werden?

Doch wie steht später Herr Hofrath Schiller zu seinen ‹*Räubern*›? Als sie auf Goethes Bitten, denen Schiller sich so lange wie möglich verschloß, auch in Weimar einmal gezeigt werden, weil der Berliner Autor und Intendant Iffland, der bei der Mannheimer Uraufführung den Franz gespielt hatte, vom 28. März bis 25. April 1796 Gastspiele gab, mißfiel die Vorstellung der ‹*Räuber*› fast allgemein. «Schiller», überliefert ein naher Bekannter, «mußte die nämliche Empfindung wie das Publikum gehabt haben, er war nach der Vorstellung mürrisch und kränker.» Schiller war überhaupt nur mit größter Mühe zu bewegen gewesen, ‹*Die Räuber*› anzusehen, von Jena nach Weimar herüberzukommen, obgleich der Herzog ihm eigens eine Loge so umbauen ließ, daß der Dichter vom Publikum nicht zu sehen war; und obgleich Goethe ihm und seiner Familie ein ganzes Stockwerk am Frauenplan als Gasträume überlassen hatte und ihn «mit beispielloser Schonung behandelte». Herzog und Hof kamen nach der Aufführung ins Haus – doch Schiller war nur mühsam zu bewegen, sich ihnen zu zeigen … Andere erzählen, was ein Brief Schillers an Cotta bestätigt: er hatte kein einziges Exemplar der Buchausgabe seiner ‹*Räuber*› mehr in seinem Besitz.

Sollte Schiller ‹*Die Räuber*› auch verleugnet haben, zeitweise – gewiß ist das nicht; vielleicht war er im Gegenteil *darüber* entsetzt, daß er (was er natürlich keinem Menschen sagen konnte, kaum sich selber) erst bei der Wiederbegegnung mit dieser Leistung ohne Beispiel aus seiner Jugend den ganzen Verlust nicht nur an Zeit, auch an Spontaneität begriff, den seine Beschäftigung mit Philosophie, mit Essayistik und Geschichte ihm als Dramatiker zugefügt hat. Denn schon mit vierunddreißig hatte er ja, der sich als Mediziner nur wenig vormachen konnte, an Goethe die deprimierenden Zeilen schreiben müssen: «Leider aber, nachdem ich meine moralischen Kräfte recht zu erkennen und zu gebrauchen angefangen, droht eine Krankheit meine physischen zu untergraben. Eine große und allgemeine Geistesrevolution werde ich schwerlich Zeit haben in mir zu vollenden, aber ich werde tun, was ich kann, und wenn endlich das Gebäude zusammenfällt, so habe ich doch vielleicht das Erhaltungswerte aus dem Brande geflüchtet.» Ach, diese Angst, sie konnte jetzt, da er ‹*Die Räuber*› sah, nur seine Depression vertiefen, denn zu spät – wie er in Briefen beklagen sollte – hatte er sich losgerissen vom Theoretischen, von «allgemeinen Begriffen», die dem Dichter, wie er spät erst erkennen sollte, nicht helfen; zu spät hatte er sich wieder dem Drama zugewandt, seiner Urveranlagung, die in ihm wie in Lessing und in Hauptmann und wie sonst in keinem Deutschen mehr hauste! Während er in Weimar seine ‹*Räuber*› wiedersah, kämpfte er noch immer, oft mutlos, ihn zu bewältigen, mit dem ungeheuerlichen Tatsachenschutt, der zu überblicken, wegzuräumen, dann wieder einzubeziehen und doch dem freien Spiel des Gestaltens so furchtbar im Wege war – kämpfte er noch mit den *Vorstudien* zu seinem Gipfelwerk, dem ‹*Wallenstein*›!

«Mürrisch und kränker» also, sehr glaubhaft ist das, saß er allein in einem Hinterstübchen am Frauenplan, bis man endlich riskierte, seine Türe zu öffnen und ihn mit den enttäuschten Premierengästen zusammenzubringen. Was wird Schiller geantwortet haben, wenn junges Volk oder auch altes, Bürgerliche wie er, «vermischt» mit dem Hof – denn damals kamen im Gegensatz zu heute Regierende zu Premieren –, ihr bezeugtes Mißfallen mit dem Drama etwa in der Frage zusammenfaßten, wie Herr Hofrath den Widerspruch erklären wolle, daß drüben im Theater Karl Moor soeben zwar ausgerufen habe: «... aus Deutschland soll eine Republik werden»; und daß *‹Die Räuber›* Herrn Hofrath zwar peinlicherweise die Ehrenbürgerschaft der durch Revolution entstandenen Republik Frankreich eintrugen; daß aber dennoch Herr Hofrath seinen *‹Don Carlos›*, nachdem er dessen ersten Akt zum Beifall auch der preußischen Kronprinzessin Luise am Darmstädter Hof vorgelesen, Seiner Herzoglichen Durchlaucht von Weimar gewidmet habe? Wie verträgt sich Moors und Fiescos Ruf nach der Republik – mit Posa-Schillers Bestreben, die Monarchie keineswegs abzuschaffen, sondern aufzuklären? *‹Don Carlos›*: hört man nicht, das Stück bilde auch das Entzücken des Königs Friedrich Wilhelm und der Zarin und des Kronprinzen von Bayern – so wie man weiß, daß Seine Majestät, Kaiser Joseph II. persönlich, in Wien *‹Fiesco›* für die Aufführung am Burgtheater bearbeitet hat?

Diese Premierenparty am Frauenplan dürfte für Schiller so lästig gewesen sein, wie es jeder Zwang zum Selbstkommentar ist; lästig auch, weil natürlich das Jugendwerk, wie immer die Aufführung gewesen sein mag, nicht mehr den ästhetischen Ansprüchen genügen konnte, die nunmehr der Schreiber des *‹Wallenstein›* an sich stellte. Doch geistig, politisch: hatte Schiller nichts zurückzunehmen, zu mildern, einzuschränken, von dem, was *‹Die Räuber›* so wild zur Sprache gebracht haben, gar nichts. Er hätte sagen können, was später Churchill zu sagen pflegte, so oft man ihm vorhielt, die Partei gewechselt zu haben: *er*, sagte der Brite ohne Ironie, sei sich treu geblieben – nicht die Partei. Was aber ist die Treue eines Dichters? Seine Verpflichtung, keinem Menschen, und sei der sogar sein Todfeind, das Grundrecht zu verwehren: Audiatur et altera pars! – man höre auch die andere Seite. Da diese Treue Schillers gegenüber dem Auftrag des Dichters – denn es gibt einen überpersönlichen! – das noch heute Maßgebende ist, das Schiller von Brecht unterscheidet: so sei das unserer Aufmerksamkeit empfohlen. Denn wir rühren hier an das *einzige* Kriterium, einen politischen von einem parteiischen Autor zu unterscheiden. Goethe hat das politische Theater in *dem* Sinne gefordert, in welchem er Napoleons Definition zu seiner eigenen gemacht hat: «Die Politik ist das Schicksal.» Das Parteiische aber hat Goethe aus der Kunst verbannt; als einmal Kotzebue sich bei Schiller beklagt, Goethe habe seine ‹*Kleinstädter*› zu sehr für die Aufführung eingestrichen, beruhigt ihn Schiller: «er hat keine anderen Stellen weggestrichen als solche, die den Parteigeist reizen konnten, den er von dem Theater verbannen will.» Und was hier Goethe getan hat, das ist ein unabschließbarer Prozeß: immer erneut muß hier *unterschieden*, in jeder Epoche erneut muß das Politische in der Dichtung bejaht – wie das Parteiische aus ihr verworfen werden. Und warum? Weil der Parteiische sich zu einem System auf Kosten aller anderen bekennt, vielleicht bekennen *muß*, während der Politische, wenn er als Autor arbeitet, in Geschichte und Gegenwart studiert, daß der Mensch, den er darzustellen hat, weder als Charakter noch als Staatsbürger mit *einer* Partei, einem *System* auf den gleichen Nenner zu bringen ist! Jedenfalls nicht der verantwortliche, der selbstdenkende Mensch, im Sinne jener so hochfliegenden, kaum zu realisierenden, aber doch immer anzustrebenden Forderung Schillers, der im letzten Brief an Humboldt schrieb: «Und am Ende sind wir ja beide Idealisten und würden uns schämen, uns nachsagen zu lassen, daß die Dinge uns formten und nicht wir die Dinge.»

Nun, das ist eine Forderung, die der einzelne nur in Einzelfällen erfüllen kann. Aber wahr ist doch auch, daß der Mensch keineswegs immer von Systemen gemacht wird, so wenig er immer die Systeme machen kann, sondern daß er versuchen muß, auch innerhalb der Systeme, die er mitverkörpert, dem einzigen zu folgen, das zeitlos als Gesetz anerkannt werden muß, gleichviel, was der offizielle, der staatliche Gesetzgeber dazu sagen mag: der Stimme *seines* Gewissens.

Auch *das* ist problematisch: Burckhardt sagte, sogar das Gewissen sei «zeitlich bedingt»; Bismarck sagte zum Kronprinzen Friedrich, der ihn an seinen Eid gegenüber der Verfassung erinnerte, wie, wenn sein Gewissen ihm vorschreibe, ihn zu brechen? Und so bleibt vermutlich tatsächlich das einzige Zentrum nicht nur für die Geschichtsbetrachtung, von dem Burckhardt ausging, sondern ebenso für den gestaltenden Dichter: der Einzelmensch wie er ist und war und immer sein wird. Und bleibt die Forderung, wie schwer die auch zu erfüllen ist, nicht sein Gewissen dem System, der Partei, der Menge – im Sinne jenes Bibelwortes: Du sollst der Menge nicht folgen zum Bösen – unterzuordnen, sondern im Gegenteil ohne Angst vor Nachteilen, dem Gewissen das erste und letzte Wort gegenüber dem System, der Meinung, der Menge, der Partei zuzugestehen. Das ist schwer und setzt die Einsicht voraus, daß die Natur des Staates, der Partei, der Klasse sich immerfort ebenso ändert wie die des Individuums auch, weil keine noch so geglückte und auch lange bewährte Verfassung die gleiche bleibt. Weil auch sie sich ändert mit dem Charakter der Personen, deren Handeln sie bestimmt und deren Einstellung sich auch den Verwandlungen durch die Zeitläufte nicht entziehen kann, ob die nun bloß biologisch-charakterlich oder gar politisch-gewaltsam erfolgen.

Schiller hat das erfaßt und ließ sich von dieser Einsicht erfassen und verwandeln; dichtete er als Karlsschüler unter dem persönlichen Eindruck des furchtbaren Herzogs sein wütendes Revolutionsgedicht: ‹*Die schlimmen Monarchen*› – so hat er nach den Pariser Mordserien sich radikal losgesagt von denen, die zwar ihn zum Ehrenbürger Frankreichs ernannt, aber die elementaren Gebote der Menschlichkeit zerstiefelt hatten. Und diese seine Fähigkeit, den Menschen absolut zu nehmen, jedoch das politische System, in dem er steckt, nur relativ: unterscheidet Schiller von Brecht, bei dem das umgekehrt war: Brecht sah zuletzt das Individuum überhaupt nicht mehr, sondern allein das System, in dem es sich, freiwillig oder nicht, befand. Das ließ ihn selbstverständlich auch als Dichter – Dichter sind Menschengestalter – erblinden und hat ihn reduziert, so etwa in *‹Tage der Commune›*, wo er selbst jene Franzosen, die als Geschlagene heroisch gegen Bismarcks Abtretungsforderungen gekämpft haben, nur deshalb als Blödiane und verantwortungslose Karikaturen zeichnet, weil sie – wie der sehr große Thiers – Bürger sind und zweifellos unmoralischerweise auf Aufständische schießen. Das ist Parteiliteratur, das Gegenteil von Dichtung, die den Menschen absolut nimmt und ihm – Schopenhauer hat das erläutert – recht gibt, solange er spricht, und spräche da selbst der Teufel! Brecht aber – vermutlich weil er selber penetrant bürgerlicher Herkunft und bürgerlichen Vermögens war – entstellte in späteren Jahren alles, was er schrieb, derart durch seinen kriminellen Haß auf das Bürgertum und den Adel – kriminell, weil aus Selbsthaß mörderisch geworden –, daß er sogar «Hitler den daumen ... hielt», damit er «diese verbrecherbande austilgen» könnte: womit Brecht die Verschwörer des 20. Juli 1944 meinte, die – im Gegensatz zu ihm – ihr Leben gewagt und am Galgen verloren haben, um Hitler zu ermorden! Daß er sich damit nicht nur als homo politicus schimpflicher noch als lächerlich machte, sondern auch als Dichter – wie gesagt: Dichter ist, wer Menschen gestaltet – um jeden Rang brachte, kam ihm vor blindmachendem Klassenhaß nicht zum Bewußtsein: er selber verkam da auf das «Niveau» jener Karikaturen, die er zum Beispiel auch – aus Neid, weil *ihn* in den USA keiner kannte – von Werfel und Thomas Mann zeichnete, da beide drüben gelesen wurden;

Brecht ging so weit, schriftlich zu erörtern, eben weil Thomas Mann ein Bürger war wie er selber, Brecht, natürlich auch und wie schließlich jedermann, auch wenn er keinen Schlips trägt oder einer radikalen Links- oder Rechtspartei angehört – Brecht vermochte zu erörtern, «wie ‹das deutsche Volk› sich rechtfertigen könnte, daß es nicht nur die untaten des hitlerregimes, sondern auch die romane des herrn mann geduldet hat, die letzteren ohne 20–30 ss-divisionen über sich»! Und wie mit Thomas Mann, so verfährt Brecht mit Einstein, den er mit Heydrich vergleicht! Brecht, selber ganz und gar unfähig, irgendeinen Beitrag zur Vernichtung Hitlers zu leisten, rächt das an Einstein, indem er dessen politisch-moralische Großtat: sein Warnungsbrief an Roosevelt, nicht Hitler beim Bau der Atombombe den Vorsprung zu lassen – moralisch gleichsetzt mit den Gaskammern Hitlers, gegen die Einstein als das womöglich letzte Mittel den Bau der Atombombe durch die Alliierten gefordert hat! Bei Brecht liest sich das so: «die vergasungslager ... sind monumente der bürgerlichen kultur ... der ss-führer heydrich ... war ein ‹hervorragender bachkenner›; einstein spielt quartett und ist humanist, und irgendwo gibt es atombombenfabriken ...»

Weil der Musikersohn und Halbjude Heydrich Bachkenner ist und der Jude und Sohn eines armen Kleinbürgers, Einstein, Geige spielt, beides also Bürger sind wie Brecht, wenn auch nicht wie Brecht Sohn eines *wohlhabenden* Bürgers: so nennt Brecht die Gaskammern «Monumente bürgerlicher Kultur»! Und der sie errichtet hat, wird von ihm nicht als einer der drei oder fünf weitestgreifenden Massenmörder der Weltgeschichte, der er war, unverwechselbar gekennzeichnet, sondern als Bürger und Bachkenner; so «sachlich» wäre es, von Hitler nichts weiter zu überliefern, als daß er Alpen und Schäferhunde mochte! Heydrich und Einstein, weil der gleichen Klasse – der Klasse Brechts – angehörend, über *einen* Leisten zu schlagen, moralisch, das heißt den Baum vor lauter Wald nicht mehr sehen: das Ende jeder Charakterisierungskunst; doch Dichter ist, wer Charaktere schafft, nicht Karikaturen; wer Menschen schildert, nicht Klassengleiche summarisch «übersieht» ... Wie im Gegensatz zu Brecht ein großer Autor, weil ihn nicht der Haß verdummte, einen Gegner zu schildern vermag, das zeigte Heinrich Mann, Kommunist wie Brecht, als er im Hitler-Krieg in den USA zurückblickte auf Bismarck, der zwar als Kanzler die furchtbaren Sozialistengesetze erlassen – gleichzeitig aber durch seinen eigenen Großgrundbesitz nicht daran gehindert worden war, vierzehn Jahre früher als jeder andere Staatsmann Arbeiterversicherungen, Invaliden-Schutzgesetze und Altersrenten für Arbeiter gesetzlich zu verankern. Bismarck sagte gegen die Auffassung seiner Kaste: «Der Staatssozialismus paukt sich durch» und versuchte sogar – was bis heute noch nicht in der BRD realisiert ist! – das «Recht auf Arbeit» für jedermann zum Gesetz zu machen. Seine Vorlage wurde im Reichstag abgewiesen. Der Sprecher der Liberalen denunzierte sie öffentlich als nicht mehr «nur sozialistisch, sondern bereits kommunistisch»! Heinrich Mann wie Schiller waren im Gegensatz zu Brecht befähigt zu unterscheiden zwischen dem, was eine Klasse aus einem Menschen macht – und dem, was dessen Individualität auch gegen die eigene Klasse will und sieht und vermag. Kein Zufall, daß Brecht schriftlich gab, kaum «eine Zeile Schillers mehr lesen zu können», während Heinrich Mann Schiller bewunderte bis zuletzt.

Schiller, in eine Klasse hineingeboren wie jedermann, in Schul- und Studentenzeit tyrannisiert durch einen halb wahnsinnigen Herzog, als Deserteur und junger Gelehrter jahrelang nahe dem Verhungern – seine Jenaer Professur war anfangs unbesoldet –, hat sich dennoch geistig und in seiner Lebensführung souverän emanzipiert gegenüber allen gesellschaftlichen Zwängen und sich politisch keineswegs durch sein Herkommen leiten lassen, sondern allein durch zwei Grundgesetze, die ihn zeitlebens bestimmt und die er selber auch formuliert hat. Mochte auch Goethe von Schiller sagen, der sei viel mehr Aristokrat gewesen als er: so war dennoch Schillers erste und letzte Dichtung, waren ‹*Die Räuber*› wie ‹*Wilhelm Tell*› Rebellionen gegen Unterdrückung, war Schillers letzte Botschaft der vorbildliche Aufruf zum Tyrannenmord, so daß Theodor Heuss den ‹*Tell*› das «Drama der Widerstandsbewegung» nennen konnte ...

Eben deshalb, weil Schiller den Menschen so sah oder wenigstens zu sehen verlangte: daß der Mensch nicht nur Hampelmann einer wie immer genannten Vormundschaftsbehörde, Staatsform, Klasse, Partei ist – sondern selbst denkendes und nach Möglichkeit auch selber handelndes Individuum.

Konkretisieren wir das: Unveränderlich sein ganzes kurzes Leben lang hatte Schiller zwei Forderungen an den Staat, an jeden Staat; die erste nimmt um hundertfünfzig Jahre die meistgesungenen Zeilen aus der ‹*Dreigroschenoper*› vorweg in dem Distichon: ‹*Würde des Menschen*›, in dem er ärgerlich aufbegehrt:

> «Nichts mehr davon, ich bitt' euch. Zu essen gebt ihm, zu wohnen,
> habt ihr die Blösse bedeckt, gibt sich die Würde von selbst.»

In Prosa hat er das auch einem Fürsten geschrieben, jenem Herzog von Augustenburg, der Schiller ab 1791 buchstäblich vor dem Verhungern gerettet hat: «Der Mensch ist noch sehr wenig, wenn er warm wohnt und satt gegessen hat. Aber er muß warm wohnen und satt zu essen haben, wenn sich die bessere Natur in ihm regen soll.» Und diesem Fürsten gegenüber hat denn Schiller auch die zweite Forderung formuliert, die zeitlebens sein Leitstern blieb, fix und hoch *über* den sich unter ihm wandelnden politischen Systemen stehend – das Bild vom Stern wählen wir bewußt, weil Schiller in seinem «Drama der Widerstandsbewegung» ausdrücklich selber sagt, daß der einzelne in einer Tyrannis sich bei den Sternen die ewigen Rechte, die keine Macht ihm verweigern darf, holen solle: Rechte, «die droben hangen unveräußerlich und unzerbrechlich wie die Sterne selbst»! Diese zweite Forderung Schillers lautet: «Politische und bürgerliche Freiheit bleibt immer und ewig das heiligste aller Güter, das würdigste Ziel aller Anstrengungen und das große Zentrum aller Kultur» ...

Diese zwei Forderungen: Befreiung des Menschen erstens aus Not, zweitens von Gewaltherrschaft, weil die ihm sein bürgerliches und geistiges Selbstbestimmungsrecht nehmen – sind es gewesen und geblieben, an denen Schiller die Regierungsformen gemessen hat – *jede* Regierungsform! Und er hörte nur deshalb, zeitweise, auf, der Republik als Staatsform den Vorzug vor der Monarchie zu geben – jedoch sein letztes vollendetes Werk, eben *‹Wilhelm Tell›* zeigt wiederum als vorbildlich den Meuchelmord am Statthalter einer Monarchie, soweit die eine absolute, keine konstitutionelle ist –, weil der widerliche Anschauungsunterricht, den ihm (sich so nennende) «Republikaner» in Paris erteilt hatten, auch Schiller wie allen seinen Zeitgenossen die bedrückende Erfahrung auferlegte, die damals neu war, daß *kein* System die Menschen gut oder schlecht macht, sondern umgekehrt: daß die Menschen darüber entscheiden, ob sie als Republikaner, ob sie als Monarchisten, ob sie als Tyrannen mordsüchtige Bestien werden, wie es die Republikaner mit Einführung der Guillotine in Frankreich geworden waren – oder ob sie menschlich regieren. Schiller, dessen antiker Lieblingsautor Plutarch war, kannte natürlich auch Thukydides und dessen Charakterisierung der glanzvollsten Epoche der Weltgeschichte, der des Perikles, die «dem Namen nach eine Demokratie – in Wahrheit aber die Herrschaft des ersten Mannes» gewesen sei: eine Überlieferung, die auch dazu angetan war, nicht politische Systeme absolut zu nehmen, als gut oder schlecht *an sich* – sondern sie unter dem Aspekt zu betrachten, was Menschen aus ihnen gemacht hatten. (Es ist wenig bekannt, wie sehr die französischen Revolutionäre mit dem Fallbeil keineswegs «nur», was schon unentschuldbar genug gewesen wäre, gegen die Angehörigen jener Klasse wüteten, die ihre Revolution vorübergehend beseitigt hat – sondern auch gegen Bürger und Proletarier! Einmal damit begonnen, köpfte «man» auch Arbeiterinnen und Matrosen ...)

Wie bezeichnend, daß es ein Fürst war, der nicht nur Schiller vor dem Verhungern rettete, so wie Schillers angestammter Fürst Schiller mit unbefristeter Einkerkerung bedrohte, nur weil der Autor der ‹*Räuber*› weiterhin dichten wollte –, sondern daß dieser Däne auch der Adressat war, als Schiller seine politische wie dichterische Weltauffassung formulierte. Denn die – das trennt Schiller von Brecht – sind identisch. Nur jener Autor, der den Menschen absolut nimmt, nicht aber die Klasse oder das politische System, dem er angehört, zum Maßstab der Beurteilung auch dieses Menschen macht: kann ihm die Gerechtigkeit zuteil werden lassen, ihn so *mehrdimensional* zu schildern, wie jeder Lebende ist.

Einseitige Schilderung aber ist das Gegenteil der dichterischen, ist die parteiische, die künstlerisch wertlose. Schiller, der geborene Historiker, war zu menschlich, Menschen jemals so entmündigt zu sehen, als seien sie nicht sie selbst, sondern nur unmündige Produkte einer Gesellschaftsschicht oder eines Staatswesens. Mag Schillers persönliche Erfahrung, daß nicht eine reiche Bürgergemeinde wie Mannheim oder Leipzig oder Dresden willens war, ihn kümmerlich zu ernähren, sondern nur Fürsten dazu bereit waren, den als rebellisch Berüchtigten und einem Fürsten Davongelaufenen, aus der Armee Desertierten bei sich aufzunehmen –, mag diese bittere Erfahrung Schiller auch beeinflußt haben, politisch, so ist diese Beeinflussung ja dennoch in Übereinstimmung mit der Wahrheit, mit der objektiven Tatsache geschehen, daß keineswegs von Natur schon Republiken und Republikaner menschlicher sind, kunstfreundlicher gar als Fürstentümer ... (Man kennt Goldonis, Heines und Stendhals furchtbare Bemerkungen über die Schnödigkeit, mit der – wie oft im Gegensatz zu Fürsten – Republikaner gerade die Künste und die Künstler mißachtet haben, mißhandelt auch!) Schiller war Menschenkenner genug – keiner kann ohne Menschenkenntnis ein großer Dichter sein, um zu spüren, auch zu sehen, daß die charakterliche Qualität eines Menschen dessen Handeln tiefergreifend festlegt als die durch Geburt oder Karriere erreichte oder nicht erreichte Gesellschaftsklasse. Und das, genau dies, bei möglicherweise gleicher Genialität der zwei Autoren im Formalen, unterscheidet ihn von Brecht, der mit ‹*Galilei*› ein Drama auf die Beine stellte, das durchaus den Rang von Schillers ‹*Wallenstein*› hat, der aber immer dann, wenn er seine eigene Epoche schildern wollte – nur die Nazis sah er exakt – in Gefahr geriet, nicht Menschen zu sehen, sondern nur mehr Puppen ihrer Klasse ...

Schiller, weil er selber «von unten» heraufgekommen war, überschätzte nicht die Klasse, der er entstammte, als solche – noch sein Großvater war als bankrotter Bäcker fast den Hungertod gestorben, jedenfalls als «Gemeindearmer» öffentlich kümmerlich durchgefüttert worden –, sondern hielt sich die Blicke im Gegensatz zu Brecht absolut frei für die Vorzüge und Nachteile, die jede Klasse für jedermann bereithält. So sollen jene, die Schiller für *ihr* politisches System zu beschlagnahmen wünschen – die wird es geben, so lange Schiller so groß dasteht in der Nachwelt, wie es ihm zukommt –, so sollen sie wissen, daß Schiller deshalb der mitreißende und zeitlos gültige Dichter wurde, weil er gänzlich parteilos keinem System vor dem anderen – da er sie nämlich alle persönlich durchgekostet hatte – den Vorzug gab! Sondern daß er Republik wie Monarchie, Volksherrschaft wie Oligarchie, die ja auch keineswegs immer so sind, wie ihre Verfassungen befürchten oder erhoffen lassen, sondern dem Wechsel unterworfen bleiben, der manchmal nur den wandelnden Charakteren ihrer jeweiligen Machthaber entspricht –, daß Schiller jede Staatsform *allein daran maß*, ob sie seiner einzigen konstant gebliebenen Forderung an *jede* Staatsform genüge oder nicht: ob ein Fürstentum oder eine Arbeiterregierung verbrecherisch sind oder wohltätig ...

Weil Schiller durch keine Gesellschaftsform und natürlich noch weniger durch seine Nobilitierung, die er mit Ironie und mit Achselzucken hinnahm, da das so langweilige Leben in der Residenz (sechstausend Einwohner!) dadurch angenehmer wurde, er bekam Zugang zum Hof, wo er interessante Durchreisende ausfragen konnte –, weil Schiller durch nichts zu korrumpieren war, deshalb blieb er bis zuletzt der große Dichter, der er nur sein konnte, weil kein politisches System ihn davon überzeugte, daß es absolut gültig sei; dieser Unterschied zu Brecht ist das Ergebnis zuerst von Schillers Menschlichkeit: man vergleiche, wie er über die Guillotine dachte, mit Brechts Wohlgefallen an Hitlers Fleischerhaken, sofern nur Offiziere daran aufgehängt würden!

Hatte der in seiner Jugend freie und wohlhabende Brecht diese Freiheit aufgegeben, um sich Parolen und Dogmen und einem «Klassenbewußtsein» auszuliefern, die zweifellos viel Wahrheit transportieren, aber doch in ihrem Absolutheitsanspruch wie noch jedes politische System ebenso durch die Geschichtsbücher wie durch die menschliche Natur widerlegt werden: so hat umgekehrt Schiller, in seiner Jugend durch Armut im Elternhaus und durch geistige Bevormundung auf der Schule ein Geknebelter, sich davon freigekämpft, indem er seine hart errungene, erst durch persönliches Erleiden existentiell erfahrene Souveränität gegenüber allen Parteiungen und Regierungsformen bewahrt hat bis zuletzt, nie vergessend, daß es nur einen einzigen Maßstab für die Systeme gibt: wieviel Freiheit für jedermann in ihnen möglich ist ...

Auch in seinen Studien bei der Arbeit für die Geschichte der Niederlande lernte Schiller sorgsam unterscheiden zwischen Staatsformen und Staatsträgern; kannte die Welt den Zaren Paul, dessen sich sein Sohn und seine Offiziere nur durch Meuchelmord hatten erwehren können – so lernte Schiller in dessen Tochter eine Landesfürstin kennen, die sich durchaus bald zur Landesmutter im besten Sinne entwickeln sollte: abermals ein Beweis für ihn, daß Herkunft und Vermögen eines Menschen nicht unbedingt schon seine seelische und charakterliche Programmierung sind. Und ging nun Schiller auch zu Hofe, weil das Studium politischer Gewalten dem Autor politischer Dramen so wichtig war wie frische Luft: zum Höfling wurde er nie, das belegt sogar noch die Themenwahl seines letzten vollendeten Dramas, des ‹*Tell*›. Sicher ist: Rebellion gegen Unterdrückung war Schillers erstes und letztes Wort, und mochte er von einzelnen auch so groß denken, daß er die aufgeklärte konstitutionelle Monarchie für ratsam hielt – wo der einzelne (oder aber auch eine furchtbare Oligarchie, man denke an ‹*Fiesco*›) zum Unterdrücker wurde, da bejahte Schiller auch noch als geadelter Hofrath den Meuchelmord gemäß jener frivol formulierten und doch sachlichen Definition des Zarismus durch Graf Münster, die im 19. Jahrhundert gesellschaftsfähig war: «Das Zarentum», sagte dieser Aristokrat, «ist Absolutismus, gemildert durch Mord!»

Im Falle jener Monarchie, die einen Gessler zum Statthalter einer Provinz machte, das ist nicht zu bezweifeln, hat auch Schiller den Mord nicht nur für gerechtfertigt gehalten, sondern ihn gefordert in jenen unsterblichen Zeilen:

«Nein, eine Grenze hat Tyrannenmacht;
wenn der Gedrückte nirgends Recht kann finden,
wenn unerträglich wird die Last – greift er
hinauf getrosten Mutes in den Himmel
und holt herunter seine ew'gen Rechte,
die droben hangen unveräußerlich
und unzerbrechlich, wie die Sterne selbst.»

Wie radikal diese Zeilen 1804 gewirkt haben, nichts zeigt das genauer als die Angst, die Berlins Intendant Iffland veranlaßte, einen Schauspieler als Emissär zu Schiller zu senden, mit einem Fragebogen zu ‹*Wilhelm Tell*›, bevor er riskierte, dieses Stück aufzuführen, obgleich ihm natürlich bekannt war, wie sehr Schiller am Hofe der Königin Luise persona gratissima war. Obgleich doch die Forderung nach Aufhebung der Leibeigenschaft im ‹*Tell*› auch für diese Fürstin ein starkes Stück gewesen sein muß; immerhin, drei Jahre später ist es in Preußen dahingekommen: Und frei erklär' ich alle meine Knechte!

Ich habe, meine Damen und Herren, Ihnen deshalb zuerst Schillers Verhalten anläßlich der zwei Staatsempfänge für Russen dargestellt, weil damit der sehr junge Rebell, der acht Monate zuvor ‹*Die Räuber*› hatte uraufführen lassen, und auch seine Lebensumstände ebenso genau charakterisiert sind wie Schillers geistige und politische Entwicklung bis zu seinem letzten Werk, an dem er schreibt, seit er – Sommer 1804 – aus Berlin zurückgekehrt ist, wo ihn die Königin Luise wie einen Souverän empfangen und gebeten hatte, Geschichtslehrer des Kronprinzen zu werden, wie einst Aristoteles der des jungen Alexanders gewesen war. Und weil Schiller ohnehin jetzt, zuletzt 1804, mit Russen und einem der periodisch wiederkehrenden Kriege zwischen Polen und Russen beschäftigt war, hatte ja Goethe die Verpflichtung, zum Empfang der Russin in Weimar, ein Festspielchen zu dichten, dem Freund aufgehalst: ‹*Demetrius oder die Bluthochzeit von Moskau*›. Schiller arbeitet an der Tragödie, die demnächst, bei seinem Tod, als jener Torso zurückbleiben wird, in dem es atemberaubend wetterleuchtet von genialen politischen, ja sogar militärisch-strategischen Vorwarnungen an alle, die versuchen würden, den Marsch auf Moskau jenem ‹Hanswurst im Furchtbaren› nachzumachen; so hatte: ‹*Hanswurst im Furchtbaren*› Friedrich der Große vor Catt den König von Schweden genannt, weil der in seinen Untergang bei Poltawa gestiefelt war. Schiller warnt. Beispiele:

«Jenseits des Dniepers wird mein Los geworfen,
endlose Räume trennen mich davon –
kann ich das tragen ...
und dieses Raumes ungeheure Länge
mit Angst ausmessen und mit Herzensschlägen?
...
Dort ist nichts Furchtbares als die Natur
...
Der Sklave dient mit leidendem Gehorsam
...
Rußland wird nur durch Rußland überwunden.»

Schiller, der in seinen Demetrius-Papieren auch die angsteinflößende – uns Deutschen angsteinflößende – Zeile hinterläßt: «Reich zertrennt – nimmt bald ein End», läßt in seinem Stück das russische Volk sagen, womit er um acht Jahre die Strategie hellsichtig vorwegnimmt, mit der 1812 Kutusow die «grande armée» obdachlos machen und dem Hunger- und Erfrierungstod aussetzen wird:

«Wir haben unsere Hütten angezündet,
uns aufgemacht, ein ganzes Dorf, und fliehn
landeinwärts zu dem Heer des Zaren.»

Und dann jene Zeilen, die oft herhalten müssen, um Schillers Argwohn gegen die Menge zu belegen:

«Was ist die Mehrheit? Mehrheit ist der Unsinn,
Verstand ist stets bei Wen'gen nur gewesen.
Bekümmert sich ums Ganze, wer nichts *hat*?
Hat der Bettler eine Freiheit, eine Wahl?
Er muß dem Mächtigen, der ihn bezahlt,
um Brot und Stiefel seine Stimm verkaufen;
man soll die Stimmen wählen und nicht zählen;
der Staat muß untergehn, früh oder spät,
wo Mehrheit siegt und Unverstand entscheidet.»

Wie weit spricht da Schiller aus jenem reaktionären Bühnenbösewicht, dem er die Worte in den Mund legt? Sicher darf der Dramatiker nicht wie der Lyriker – sonst müßte er sich ja hüten, andere als harmlos gute Normalverbrauchte zu gestalten – persönlich haftbar gemacht werden für jedes Bekenntnis, für jede Behauptung, die seine Gestalten aussprechen, und natürlich so überzeugend aussprechen, wie sie lebendig sind. Aber wäre denn überhaupt das Werk eines Dramatikers dramatisch, wenn es *einstimmig* ist? Es könnte gar nicht sein! Das Werk lebt in *dem* Ausmaß, in dem es widersprüchlich ist. Da wir keine Beziehung zur Person Shakespeares haben, weil wir von ihr nichts wissen: so kommt ihm zugute, daß er niemals haften muß, menschlich, politisch, weltanschaulich für das, was seine Figuren sagen. Schiller, da wir sein Leben fast Tag für Tag dokumentiert kennen, ist da gegenüber dem Briten, auch gegenüber den Autoren der Antike, sehr schwer im Nachteil.

Schillers Werk, nicht anders als das *jedes* Dramatikers, ist ja genauso reich, wie es im Wortsinn spannungsreich ist, angefangen bei den Charakteren bis hin zu den gesellschaftlichen oder politischen Entscheidungen, die seine Figuren treffen oder die über sie getroffen werden. *Das* allein entscheidet über den Rang des Autors, nicht aber die Frage, mit welcher seiner Figuren er persönlich wie lange im Verlauf seines Lebens zu identifizieren ist ...

II

Was heute vor zwei Jahrhunderten, Sonntagnachmittag ab siebzehn Uhr, aus dieser Stadt heraus zum deutschen Weltereignis geworden ist – nicht aus diesem Hause; denn Hitlers Krieg hat ja auch die «Curfürstlich Pfalz bairische Hof- und Nationalbühne» vernichtet, die durch die Aufführungen von

Schillers «drei gewaltsamen Erstlingen», wie Goethe *‹Die Räuber›*, wie er *‹Fiesco›* und wie er *‹Kabale und Liebe›* nannte, zum ehrwürdigsten Theater in Deutschland geadelt worden war; doch was mit den hier in Mannheim am 13. Januar 1782, am 11. Januar und am 9. März 1784 gespielten Dramen des zweiundzwanzigjährigen Regiments-Medicus und des vierundzwanzigjährigen Mannheimer Dramaturgen, und was auch mit dessen Programmschrift *‹Die Schaubühne als eine moralische Anstalt betrachtet›* kometengleich *einbrach* ins 18. Jahrhundert: das ist vergleichbar als *Tat*, wenn auch nicht in seinen Folgen, allein jener Revolution, die am Vorabend des 1. November 1517, als er seine Thesen auf der Schloßkirchentüre zu Wittenberg festnagelte, Martin Luther entfacht hat, jener andere *ungeheure* Protestant – wie das die Gewalthaber aller Zeiten durchaus als Schimpfwort meinen –, mit dem Schiller neben der Kraft der Sprache auch den Geburtstag gemeinsam hat, den 10. November.

«Ungeheuer», das charakterisiert nicht nur Mut und Wirkung dieser zwei – im Wortsinn – außerordentlichen einzelnen. Sondern es ist auch das Adjektiv, das Schiller selbst wählte, um die «Macht», wie er sagte, epochegründender Dichtungen wie seine *‹Räuber›* zu charakterisieren:

«Wie wenn auf einmal in die Kreise
Der Freude mit Gigantenschritt
Geheimnisvoll nach Geisterweise
Ein ungeheures Schicksal tritt.
Da beugt sich jede Erdengröße
Dem Fremdling aus der andern Welt,
Des Jubels nichtiges Getöse
Verstummt und jede Larve fällt.
Und vor der Wahrheit mächtigem Siege
Verschwindet jedes Wort der Lüge.»

Mannheimern die Turbulenzen zu beschreiben, die nach zeitgenössischen Berichten ‹*Die Räuber*› bei der Uraufführung ausgelöst haben, im Theater und weit, weit darüber hinaus: das hieße Wasser in den Brunnen schütten. Nichts ist so bezeichnend für Schiller, der zeitlebens der uneitelste aller Dichter blieb, wie die Tatsache, daß er, mit seinem Freund Petersen Augenzeuge im Theater, nie beschrieben hat, wie vor seinen Augen die Lawine zu Tal fegte, die er da lostrat; das Leben der Dichter, sagte er – doch genau auf Schillers Leben trifft das überhaupt nicht zu –, «kann kein bedeutendes Interesse haben, da es nur ein innerliches ist». Doch hat auch *er* die Übermacht seiner Worte, die ‹*Macht des Gesanges*› einem Natur-Ereignis verglichen, sechs Jahre später:

«Ein Regenstrom aus Felsenrissen,
Er kommt mit Donners Ungestüm,
Bergtrümmer folgen seinen Güssen
Und Eichen stürzen unter ihm;
Erstaunt, mit wollustvollem Grausen,
Hört ihn der Wanderer und lauscht.
Er hört die Flut vom Felsen brausen,
Doch weiß er nicht, woher sie rauscht:
So strömen des Gesanges Wellen
Hervor aus nie entdeckten Quellen.»

Es mag Sie überraschen, wenn ich sage: daß wir uns zuerst der *Sprache* Schillers zuwenden müssen, wie später seiner Dramaturgie, zuletzt dann auch noch einem Thema, das er in seinem letzten Gedicht aus dem Nachlaß *uns heute* aufgegeben hat – habe *politische* Gründe! Doch ist es tatsächlich ein Politikum, und ein verhängnisvolles, daß nunmehr schon über hundert Jahre lang Schiller dazu mißbraucht wird, die angebliche Abstammung der Tragödie aus der Musik zu belegen. Eben deshalb muß Schiller dazu herhalten, weil in ihm ‹*Die Macht des Gesanges*› wortgewaltiger seine *Sprache* auch als Dramatiker mitbestimmt – wohlgemerkt: seine Sprache, nicht: sein Denken – als bei jedem anderen Stückeschreiber; wie ja denn Schiller überhaupt mit seinen Gedichten durchaus die gleichen Höhenzüge abschreitet wie in seinen Dramen. Liest man seine Gedichte hintereinander, so ist man lyrisch-seelisch ebenso gefährlich dem Abgrund dunkler, todstüchtiger, gefühlsgelenkter Mächte ausgeliefert, wie den mit kaltem Licht ausgeleuchteten politisch-brisanten Bezirken oder auch den Höhen der Ethik, des Denkens, denen man sich erkenntniskritisch nicht gewachsen zeigt, eben der Höhenlage Schillers. Doch weil nun Bekenntnisse seiner Freunde genug vorhanden sind – wir werden keine hier unterschlagen –, die sich anbieten zum Beweis, daß Schillers Urquell der Rhythmus war; daß der ihn gar in der späteren Kindheit, kaum, daß er in die Pubertät eingetreten war, schon zum Schreiben trieb, ohne daß er schon etwas zu sagen gehabt hätte – Sie kennen seinen berühmten Ausruf, er gäbe sein einziges Hemd für einen Tragödienstoff –, so hat sich Nietzsche daraus das Recht abgeleitet, von allen Deutschen allein Schiller als Eideshelfer für die angebliche «Geburt der Tragödie aus dem Geiste der Musik» heranzuziehen. Dazu und *allein* dazu war Schiller ihm gerade noch gut genug; denn keinen anderen Dichter, nicht einmal Lessing, hat ja Nietzsche, dieser einzige *geniale* Todfeind der Aufklärung, zeitlebens so bösartig verleumdet wie Schiller, den er «Moraltrompeter von Säckingen» beschimpfte. Was ganz witzig war, aber doch Schiller so wenig erreichen konnte, wie das Licht der Vernunft von den Schimpftiraden des ebenfalls sprachgewaltigen Irrationalen verdunkelt wurde. Denn noch leidenschaftlicher als er Schiller beschimpfte – hat Nietzsche das Licht, von ihm gesperrt gedruckt, das «allzu helle, allzu plötzliche, allzu wechselnde Licht» beschimpft, weil es ruchloserweise aufklärt zu solchen Einsichten und Wahrheiten, die der unbedenkliche Reaktionär «den historischen Sinn» genannt und mit Haß verfolgt hat, «weil er die Illusionen zerstört und den bestehenden

Dingen ihre Atmosphäre nimmt ... die historische Gerechtigkeit», schrieb er zu der Zeit, als er auch Schiller heranzog, um als Werbetexter für Bayreuth seine pompöse Fälschung zu «untermauern», der historische Sinn «ist deshalb eine schreckliche Tugend, weil sie immer das Lebendige untergräbt ... ihr Richten ist immer ein Vernichten ... Aber selbst jedes Volk, ja jeder Mensch, der *reif* werden will, braucht einen solchen umhüllenden Wahn, eine solche schützende und umschleiernde Wolke.» Nun, wir haben erlebt, welcher Schüler Nietzsches sich Wahn und Wolken und Mythos und speziell auch die Oper als die hervorragend benutzbare, weil unpolitische, weil antiaufklärerische Kunstform zunutze gemacht hat – in seiner Hand, kein Witz, sondern ein fürchterliches Symbol, in der Hand bis zu seinem letzten Tag in der Reichskanzlei Nietzsches Spazierstock; denn die Schwester Nietzsches hat dem Auschwitzer nicht etwa ein Gedicht, ein Buch mit Notizen des Bruders oder dessen Federhalter zum Andenken geschenkt, nein: Nietzsches Spazierstock!

Das hätte auch der genialste aller Satiriker sich nicht ausdenken können, doch hat es den ganzen fürchterlichen Ernst, den symbolischen nicht nur, sondern den faktisch überprüfbaren kausaler Zusammenhänge, denen nichts Zufälliges, nichts nur Anekdotisches anhaftet: daß Nietzsche den Revolutionär und Historiker unter unseren Dramatikern vollkommen wegfälscht, so als habe Schiller kein einziges *politisches* Wort geschrieben, sondern allein seine Vorrede zur *‹Braut von Messina›*, damit er nämlich *scheinbar* benutzbar wird für Nietzsches Werbetext zugunsten jenes Freundes, der auch einmal – ebenso vehement wie Schiller! – als Revolutionär begonnen, ja sogar als Barrikaden-Kämpfer in Dresden, dann aber allem abgeschworen hatte – allem –, was Aufklärung, was Politik, was Liebe zu Unterdrückten in ihm gewollt hatten als *die* entscheidenden Impulse neben seiner Musik. Was für ein Gleichnis: daß auf den Tag genau hundert Jahre nach der Uraufführung der *‹Räuber›*, am 13. Januar 1882, Wagner den Schlußstrich zum ‹*Parsifal*› schreibt, dessen Partitur er in Palermo Cosima schenkt: eine Coincidentia oppositorum von diabolischer Ironie: binnen eines Jahrhunderts – auf den Tag genau – die totale Abdankung des deutschen Dramas bürgerlicher Herkunft vor den Mächten der Politik und des Staates und seine Zufluchtsuche im Mythos, im Mystischen, im zeitgenössisch zu *nichts* Verpflichtendem! Der Kniefall *des* Repräsentanten unter unseren Bühnendichtern vor den Mächtigen des Staates, sein Arrangement mit ihnen, obgleich doch auch er, Wagner, nicht weniger als hundert Jahre zuvor der ‹*Räuber*›-Dichter, als Rebell gegen die Gesellschaft angetreten war ... Ach, Schillers rührend eindringliche, an jeden über dreißig gerichtete Mahnung aus ‹*Don Carlos*›: «Sagen Sie ihm, daß er für die Träume seiner Jugend soll Achtung tragen, wenn er Mann sein wird, nicht öffnen soll dem tötenden Insekte gerühmter besserer Vernunft das Herz» ... Wagner hat diese Bitte nicht erhört. Er hat alles verleugnet, was ihm in seiner Jugend verpflichtend war und konnte nur deshalb zum Lieblingskomponisten des Braunauers werden, der Politik *allein* machen, sie jedenfalls auf der Bühne nur hören wollte, sofern sie museal verjährt im historischen oder mythologischen Gewand daherkam, also unverbindlich *für ihn*! Wie logisch zusammenhängend, daß der so verfälschte Schiller auch der einzige Dichter gewesen ist, der den satanischen unter den Schulern Nietzsches beschäftigt hat bis zuletzt: allein von Schiller sprach im Kriege Hitler, wenn er Literatur erwähnte – denn Schiller, der neben Lessing gefährlichste aller deutschen Autoren, hat diesen Kranken immer beunruhigt. Gewiß, auch Napoleon hatte ‹*Wallenstein*› sofort verbieten lassen, doch dem Autor des ‹*Tell*› ließ Hitler nicht nur die Ehre zuteil werden, daß er dieses Drama als einziges klassisches neben ‹*Nathan der Weise*› verbot, drei Wochen nach der Enthauptung des Schweizers Maurice Bavaud, den Hitler, ebenso wie den ‹*Tell*› Schillers, den «Schweizer Heckenschützen» nannte. Sondern Schiller beunruhigte ihn sogar noch in jenem Monat, als er einsah, daß er seinen Krieg verloren hatte, weil sein Heer vor Moskau kaputtgefroren war: ein halbes Jahr nach dem Verbot des ‹*Tell*› ordnete Hitler zusätzlich am 12. Dezember 1941 an, künftig sei bei Neuauflagen von Schulbüchern zu beachten, daß aus Schillers Drama auch «Kernstücke und Lieder» unbedingt zu tilgen seien. Also *jede* Erwähnung des ‹*Tell*›, den fünf Monate später, auf die Nachricht hin, Heydrich sei ermordet worden, Thomas Mann neu las; er notierte: «Politisch stark, poetisch sehr veraltet.» Im nächsten Jahr hat Hitler dann erfahren, daß die Geschwister Scholl in München Schillers ‹*Gesetzgebung des Lykurgus und Solon*› als Flugblatt der Weißen Rose verteilt hatten, um den Totalitarismus anzuprangern ...

Im gleichen Jahr, am 5. September 1943 um 23 Uhr, wurde das Nationaltheater Mannheim bis auf Reste seiner Fassade durch britische Bomben vernichtet. Ein Foto ist erhalten, wie Schillers Standbild, vom Sockel gerissen durch den Luftdruck, vor dem ausgebrannten Theater steht – *aufrecht*: ein Phönix nach der Brandnacht, durch Zensur so wenig umzulegen wie jetzt durch das Bombardement, dem 414 Menschen in Mannheim zum Opfer gefallen sind. In der Nacht vom 8. auf den 9. Mai 1945 um null Uhr, als mit der bedingungslosen Kapitulation des Dritten Reiches die Freiheit auch für Deutsche – wenn auch nicht für alle Deutschen – dank alliierter Soldaten zurückgekehrt war, jährte es sich fast auf die Stunde genau zum hundertvierzigstenmal, daß Schiller, der Dichter der Freiheit, in Weimar das Bewußtsein verloren hat, um zu sterben ...

Nietzsche *oder* Schiller: ein verbindendes «und» zwischen ihnen ist unmöglich. Denn *entweder* man räumt mit Schiller der Schaubühne das Recht und die Verpflichtung ein, die moralische Anstalt der Nation zu sein, die, wie Schiller forderte: «Verstärkung für Religion und Gesetze», da «die Gerichtsbarkeit der Bühne anfängt, wo das Gebiet der weltlichen Gesetze sich endigt ... und die Gerechtigkeit für Gold verblindet und im Solde des Lasters schwelgt, wenn die Frevel der Mächtigen ihrer Ohnmacht spotten und Menschenfurcht den Arm der Obrigkeit bindet», denn ... «so gewiß sichtbare Darstellung mächtiger wirkt als toter Buchstabe und kalte Erzählung, so gewiß wirkt die Schaubühne tiefer und dauernder als Moral und Gesetze ... sie lehrt uns auch gerechter gegen den Unglücklichen sein und nachsichtsvoller über ihn zu richten ... eine merkwürdige Klasse von Menschen hat Ursache, dankbarer als alle übrigen gegen die Bühne zu sein. Hier nur hören die Großen der Welt, was sie nie oder selten hören – Wahrheit; was sie nie oder selten sehen, sehen sie hier – den Menschen» ... *entweder* wir respektieren diese Forderung Schillers als die unseres obersten Gesetzgebers in Fragen des Dramas – *oder* wir sprechen derart verächtlich vom Drama wie Nietzsche, der sogar Gipfelwerke der Gattung, wie schon den ganzen Euripides oder wie ‹*Hamlet*›, absurderweise für nichts ansah als für unzulängliche Vorstufen oder für späte Entartungen der von ihm für Wagner geforderten Oper als Weihefestspiel. Wenn ich Schiller den obersten Gesetzgeber nenne, so ist das nicht willkürlich-schönrednerisch gesagt, sondern aus der Einsicht, daß Schiller im Gegensatz zu den unverbindlich freischwebenden Ästheten von den Schlegels bis zu Adorno niemals etwas gefordert hat, ohne selber – außer einer Komödie – das Musterstück mitzuliefern; ziemlich barsch hielt er fest: «Die Ästhetik vermag nicht, Künstler *hervorzubringen*, sondern bloß, die Kunst zu *beurteilen*.» Freischwebend, also hoch über allem Realisierbaren und praktisch Ausprobierten, weil durch keine einzige eigene künstlerische Tat an Überprüfbares festgebunden. Damit wies auch Schiller selbst den Anspruch Außenstehender, sogar den Kants zurück, daß sie in Fragen der Ästhetik eine Instanz seien; er schrieb: «Zur Gründung einer Kunsttheorie ist es, deucht mir, nicht hinreichend, Philosoph zu sein; man muß die Kunst selbst ausgeübt haben; und dies, glaube ich, gibt mir einige Vorteile über diejenigen, die mir an philosophischer Einsicht ohne Zweifel überlegen sein werden» (9. Februar 1793 dem Prinzen von Schleswig-Holstein).

Schiller hat nichts anderes in seinen letzten Jahren so bitter bereut wie die fast zehnjährige Pause, die er als Dramatiker einlegte zwischen ‹*Carlos*› und ‹*Wallenstein*›, in der er im Wettlauf mit dem Tode mehr als ein Drittel seiner unendlich kostbaren Jahre als Erwachsener an Philosophie und Theorie vergeudete, was ihm am Schreibtisch, wie Goethe vorausgesagt hatte, überhaupt nichts half, und was Goethe deshalb mit Kummer und Widerwillen sah. Selbst über die Kriteleien Voltaires an Racine – und Voltaire hatte sich durch eigene Leistungen ersten Ranges das Mitspracherecht als Ästhetiker erworben – schrieb Schiller: «Es ist freilich leichter tadeln als hervorbringen. Dabei fällt mir mein eigenes Pensum ein, das noch immer sehr ungestaltet daliegt. Wüßten es nur die allzeit fertigen Urteiler und die leichtfertigen Dilettanten, was es kostet, ein ordentliches Werk zu erzeugen ...» (an Goethe, 31. Mai 1799).

Ich habe keine Ahnung, ob man in jenen Zeiten, da Nietzsche auf Grund seiner Meisterschaft über die Sprache, die verständlicherweise zwei Generationen gegen ihn sprach*los* vor Bewunderung gemacht hat, auch als Denker respektiert wurde, wie es jetzt im Zuge der Reaktion, die sich harmlos als «Tendenzwende» tarnt, wieder beginnt – ich habe nirgendwo gelesen, ob man früher schon einsah, *entweder* man könne Nietzsches gedankenreiche Phantasmagorie über die Geburt der Tragödie aus der Musik – *oder* Schillers Programmschrift: ‹*Die Schaubühne als moralische Anstalt*› ernst nehmen, nimmermehr aber beide Arbeiten, die einander ja nicht ergänzen, sondern ad absurdum führen. Nietzsches Bekenntnis zur uneingeschränkten Benutzbarkeit historischer Fakten zum Zwecke sogar der Propaganda, sofern die nur auf «Lebensertüchtigung» hinziele, macht die Frage überflüssig, ob er es als Altphilologe überhaupt für nötig hielt, seine Hypothesen aus Forschungsergebnissen abzuleiten. Sehr unwahrscheinlich.

Denn Nietzsches überzeugender Widersacher Wilamowitz war zwar schon mit einundzwanzig Jahren «in Anerkennung seiner außerordentlichen Fähigkeiten» an der Berliner Universität zum Dr. phil. promoviert worden, war aber erst vierundzwanzig, kann also auch keine eigenen Forschungsergebnisse neu eingebracht haben, sondern nur solche, die der vier Jahre vor ihm in Schulpforta gedrillte Nietzsche auch schon gekannt hat, als er Nietzsches narkotisierenden Wortgirlanden von der angeblichen Vereinigung des Dionysischen mit dem Apollinischen so energisch wie gelassen die Definition entgegenstellte, die auch Schillers Vorstellung vom Drama der Alten entsprach: «Eine attische Tragödie ist ein in sich abgeschlossenes Stück der Heldensage, poetisch bearbeitet in erhabenem Stile für die Darstellung durch einen attischen Bürgerchor und zwei bis drei Schauspieler, und bestimmt als Teil des öffentlichen Gottesdienstes im Heiligtume des Dionysos aufgeführt zu werden.»

Daß Wilamowitz, der die geschichtliche Betrachtung des alten Dramas an Stelle der ästhetisch-verschwärmten gefordert hat, sich auskannte, dafür spricht nicht zuletzt, daß zum Beispiel die ‹*Orestie*› überhaupt zum erstenmal in der Neuzeit durch Wilamowitz – in dessen Übersetzung und Bearbeitung – uraufgeführt wurde. Auch, daß Jacob Burckhardt von 1872 an in seinen Vorlesungen mit sehr sanfter Ironie, sanft wegen seiner Kollegialität gegenüber dem jüngeren Basler Professor Nietzsche – «jene mysteriöse Entstehung der Tragödie aus dem ‹Geiste der Musik›» verhöhnt hat, wohl wissend, auch Nietzsche wisse, daß die frühesten Tragödien zwei rein politische, zeitbezogene, umweltbeeinflussende Dramen gewesen sind: ‹*Der Fall von Milet*› des Phrynichos und ‹*Die Perser*› seines Schülers Aischylos. Sie waren Kriegserschütterungen – Aischylos war Mitkämpfer bei Salamis – der unmittelbaren Gegenwart nachgeschrieben: die Geburt der Tragödie aus dem Krieg. Heraklits furchtbares Wort vom Krieg als dem Vater der Dinge – auf das *Drama*, nachweislich, trifft es zu!

Daß dagegen die Musik das Drama als Politikum derart entschärft, bis es sogar *hoffähig* wird: wo wäre das drastischer abzulesen als an *dem* Drama, das *vor* genau zweihundert Jahre in jenem Winter in Paris entstanden ist, als in Stuttgart Schiller die ‹*Räuber*› für die Uraufführung in Mannheim umgearbeitet hat: ‹*Der tolle Tag oder Die Hochzeit des Figaro*›? Drei Jahre hatte Beaumarchais, den Goethe in ‹*Clavigo*› dem deutschen Publikum ebenso bekannt gemacht hatte, wie er schon durch seinen ‹*Barbier von Sevilla*› bekannt geworden war, zu antichambrieren, bis der König von Frankreich das Verbot, ‹*Die Hochzeit des Figaro*› zu spielen, zurückzog. Es scheint, der Monarch, den dann Schiller alsbald vor dem Scharfrichter retten wollte, muß vorausgespürt haben, was später Napoleon dem unvergleichlichen Text attestiert hat: er habe nichts weniger ausgelöst als die Französische Revolution! In Deutschland von allen Theatern verbannt – hat schließlich *was* dieses Drama «tragbar» gemacht? Nichts anderes als Mozarts *Musik*, obgleich da Pontes Libretto politisch eher schärfer ist als Beaumarchais'. Es war für Kaiser Joseph II., den einzigen Fürsten seiner Tage, dem Schiller die Ehre gab, ihn in der ‹*Schaubühne als moralische Anstalt*› als einen Anwalt freien Geistes gegen die Kirche zu nennen, und schließlich hat dieser Kaiser selbst ‹*Fiesco*› für die Aufführung im Burgtheater bearbeitet, weil damals im Gegensatz zu heute unsere Herrscher noch eine persönliche Beziehung zu Kunst und Künstlern hatten ... es war selbst diesem liberalen Kaiser nicht möglich, ‹*Hochzeit des Figaro*› als Wortwerk zu ertragen. Jedoch als Oper kaufte er es sofort für Wien und Prag: nicht das Wort, das die revolutionäre Botschaft vorträgt, sondern nur die Musik, die sie zersingt, war der Macht erträglich! Dies ist nur eines, nur das bedeutendste von zahllosen Beispielen dafür, daß Musik das Wort dem Herzen so rasch zuträgt, wie sie es vom Verstand entfernt. Stendhal, als Rossini- und Mozart-Biograph und als *der* Opernfan unter den Dichtern Frankreichs ganz frei vom Verdacht, Musik denunzieren zu wollen, hat dennoch festgestellt: «Verstand ist Tod der Musik. Je mehr ein Volk Passion hat, desto weniger hat es Reflexion und gewohnheitsmäßige Vernunft, und desto mehr liebt es die Musik.»

Daher kein Beispiel bekannt ist, daß einer *Oper* von den Machthabern ähnlich mitgespielt worden wäre wie Schillers «drei gewaltsamen Erstlingen». Oder wie jenem «Erstling» überhaupt, von dem die Menschheit Kenntnis hat und den, versteht sich, Nietzsche unterschlägt: weil die Beschreibung jener ersten Uraufführung, von der wir wissen, und die so sehr der am 13. Januar 1782 in Mannheim gleicht, Nietzsches unbedenklich originale Idee, nicht aus der Politik, sondern aus der Musik sei das Drama entstanden, über den Haufen geworfen hätte! Jedenfalls hatte sich Themistokles, über den Schiller ein Dramenfragment hinterließ, seine Freundschaft mit dem Dichter Phrynichos zunutze gemacht – so erzählt es auch Alexander Graf Stauffenberg, der Bruder des Attentäters, sehr eindrucksvoll –, um gegen Persien Athen zur See aufzurüsten, weil er als genialer Stratege vermutete, zu Lande werde Griechenland vernichtet; tatsächlich hat ja Themistokles dann auch alsbald nur zur See das Vaterland wieder zu befreien vermocht, bei Salamis. Er beauftragte den sehr berühmten Autor, *‹Die Belagerung Milets›* zu dramatisieren, um den Athenern zu zeigen, was ihnen geschehen werde, wenn sie sich weiterhin weigerten, eine Flotte zu bauen: sie würden dann wie das mit ihnen einst verbündete Milet an der kleinasiatischen Küste von den Persern einfach abgeschlachtet. Nun, der Tag der Uraufführung dieses ersten Dramas – ist schon der Tag seines endgültigen Verbots. Denn, so ist überliefert, «bei der Aufführung war das ganze Theater in Tränen ausgebrochen», das Drama wurde für alle Zeiten der Ächtung überantwortet und sein Dichter zu tausend Drachmen Strafe und zur Vernichtung des Textes verurteilt, weil er – dies zur Begründung – «vaterländisches Unglück auf die Bühne gebracht» habe. Denn Athen, das zeigte das Drama, hatte aus

Mangel an Schiffen die Schleifung des verbündeten Milet mitverschuldet. Jacob Burckhardt hat dann den Nekrolog auf das politische Theater Athens mit den höchst ehrenden Worten geschrieben: die Darstellung aktueller politischer Ereignisse zugunsten der Dramatisierung des Mythos sei deshalb für alle Zeiten verboten worden, weil «sie erweislich zu stark wirkte». Nie ist dem Theater, wie auch Schiller es Zeile für Zeile in seiner ‹*Schaubühne*› gefordert hat, durch den Staat, das heißt stets: durch die Polizei eine tiefere Reverenz dargebracht worden als – durch sein Verbot, weil es «erweislich zu stark» wirkt!

Der berühmtere Schüler dieses Dichters, Aischylos (berühmter, weil Zufall wenigstens einige seiner Stücke erhalten hat) – umging dann bei seinem ersten Drama die Zensur, indem er seine Tragödie ‹*Die Perser*› nicht mehr im Lager der Griechen, sondern – und damit auch das Elend – in dem ihrer Feinde ansiedelte. Das erregte nicht die Wut der Athener, sondern ihre Freude. Doch wandte er sich überhaupt nach diesem ersten seiner Stücke befehlsgemäß von der Gegenwart ab und dem Mythos zu, sicherlich nicht aus künstlerischer Überzeugung, sonst hätte er schwerlich mit den ‹*Persern*› schon als einem Meisterwerk aus eigenem Miterleben begonnen, sondern aus Nachgiebigkeit gegenüber der Polizei – wie schließlich alle das getan haben, die irgendwann der Auflehnung gegen ihre Obrigkeit müde werden und leben wollen. So auch Schiller, als er sein viertes Stück – aber natürlich aus Überzeugung – hoffähig machte und in Darmstadt dem Herzog von Weimar widmete: den ‹*Don Carlos*›! Als Zeitkritiker war Schiller nunmehr verstummt. Was aber die Dichter unter dem Zwang, sich zu behaupten, auch nur zu leben, tun *müssen*: das sollten die Ästheten, die Literaturgeschichte schreiben, auch so sehen: als eine zwangsweise Abkehr von der Gegenwart, nicht als eine künstlerische Tugend. Deutsche Literaturwissenschaftler aber und die Heuchler – wie Hebbel – unter den Dichtern machen aus dieser Not eine Tugend. Und nur diese Einstellung konnte vergessen machen, daß Schillers Mannheimer Kampf- und Programmschrift: *‹Die Schaubühne als moralische Anstalt›*, die *allein* – bewußt betone ich: die *allein* – maßgebende Magna Charta des Dramas ist, das diesen Namen verdient; denn Drama heißt ja an sich nichts als: Handlung. Erst sein *kämpferischer* Geist, des jungen Schillers «Speculation und Feuer» geben ihm Würde und Adel! Sie ist verbindlich, weil notwendig geblieben, Schillers Magna Charta libertatum, sein großer Freiheitsbrief für die dramatische Literatur; den für die politische Welt, den britischen, hat er besungen:

«Großherzige Britannia ...
Wer hat das hohe Kleinod dir errungen,
das zu der Länder Fürstin dich gemacht?
Hast du nicht selbst, von stolzen Königen gezwungen,
der Reichsgesetze weisestes erdacht,
das ‹große Blatt›, das deine Könige zu Bürgern,
zu Fürsten deine Bürger macht?»

Schillers Mannheimer Kampfschrift ist in ihrem Programm *zurückgreifend* verbindlich auch für die beiden Dramen, die vor zweieinhalbtausend Jahren mit dem politischen Theater die Uranfänge des Dramas gesetzt haben – und sie ist *vorausgreifend* verbindlich für die Meisterstücke des politischen Dramas auch in unserem Jahrhundert. Ich nenne vier Beispiele aus vier verschiedenen Nationen, die dennoch *eine* Familienähnlichkeit gemeinsam haben, jene mit Schillers «drei gewaltsamen Erstlingen»: Shaws *‹Frau Warrens Gewerbe›*, Schnitzlers *‹Professor Bernhardi›*, Millers *‹Tod eines Handlungsreisenden›* und Sartres *‹Schmutzige Hände›* ...

Wie ähnlich ist Schillers Definition der antiken Tragödie der von Wilamowitz; die Musik erwähnt sie durchaus *nicht*, obgleich doch schon der sehr junge Schiller bei der Betrachtung des «gegenwärtigen teutschen Theaters» wußte: «Der

Weg des Ohrs ist der gangbarste und nächste zu unsern Herzen. – Musik hat den rauhen Eroberer Bagdads bezwungen, wo Mengs und Corregio alle Malerkraft vergebens erschöpft hätten. Auch kommt es uns leichter an, die beleidigten *Augen* zu schließen, als die mißhandelten *Ohren* – mit Baumwolle zu verstopfen.» Womit aber Schiller schon wieder bei den Deklamationen der Spieler ist, nicht bei der Musik. Wenn Nietzsche Schiller als Eideshelfer heranzieht, spricht er von der Musik ohne jede Proportion, da sie im dramatischen Werk Schillers nicht nur überhaupt keine Rolle spielt, sondern – wie bei Wilamowitz – in seiner Definition des tragischen Chors nicht einmal *erwähnt* wird! Die Unredlichkeit der Verfahrensweise des Philosophen wird besonders deutlich, wenn man erwägt – was Nietzsche natürlich *nicht* sagt –, *wie spät* überhaupt Schiller eine Anleihe beim antiken Drama suchte: erst für sein zweitletztes Stück, erst für *‹Die Braut von Messina›*, zwei Jahre vor seinem Tode. Auch versteht es sich, daß Nietzsche unterschlägt, wie scharf Schiller sich von dem gutgemeinten Versuch eines Gelehrten distanzierte, eine Beziehung zwischen *‹Wallenstein›* und der griechischen Tragödie herbeizuschreiben; Schiller antwortete diesem Herrn Süvern: «Ich teile mit Ihnen die unbedingte Verehrung der Sophokleischen Tragödie, aber sie war eine Erscheinung ihrer Zeit, die nicht wiederkommen kann; und das lebendige Produkt einer individuellen, bestimmten Gegenwart einer ganz heterogenen Zeit zum Maßstab und Muster aufdringen, hieße die Kunst, die immer dynamisch und lebendig entstehen und wirken muß, eher töten als beleben» ... Dies lesen; auch lesen, wie oft Schiller festhielt, daß überhaupt kein bereits vollendetes Stück – nicht einmal eines seiner eigenen – dem Dichter als Muster für ein neues dienen könne, da jeder Stoff dem Autor als erste Pflicht bei jeder neuen Arbeit auferlegt, die allein *ihm* adäquate Form zu finden; dann auch noch zu lesen, daß Schiller durchaus die Musik *nicht* mitnennt –, wenn er die Aufgabe des Chors so umschreibt: «Der Chor verläßt den engen Kreis der Handlung, um sich über das Menschliche überhaupt zu verbreiten, um die großen Resultate des Lebens zu ziehen und die Lehren der Weisheit auszusprechen; und dieses thut er mit der vollen Macht der Phantasie, mit einer kühnen lyrischen Freiheit, welche auf den hohen Gipfeln der menschlichen Dinge wie mit den Schritten der Götter einhergeht»: dies alles lesen, heißt sehr darüber staunen, daß Nietzsche der Einfall, den er zur Titelzeile seines ersten Buches gemacht hat, nur *einmal*, eben durch den Jüngling Wilamowitz, als Fälschung vorgehalten wurde! Natürlich hüten wir uns zu bestreiten – denn wie wenig weiß man doch vom tatsächlichen Ablauf eines athenischen Theater-Nachmittages –, daß Musik zuweilen einleitend und untermalend ein Stück begleitet habe – *geboren* jedoch, wie Nietzsche es von *allen* Stücken behauptet, hat die Musik kein einziges! (Keines jedenfalls, von dem wir noch wissen.)

Musik als Stimulans für Spieler, Zuschauer, auch für die Dichter, selbstverständlich: wie Schiller es dem französischen Tragödienschreiber nachrühmt; doch ausdrücklich nur *ihm*, «dem Franken», nicht auch sich selbst, nicht auch uns Deutschen:

> «Die Sprache selbst erhebt sich ihm zum Lied
> ...
> Und die Bewegung borget Reiz vom Tanze.»

Natürlich hat die Musik Schiller ebenso belebt – wie sie jeden, er sei denn taubstumm, in Stimmung versetzt, ja, er konnte Freund Streicher in Oggersheim ans Klavier drängen, und während der spielte, stundenlang im Zimmer auf- und abgehen «und nicht selten in unvernehmliche, begeisterte Laute» ausbrechen. So wie er in den allerletzten Jahren, als er endlich das Geld gehabt hat, sein eigenes Haus an der Esplanade zu beziehen, übrigens am selben Tag, an dem zu Cleversulzbach seine Mutter starb (29. April 1802) – ist das

Haus fertig, kommt der Tod –, wie er sich da zuweilen ein paar Musikanten mietete, die im Nebenzimmer, während er dramatischen Dialog dichtete, Militärmärsche zu seiner Anregung spielen mußten!

Aber ein Stimulans zum Schreiben, zur Anschauung, zur Gemütssteigerung, das ist nicht der Ursprung. Sonst könnte man aberwitzigerweise auch behaupten, das Pferd, das – wie die Musikanten – Schiller sich vorübergehend hielt, doch verkaufte er es bald wieder, weil er sagte, seine Frau, seine Kinder hätten auch das Geld nicht, nur zur Erholung auszureiten – das Pferd, das er mit dreister Waghalsigkeit ritt, um mit der Bewegung auch die Stimmung zur Produktion zu fördern, habe seine Dramen «geboren». Seine «produktive Stimmung» (Karoline von Wolzogen) zu beleben, war immer seine Hauptsorge, als er – wie spät in seinem so kurzen Leben – die materielle Sorge endlich hinter sich hatte: «Das Theater gab ihm fortwährend viel Genuß und wirkte belebend und aufklärend auf seine produktive Stimmung ... Ein karmoisinseidener Vorhang war vor dem Fenster, an dem sein Arbeitstisch stand, angebracht. Er sagte uns, daß der rötliche Schimmer belebend auf seine produktive Stimmung wirke.» Um in schöpferische Wallung versetzt zu werden, zumal während der Arbeit am ‹*Wallenstein*›, dazu ist die Musik ihm nützlich, doch keineswegs nützlicher gewesen als hellheiteres Wetter, als Kunst-Anschauung, als Reiten und viel, viel Schlaf: «Ich habe es in diesen schönen Tagen einmal wieder mit der frischen Luft versucht»; eine Woche später: «Meine Frau kann es noch nicht satt werden, Meyers (des Weimarer Zeichenlehrers) schöne Werke zu preisen ... so werde ich noch einen Flug nach Weimar vornehmen. Es ist auch mein ernstlicher Wille ... künftig das Theater in Weimar (denn Jena hat keins) besser zu benutzen ... Wenn es auch bloß um die Musik wäre, müßte man's schon tun, denn die Sinne werden ja sonst gar nicht auf eine ästhetische Weise berührt. Aber auch das Theater selbst wird gut auf mich wirken» ...

Frische Luft, Zeichnungen, Theater, Musik – alles unentbehrliche Stimulantien wie der von Goethe verabscheute Kaffee, gewiß. Doch absurd wäre es, daraus den Schluß zu ziehen, sie hätten Schillers Werke «geboren». Die wurden seinen Ideen und inneren und äußeren Gewalten abgekämpft, seinem Blick in die Geschichte und nicht zuletzt – vielleicht zuerst – seiner Ursprungs-*Lust* zu predigen: stieg er doch bereits als kleiner Junge, als Pastor verkleidet, auf den Stuhl und predigte seinen Geschwistern! Schillers elementarer Trieb, seine Visionen zu artikulieren im Wort, das ihn selber überwältigte und dann hinriß in die Produktivität – dagegen hat er niemals gesungen, nie, so wenig wie Lessing –, dieser Trieb benötigte zuweilen geistiger wie körperlicher Reizmittel, deren eines – *eines* – die Musik war. Er sagte: «Man wirft mir oft meine Unempfindlichkeit für Musik vor, aber ich fühle jetzt, daß es wohl auch die Schuld der Musik gewesen sein mag, daß ich ungerührt blieb» – so, nachdem er zuerst eine Oper Glucks gehört hatte. Und als er selber, Mai 1786, einmal «zwei Arien und ein Terzett zu einer Operette gemacht» hat, kommentiert er verächtlich, als «der Text schon in den Händen des Musikus» ist: «Ich hoffe – und das ist meine selige Zuversicht, ich hoffe, daß die Musik noch immer um ein Gran schlechter als meine Arien ausfallen wird, und diese sind gewiß schlecht. Indes es wird eine Oper unter dem Frisieren, und ich thue es mit Absicht – um schmieren zu lernen.»

Er hat nie gelernt zu schmieren, nicht einmal mit Hilfe der Musik, die ihm zur Erholung nützlich war und auch erreichbar, im Gegensatz zur Anschauung des Meeres, das er wundervoll besungen, aber nie gesehen hat, obgleich er sich zeitlebens sehnte, seine Lust, Reisebücher zu lesen, die er mit Kant geteilt hat, durch den Anblick des Meeres zu konkretisieren – hat sich doch in Schillers Nachlaß auch der Dramenentwurf: ‹*Das Schiff*› gefunden. Und zweifellos hat ihm wie jedem, der Phantasie hat, die Musik auch Visionen zugeführt,

Bilder, die nur die Steigerung des Lebensgefühls uns vor Augen zwingt: die beiden Rudolstädter Schwestern, deren eine er dann heiratete, waren ihm sehr lieb schon wegen ihres Klavierspiels, das «nicht den kleinsten Teil der Erholung ausmachen wird, die ich mir dort verspreche» ... Ja, als Schiller einmal Freund Körner Harmonika spielen hörte, schwärmte er von den «hohen Inspirationen», die ihm dieses Instrument zuleite – so wie er vom Klavierspiel von Braut und Schwägerin sagt: «Du glaubst nicht, wie mich das belebte.» Erholung, Belebung, ja Inspiration – sicher. Aber die Geburt seiner Stücke aus dem Geist nicht der Geschichte, sondern dessen, was ihr Gegenteil ist, nämlich Erholung, Belebung? Von der Geschichte zur Tragödie braucht es keinen Schritt, die sind im letzten *immer* identisch. Doch von der Musik zur Tragödie? Sie illustriert sie, sie bringt sie nicht hervor.

So gehen jene viel zu weit, die aus Schillers Brief an Goethe (29. Dezember 1797) die Folgerung ziehen wollen, Schiller habe Nietzsches Theorie schon «vorausgeschaut» (Carlo Schmid).

Wie hinfällig wird diese Vermutung, wenn man – ausnahmslos – alle Produktionsprozesse Schillers nachvollzieht, die er in Briefen und Gesprächen Werk für Werk reflektiert hat! So auch in diesem zitierten Brief, wo Schiller der Oper und den «Chören des alten Bacchusfestes» lediglich zutraut, das Trauerspiel vom zufälligen Schutt belangloser Fakten zu befreien, also den Dichter davor zu bewahren, stoffhuberisch in der «gemeinen Naturnachahmung» haftenzubleiben, unterzugehen; er sagt das so: «In der Oper erläßt man wirklich jene servile Naturnachahmung und ... könnte sich auf diesem Wege das Ideale auf das Theater stehlen.» Denn was Schiller sucht, schon in dieser Zeit, das ist ein Stoff, der sozusagen *befreit* ist vom Stofflichen. So daß er die Wirklichkeit, die *immer* dem Dramatiker – *jedem*, wie er oft klagte – zu enge Fesseln anlegt (heute sprechen wir von der erdrückenden, das freie Spiel erdrückenden Macht des Dokumentarischen) – so daß Schiller die Wirklichkeit nicht mehr wie in seinen historischen Stücken (mit denen er *deshalb* nie völlig zufrieden war) *nachahmen*, nicht mehr *darstellen* müsse, was ohnehin kaum möglich ist, sondern nur andeuten, er sagt: «bedeuten» brauche «durch Einführung symbolischer Behelfe». *Ein* Behelf, die historische Tagtäglichkeit idealistisch, symbolisch zu überwinden, war ihm *auch* die Musik – mehr aber war die Musik für ihn als Dramatiker niemals; mit dem griechischen Chor immerhin hat er es später ja einmal versucht in seiner ‹*Braut von Messina*›, mit der Musik aber tat er sich niemals zusammen, um «die Poesie zu reinigen», was er sich von ihr sowohl wie von Symbol-Prothesen versprach, die ihn vom Schutt und Schotter historischer Fakten frei machen sollten. Eine Woche nach diesem Brief bereits muß er Goethe wieder eingestehen – denn tatsächlich hat ihn seit der Konzeption des ‹*Wallenstein*› überhaupt kein Problem auf Erden mehr so bedrückt wie dieses, das er nie zu lösen vermochte –, er habe sich «diesen Begriff vom Symbolischen in der Poesie noch nicht recht entwickeln können», so daß er nunmehr (5. Januar 1798) es sich «gesagt sein lasse, keine andre als historische Stoffe zu wählen, frei erfundene würden meine Klippe sein. Es ist eine ganz andere Operation, das Realistische zu idealisieren, als das Ideale zu realisieren, und letzteres ist der eigentliche Fall bei freien Fiktionen. Es steht in meinem Vermögen, eine gegebene, bestimmte und beschränkte Materie zu beleben, zu erwärmen und gleichsam aufquellen zu machen» ... Und er kündigt an, was er leider nie mehr realisieren konnte: «etwas recht Böses zu tun und eine alte Idee mit Julian dem Apostaten auszuführen ... das fürchterliche Interesse, das der Stoff hat, mußte die Gewalt der poetischen Darstellung desto wirksamer machen.» Nein, es ist keine noch so gewaltsame Verbindung zu konstruieren, die angeblich von Schiller, dem Politiker, dann dem Historiker unter den Klassikern, zur Musik als *dem* Schoß hinführt, aus dem seine Dramen geboren worden waren! Die *Politik* hat sie hervorgebracht, solange Schiller, unbeweibt und ohne Kinder, riskieren konnte, die Machthaber herauszufordern und ohne Sorge für seine eigene Person am Tode des Verhungerns entlangzutaumeln: ich übertreibe nicht! (Später brachte die *Historie* sie hervor.) Wer, wenn nicht Henriette von Wolzogen, ließ ihn überleben in Bauerbach, obgleich diese großartige Witwe die Existenz ihrer vier Söhne, die auf der Karlsschule ernährt wurden, aufs Spiel setzte, hätte Carl Eugen erfahren, *wer* dem Deserteur Schiller Unterschlupf gewährte. Und war es nicht Freund Körner, auch Huber, die ihn durchfütterten – so wie auf der Flucht die Mutter des Andreas Streicher und der Maurermeister Hölzel das getan hatten, als Dalberg denn doch ‹*Kabale und Liebe*› nicht im Spielplan und den Dramaturgen Schiller gegen die Einwände der sogenannten «Noblesse» nicht im Hause halten konnte, sondern ihn hinauswarf aus Mannheim? Später hat es dann jener dänische Fürst übernommen, Schiller zu ernähren; denn noch in Jena war er dem Verhungern nahe, seine Professur war unbesoldet; jener Däne, dessen Familie zuvor schon Klopstock und später Hebbel vor dem Verkommen in grenzenloser Armut gerettet hat, ernährte Schiller! Daß endlich Schiller vom Zeitstück wegging, dem historischen entgegen, mit dem er keinen Anstoß mehr erregen konnte, um sich in Weimar halten zu können: wer würfe den ersten Stein? Das Beispiel des von seiner Umgebung zugrunde gerichteten Lessing vor Augen, der sich mit zunehmenden Jahren immer «unmöglicher» gemacht hat durch die Radikalisierung seines Denkens – Lessing vor Augen, der an Verkümmerung starb: wie hätte Schiller *nicht*, abermals «etwas recht Böses zu tun», wie er mit dem Julian Apostata-Plan angekündigt hatte, lieber aufschieben sollen? Sein Kampf mit den Sujets war hart genug; wie sagte er noch als Meister des historischen Dramas: «Es gibt gegen eine Stunde des Mutes und des Vertrauens immer zehn, wo ich kleinmütig bin und nicht weiß, was ich von mir denken soll.» Daß er, «wenn es mir mit einigen Schauspielen gelungen ist, mir unser Publikum (in Jena und Weimar) recht geneigt zu machen, etwas recht Böses tun» wolle: dieser Vorsatz, *diese* Stoffwahl gehen übrigens *auch* zurück auf jenes schon umschriebene Problem, das Schiller mit Qualen bedrängt hat bis zuletzt: einen Stoff zu finden, der von allem orts- und zeitgebundenen frei, seinem «Begriff vom Symbolischen in der Poesie» genüge, also dem höchsten seiner Ansprüche. Und woher hatte Schiller diesen Begriff? Er hatte ihn von jenem seit nunmehr zwanzig Jahren so gut wie unaufgeführt herumliegenden Drama, das in Weimar auf die Bühne zu bringen der Herzog sogar schon erlaubt hatte, wenn auch mit Bedenken – das jedoch Schiller selbst als Goethes Dramaturg noch immer nicht anzufassen wagte. Und warum nicht? Beiden hätte es doch mächtigen Spaß gemacht, die Kirche zu provozieren, speziell den Präsidenten des Oberkonsistoriums Generalsuperintendent Herder, der zwar brieflich sofort nach Erscheinen Lessing mitgeteilt hatte, er halte ‹*Nathan*› für ein Meisterwerk – der aber doch nicht öffentlich, wie übrigens keiner damals, das zuzugeben wagte! Daß Schiller sich schuldig zu sein glaubte, auch wieder einmal «etwas recht Böses zu tun»; daß er durch einen Julian die Christen aufs äußerste provozieren wollte – denn natürlich ist es für Christen ein Ärgernis, daß ausgerechnet «der Abtrünnige» eine so erhaben anständige Gestalt unter den römischen Kaisern ist –, diese Stoffwahl im Zusammenhang mit diesem Vorsatz – und die verzweifelte Suche nach einer Parabel, wie allein Lessing sie mit ‹*Nathan*› gefunden hatte: dies zeigt, wo sogar Schiller sterblich war. ‹*Nathan*› blieb eine ständige Herausforderung, auf die er gereizt und hämisch reagierte, menschlich-allzumenschlich ...

Daß sogar *er* das sein konnte, zuweilen und – meines Wissens – allein angesichts des *einen* unerreichbar großen Pioniers des Dramas, denn kein Weimarer, ebensowenig wie Kleist oder Grillparzer, vermochten ein Stück zu hinterlassen, das wie ‹*Nathan der Weise*› durch alle Zeiten und Zonen so schlicht wie immer aufregend aktuell mit gleicher Eindringlichkeit *allen* zum Frieden redet: das erlaubt es erst, auch Schiller noch als Menschen zu sehen, bei aller – wie Goethe an Zelter schrieb, und Goethe hat als Erwachsener niemals mehr geschwärmt – bei aller «eingeborener echter Christus-Tendenz», die er in Schiller walten sah: «Er berührte nichts Gemeines, ohne es zu veredeln»!

Woher nahm Goethe, abgesehen von seiner eigenen Erfahrung mit Schiller, noch fünfundzwanzig Jahre nach dessen Tod dieses das Visionäre streifende Bild? Das ist eine Geschichte, die aufs rührendste den Glauben Schillers an die Bildsamkeit des Menschen, auch des einfachsten, bestätigt: 1828 sandte eine Frau, die ein Menschenalter zuvor als junges Mädchen zuweilen Gespräche Schillers beim Teetrinken aufgezeichnet hatte, Goethe zum Geburtstag nach Dornburg diese Notizen. Goethe las sie. Sein Kommentar: «Schiller erscheint hier wie immer im absoluten Besitz seiner erhabenen Natur; er ist groß am Teetisch, wie er es im Staatsrat gewesen sein würde. Nichts geniert ihn, nichts engt ihn ein, nichts zieht den Flug seiner Gedanken herab; was in ihm von großen Ansichten lebt, geht immer frei heraus ohne Rücksicht und ohne Bedenken» – so zu Eckermann. Zwei Jahre später fallen ihm diese Aufzeichnungen über Schiller abermals in die Hände, er schreibt: «Es sind noch manuskripte Blätter da, aufgezeichnet von einem Frauenzimmer, die eine Zeitlang in seiner Familie lebte. Diese hat einfach und treuherzig notiert, was er zu ihr sprach, als er mit ihr aus dem Theater kam, als sie ihm Tee machte und sonst: alles Unterhaltungen im höheren Sinne, woran mich sein Glaube rührt, dergleichen könne von einem jungen Frauenzimmer aufgenommen und genutzt werden. Und doch ist es aufgenommen worden und hat genutzt – gerade wie im Evangelium: ‹Es ging ein Sämann aus zu säen› …»

So Goethe, der bei seiner Vorbereitung für die Trauerfeier, die er im Theater für den verstorbenen Schiller hatte halten wollen – er konnte es nicht, zu niederschlagend war seine Erschütterung –, auch den Satz notiert hat: «Wer bewahrt mich vorm Versinken ins Reale?» Dennoch – und dieser enorme Spannungsbogen macht Schillers Kopf zu einem Janushaupt, macht ihn als Schreiber so interessant wie als Täter und umgekehrt –, und doch Goethes Bestätigung auch, im Staatsrat wäre Schiller ebenso bedeutend gewesen; und die zahllosen Äußerungen Schillers selbst, bei allem Erhabenen doch ganz fest auch mit beiden Füßen in dieser Wirklichkeit zu stehen, zum Beispiel: «Mir schwant, daß ich am Ende dem Publizisten näher bin als dem Dichter – wenigstens näher dem Montesquieu als dem Sophokles»!

Zurück noch einmal, weil daraus die unhaltbare Nichtstellung des politischen Dichters in Deutschland resultiert, zu Nietzsches absolut unberechtigter Beschlagnahmung Schillers als eines Tragikers, der nicht aus Politik und Geschichte, sondern aus der Musik seine Dichtungen empfangen habe – was *besonders* Schiller ganz unverständlich gewesen wäre, der – und das wußte natürlich auch Nietzsche, wie nicht! – aus der Rebellion und aus dem immerwährenden Zweikampf zwischen Staatsräson und individueller Moral seine Dramen «entbunden» hat, um im Hinblick auf die Schwere ihrer Geburten dieses der Natur zukommende Bild zu benutzen.

Nietzsche hätte durchaus schon die Möglichkeit gehabt, die Entstehung der einzigen Oper Beethovens detailliert zu studieren. Wie bezeichnend übrigens schon dies: daß *der* Dramatiker unter den deutschen Komponisten zeitlebens nur *eine* Oper schreiben wollte und dazu keineswegs durch die Musik angeregt worden ist, sondern durch das Wort. Die Entstehung der Musik aus dem Geiste des Dramas – *das* war der Weg, auf dem Beethoven, wie andere Zeitgenossen auch zwischen Revolution und Napoleons Deportation nach St. Helena, seine «Schreckens- und Rettungs-Oper» schuf: was «ihn bewegte, war der moralische Kern des Sujets. Das Theater habe Moral und Ideale vor Augen zu stellen; hierin unterschied sich Beethoven von den Opernkomponisten des Rokoko» – ja, und unterschied sich darin, können wir hinzusetzen, was freilich Nietzsches These widerlegt, in *nichts* von Schiller, der in keinem einzigen Fall von der Musik zu seinen Dramen kam, so sehr auch seine Dramen dann umgekehrt sich als geeignet erwiesen «wie die keines anderen Dichters von welschen Librettisten geplündert zu werden; Schiller selbst aber fühlte offenbar keine Lust zum Berufe eines deutschen Metastasio. Die vaterländische Musik» – so fährt dieser Chronist der für Schiller völlig unproduktiv gebliebenen Beziehung zum Komponisten Zumsteeg fort (Zumsteeg war Mitschüler auf der Karlsschule und hat nie aufgehört, seinen Jugendfreund Schiller um ein Libretto zu bitten, vergebens) –, «die Musik verdankt Schiller nur eine unmittelbare, mächtige Anregung: aus seinem *‹Lied an die Freude›* ist die Neunte Symphonie aufgegangen.» Ja, einmal mehr also auch hier: die Entstehung großer Musik aus der Dichtung – nicht aber, wie Nietzsche es sich seinem Freund zuliebe gedacht hat: die Geburt der Dichtung aus der Musik. Aufschlußreich: Komponist Zumsteeg zwar, den keiner mehr kennt, hat «so ziemlich alles, was von Schiller komponierbar war, im Laufe der Zeit in Musik gesetzt», hat aber umgekehrt Schiller nie dazu überreden können, so unentwegt er das versuchte, für ihn speziell einen Text zu schreiben. Und große Komponisten scheuen große Dichtung auf eine geradezu verdächtige Weise. Oder ist es nicht so, daß zwar Goethe vor Eckermann beklagt hat, daß nicht Mozart *‹Faust›* komponiert habe – daß dagegen Mozart offenbar nicht eine Minute in Versuchung geriet, den zwölf Jahre vor seinem Tode als Buch publizierten *‹Nathan der Weise›* an Stelle des albernen *‹Zauberflöte›*-Librettos in Musik zu setzen? Aber obgleich das doch die Regel fast ohne Ausnahme ist, daß unsere deutschen klassischen und romantischen Musiker die bedeutende Dichtung, als sie Operntexte suchten, so strikt gemieden haben wie der Teufel das Weihwasser, und sich statt dessen von zehntklassigen Poeten Libretti schreiben ließen: Nietzsche, als er aus seinem Einfall seine Konstruktion machte, scheint das überhaupt nicht irritiert zu haben! Er gehört eben zu jenen «Wissenschaftlern», die zumeist nur in der Philosophie und Geschichte ihr Unwesen treiben, die nämlich zuerst eine These haben – und dann, diese These zu stützen, allein jene Fakten sich zusammensuchen, die *dazu* geeignet sind; während sie jene Fakten totschweigen, die ihre These widerlegen würden ...

Das bis zur Abneigung gehende Mißtrauen, das der wegweisende Pionier des Dramas, Lessing, in die Musik setzte, ist zwar noch kein Beleg für die Absurdität der Behauptung Nietzsches, das Drama entspringe der Musik. Dagegen ist aufschlußreich, daß ein derart vom Rhythmus bestimmter Autor wie Schiller erst sein viertes Drama, und nachweislich nur deshalb, weil der Vers von Lessings ‹*Nathan*› ihn dazu anregte, nicht aber die Musik in seinem Inneren, aus der Prosa, in der es entstanden war und in der Schiller es gespielt haben wollte und an die Bühnen versendete, für die Buchfassung in Jamben übersetzt hat. Jeder seiner zahllosen Briefe, die den – ihm immer qualvollen – Produktionsprozeß des Dramatikers Schiller spiegeln, beweist, das am Anfang des Dramas Schillers Kampf mit Schema und Stoff stand – selbst jener Brief beweist das noch, mit dem Nietzsche das Gegenteil belegen wollte, weil Schiller da *auch* sagt, zu Goethe am 18. März 1796, daß bei ihm «die Empfindung anfangs ohne bestimmten und klaren Gegenstand ist; dieser bilde sich erst später. Eine gewisse musikalische Gemüthsstimmung geht vorher, und auf diese folgt bei mir erst die poetische Idee». Wie er das zitiert, verschweigt Nietzsche, weil es seine Behauptung aufhöbe, daß Schiller, der gerade ‹*Wallenstein*› konzipiert, zuvor höchst prosaisch, und zwar in vielen Briefen über die Konzeption *auch* dieses Stücks, Sätze schrieb, wie: «Die Zurüstungen zu einem so verwickelten Ganzen, wie ein Drama ist, setzen das Gemüth doch in eine gar sonderbare

Bewegung. Schon die allererste Operation, eine gewisse Methode für das Geschäft zu suchen, um nicht zwecklos herumzutappen, ist keine Kleinigkeit. Jetzt bin ich erst an dem Knochengebäude, und ich finde, dass von diesem, ebenso wie in der menschlichen Structur, auch in dieser dramatischen alles abhängt.» Natürlich brauchte auch Schiller, was man «Stimmung» nennt, aber die zu erzeugen, wir belegten das schon, dazu waren ihm Sonne und Natur viel wichtiger als Musik und, prosaisch, aber wahr, auch Kaffee! «Mich hat diese Ankündigung des Frühlings recht erquickt und über mein Geschäft, das dessen sehr bedurfte, ein neues Leben ausgegossen», schreibt er, schon damals immer mit der Menschen- und Stoffülle des ‹*Wallenstein*› sich herumschlagend, an Goethe, bereits ein Jahr vor seiner Erwähnung einer musikalischen Gemütsstimmung: «Wie sind wir doch mit aller unserer geprahlten Selbständigkeit an die Kräfte der Natur gebunden, und was ist unser Wille, wenn die Natur versagt! Worüber ich schon fünf Wochen fruchtlos brütete, das hat ein milder Sonnenblick binnen drei Tagen in mir gelöst; freilich mag meine bisherige Beharrlichkeit diese Entwicklung vorbereitet haben, aber die Entwicklung selbst brachte mir doch die erwärmende Sonne mit ... Einen Entwurf, der das ganze umstürzen könnte, habe ich von nun an nicht mehr zu fürchten, und gegen einzelne Irrthümer in der Anwendung wird die strenge Verbindung des Ganzen selbst mich sicher stellen, wie den Mathematiker die Rechnung selbst vor jedem Rechenfehler warnt.»

An Freund Körner schreibt Schiller sogar: «Vor dieser Arbeit ist mir ordentlich angst und bange, denn ich glaube, mit jedem Tag mehr zu finden, daß ich eigentlich nichts weniger vorstellen kann als einen Dichter und daß höchstens da, wo ich philosophieren will, der poetische Geist mich überrascht.» Dann wehrt er sich gegen Körners Verdacht – schon zwei Jahre vor dem zuerst zitierten Brief an Goethe, der seine Qual der ‹*Wallenstein*›-Konzeption behandelt –, daß der

Freund ihn zu schwunglos finden könne; Schiller schreibt: «Du meynst, dass ich den Wallenstein zu sehr mit dem Verstand und zu wenig mit Begeisterung angreife. Aber das gilt nur von dem Plan, der nicht streng genug berechnet werden kann. Ausführen muss ihn die Imagination und die augenblickliche Empfindung. Diess ist es aber, wofür ich fürchte, dass mich die Einbildungskraft, wenn ihr Reich kommt, verlassen werde.»

Sätze wie diese, zweifellos Hunderte, allesamt zu unterschlagen; zu unterschlagen wie immerhin die nicht ganz nebensächliche Tatsache, daß Schillers Dramen Politik abhandeln – dennoch aber diesen selben Dichter, der so klar wie kein anderer in seinen Briefen Rechenschaft über die Entstehungs-Torturen seiner Dramen abgelegt hat, wegen eines einzigen Hinweises auf «eine gewisse musikalische Gemüthsstimmung» zum deutschen Kronzeugen für die Behauptung, Musik schaffe die Tragödien, herbeizuholen: das setzte schon *Nietzsches* sehr reserviertes Verhältnis zur Wahrheit voraus!

Denn selbst, wenn man Nietzsche zugute hielte, daß er Schillers wenige, meist ganz unpassionierte Bemerkungen zur Musik in Briefen und Gesprächen nicht gekannt hat: so verbietet sich doch anzunehmen, er habe Schillers sehr berühmte ‹*Egmont*›-Rezension nicht gelesen, die damit schließt, daß Schiller ein besonders krasses Bild sucht, den Schluß dieses – sonst mit Hochachtung bebeckmesserten – Dramas radikal zu verdammen. Und wo sucht Schiller dieses Bild? Würde Nietzsche auch das zitiert haben, wie es seine Pflicht gewesen wäre, da er doch Schiller so unbedenklich für sich als Zeuge aufgerufen hatte, er hätte sich Titel und These seines Werbetextes für Wagner nicht leisten können! Denn Schiller verwirft ausgerechnet deshalb den Schluß des ‹*Egmont*› als «unbegreiflich», als «mutwillig», als «Salto mortale», weil *Goethe sein Stück zuletzt zur Oper macht*!

Das Verschweigen, wie es Nietzsche tut, heißt vorsätzlich Lügen. Schiller verurteilt nämlich hier die Musik in der Tragödie, durch die nach seiner Meinung Goethe sich «an Natur und Wahrheit versündigt», wie folgt: «Je höher die Illusion in dem Stück getrieben wird, desto unbegreiflicher wird man es finden, daß der Verf. selbst sie mutwillig zerstört. Egmont ... schlummert ... Eine Musik läßt sich hören, und hinter seinem Lager scheint sich die Mauer aufzutun ... Kurz, mitten aus der wahrsten und rührendsten Situation werden wir durch einen Salto mortale in eine Opernwelt versetzt, um einen Traum zu *sehen*. Lächerlich würde es sein, dem Verf. dartun zu wollen, wie sehr er sich dadurch an Natur und Wahrheit versündigt habe ... Gefalle dieser Gedanke, wem er will ...»

Dies, kein anderes, ist Schillers Urteil über Musik, wo sie benutzt wird, eine Tragödie zu veropern!

Zwar in Schillers *Gedichten* – keineswegs aber in seinen Dramen, außer in der Vorrede zur ‹*Braut von Messina*› – und auch in seinem Leben finden sich Belege genug, daß der Urquell seiner *Sprache*, nicht aber der seiner Aussagen: der Rhythmus war – Rhythmus der Prosa wie im Vers. Und niemand hat derart der ‹*Macht des Gesanges*› gehuldigt, ja sie geheiligt wie Schiller, der nicht nur den Sänger als einen Verbündeten sogar der Parzen bezeichnet hat, jener – wie er dichtete – «furchtbaren Wesen, die still des Lebens Faden drehn», so wie er auch, fasziniert vom Tode – das war Schiller oft und sich quälend als Jüngling, später nicht mehr – dem Dichter nachgerühmt hat, er tauche das «bewegte Herz ... in das Reich der Toten». Ja, Schiller hat sogar, und niemand sonst, dem Gesang als einer unüberwindbaren Schutzmacht für den Menschen vertraut, in der – dank ihrer Schönheit – sprachlos machenden Ansprache an die Dichtkunst:

«So rafft von jeder eitlen Bürde,
Wenn des Gesanges Ruf erschallt,
Der Mensch sich auf zu Geisterwürde
Und tritt in heilige Gewalt;
Den hohen Göttern ist er eigen,

Ihm darf nichts Irdisches sich nahn,
Und jede andre Macht muß schweigen,
Und kein Verhängnis fällt ihn an ...»

Und so vollkommen wie in Reimen ist seine hinreißende Sprachgewalt auch in seiner Prosa – und sogar noch im Gespräch. Das geben selbst Literaten zu, deren keiner außer Goethe und Hölderlin ihn *neidlos* betrachtet hat. Aus allen Äußerungen aller ist immer erst jene Schärfe abzuziehen, wenn wir einen halbwegs objektiven Befund erhalten wollen, die Schillers Ruhm ohne Beispiel bei der Jugend in den ebenfalls Schreibenden seiner Zeitgenossen ausgelöst hat. Typisch dafür, daß Jean Paul, noch ohne Schiller anders als auf einem Bild gesehen zu haben, über ihn schriftlich gibt: «Er stellt einen Cherubim mit dem Keime des Abfalls vor, und er scheint sich über alles zu erheben, über die Menschen, über das Unglück über die – Moral. Ich konnte das erhabene Angesicht, dem es einerlei zu sein schien, welches Blut fließe, fremdes oder eigenes, gar nicht satt bekommen.» Dieser Aburteilung von Format fügt er ein Jahr später hinzu: «Ich trat gestern vor den felsigten Schiller, an dem wie an einer Klippe alle Fremden zurückspringen; er erwartete mich aber nach einem Briefe von Goethe. Seine Gestalt ist verworren, hart, kräftig, voll Ecksteine, voll scharfer, schneidender Kräfte, aber ohne Liebe. Er spricht beinahe so vortrefflich als er schreibt. Er war ungewöhnlich gefällig und setzte mich (durch seinen Antrag) auf der Stelle zu einem Kollaborator der Horen um – und wollte mir eine Naturalisationsakte in Jena einbereden.»

Typisch für das Urteil eines Kollegen: Schiller, angeblich, ist ohne Liebe – aber schon im ersten Gespräch bietet er dem bettelarmen Jean Paul Geld an, nämlich: Mitarbeit bei seiner Zeitschrift und einen Wohnsitz in Jena! Uns hier interessiert jetzt, daß ein so kritisch gesehener denn doch bescheinigt bekommt: er spreche fast «so vortrefflich als er schreibt». Denn das beleuchtet, wie wenig zu halten ist von dem, was nur zwei Monate zuvor Schelling angeblich bei Schiller erlebt haben wollte: «Es ist erstaunend, wie dieser berühmte Schriftsteller im Sprechen so furchtsam sein kann. Er ist blöde und schlägt die Augen unter, was soll da ein anderer neben ihm? Seine Furchtsamkeit macht den, mit dem er spricht, noch furchtsamer. Derselbe Mann, der, wenn er schreibt, mit der Sprache despotisch schaltet und waltet, ist, indem er spricht, oft um das geringste Wort verlegen und muß zu einem französischen Zuflucht nehmen, wenn das deutsche ausbleibt. Schlägt er die Augen auf, so ist etwas Durchdringendes, Vernichtendes in seinem Blick, das ich noch bei niemand sonst bemerkt habe.»

Eben: und das wollte sagen, gehen Sie doch endlich – nur hat Schelling das nicht bemerkt. Goethe aber hat amüsiert beobachtet, daß Schiller sich wie ein Schnappschloß verschließen oder auch, daß er schroff bis rüde werden konnte, wenn ihn einer bei der Arbeit störte, unangemeldet, oder ihm unsympathisch war. Schelling dürfte bereits in seiner Eigenschaft als Philosoph Schiller lästig gewesen sein, denn er hatte um diese Zeit, 1796, sich endlich mit energischer Selbstanstrengung freigemacht von der Philosophie, aber doch in Bitterkeit erkennen müssen, daß er die mit Kant für die Poesie vergeudeten Jahre im Wettlauf mit dem Tode nie mehr einholen könne – und daß schließlich dem Dichter die Beschäftigung mit allem Abstrakten nur schädlich und am Schreibtisch lähmend ist, denn Schiller wußte längst: «Die höchste Philosophie endigt in einer poetischen Idee, so die höchste Moralität, die höchste Politik. Der dichterische Geist ist es, der allen dreien das Ideal vorzeichnet.»

Aufschlußreich für uns hier: daß sogar Schelling seine bösartige Skizze nicht abschließen konnte, ohne zuzugeben, der, den er blöde genannt hatte, könne «nichts Uninteressantes sagen». Da wird Schellings Zusatz: «... aber was er sagt, scheint ihm Anstrengung zu kosten», zum Beleg für Max Regers Erfahrung: «Nichts ist dümmer als die Mitwelt.» Mozart und Schiller kann keiner sein, ohne Salieris – viele – an seiner Seite …

Denn Schillers Sprache, diese mitreißende, breschenbrechende Lawa aus «Speculation und Feuer»! sie ist bis heute die machtvollste überhaupt im Drama geblieben; am – ich muß das wieder so sagen: am «ungeheuerlichsten» – in ‹*Kabale und Liebe*›, wo Schiller mit herrlicher Selbstironie dem Präsidenten entsetzt vor Ferdinand ausrufen läßt: «Junge, wo in aller Welt hast du dein Maul her!»

Und Thomas Mann sagte Schiller nach und allein *ihm*: er habe weniger die Sprache besessen – als umgekehrt: die Sprache *ihn*! Die ging dann, als er sehr jung war, so sehr mit ihm durch, daß alle ihn auslachten, als er auf der Karlsschule den Clavigo spielte, obgleich ja die meist schwäbelnden Mitschüler dort nicht sein Dialekt schockiert haben kann, sondern sein Übertreiben, das auch nicht gerade dazu angetan ist, seinen *musikalischen* Sinn zu belegen und das ihn übrigens immer nur dann entstellte, wenn er Literatur sprach. Wer aber überbetont, vertraut der Sprache nicht völlig – ein Zeichen dafür, daß Schiller sich noch stärker artikulieren wollte, als die Sprache zuließ, daß er durch Worte seinen hochfliegenden Geist nicht ganz zu erden vermochte. Der war noch weit *über* der Sprache, wie der Adler, dem sein Profil glich, über uns ist: jeder, der ihn kannte, war entzückt von der Ähnlichkeit der Dannecker-Büste. Lebensgefährlich wurde ihm sein Outrieren aus Überdruß über die Unzulänglichkeit des Sprechens und sein wahrhaft kriminelles Schwäbeln an jenem Nachmittag des 27. September 1782; als Flüchtling mit Andreas Streicher in Mannheim: in der Wohnung des Regisseurs Meyer las Schiller *den* Schauspielern, die vor acht Monaten seine ‹*Räuber*› uraufgeführt hatten, ‹*Fiesco*› vor. Doch einer nach dem anderen, zuerst Beil, endlich aber sogar Iffland, machten sich angewidert davon. Eine Katastrophe: wer sollte Schiller, dem immerhin von Auslieferung nach Stuttgart bedrohten Deserteur, und seinem Freund Streicher das Leben finanzieren, wenn ‹*Fiesco*› in Mannheim nicht zu verkaufen war? Sie kennen die Groteske, die um ein Haar Schiller in den Hungertod geführt hätte, was tatsächlich nur die nie zu vergessende Henriette von Wolzogen verhindert hat, die Schiller unter falschem Namen auf ihrem Thüringer Gut Bauerbach sieben Monate lang Ernährung und Versteck gewährte! Sie bleibt in Stuttgart, immer in Furcht, ein Denunziant melde dem Ernährer ihrer vier Söhne, dem Herzog, wo Schiller untergetaucht sei. Dessen einziger geistiger Umgang in dem Nest an der Werra ist ein Jude. Ein Jude gibt auch endlich das Geld, für das Frau von Wolzogen bürgt, damit Schiller die Rückreise nach Mannheim bezahlen kann, um Dalberg ‹*Kabale und Liebe*› zu verkaufen, das er in Bauerbach fertig schrieb ...

Was war denn in Mannheim Schiller dank seiner Sprache an jenem Septembernachmittag zugestoßen? Als die Schauspieler vor seinem ‹*Fiesco*› schon davonliefen, hatte Hausherr Meyer Schillers Mitflüchtling Streicher im Nebenzimmer unter vier Ohren gefragt, ob er auf Ehre behaupten wolle, dieser unglaubliche Vorleser sei derselbe Mensch, der die ‹*Räuber*› geschrieben habe? Es half nichts mehr, daß Meyer noch in derselben Nacht ‹*Fiesco*› las, um morgens zu sagen: «Ein Meisterstück, viel besser gearbeitet als die ‹*Räuber*›.» Denn die Schauspieler hatten Dalberg, der auch zum Empfang des Großfürsten Paul in Stuttgart gewesen war, schon gemeldet, der immer verhängnisvolle Herr Beil als Wortführer, ‹*Fiesco*› sei unbrauchbar.

Und der Intendant, zwar noch nicht ganz so feige wie unsere meisten Kunstbeamten heutzutage, aber doch auch schon in erster Linie Diplomat, war erleichtert, Schiller loszuwerden, verweigerte ihm auch jeden Groschen; ohne die schon erwähnte Zuwendung zweier Handwerker, erst der verwitweten Mutter Streichers, später der Familie Hölzl wären die Freunde zugrunde gegangen. (Bezeichnend für Schillers menschliche Anziehungskraft, daß er mehrfach im Leben Fremde findet, die seine Freunde werden, während sie ihm das Leben finanzieren! Sogar Goethe noch, der mit Eifersucht und Abscheu bei seiner Rückkehr aus Italien Schiller in «seinem» Herzogtum vorfindet, denn seit den ‹*Räubern*› betrachtet er diesen Mann, der ihm, Goethe, die Zuneigung der Jugend raubt, mit ausgeprägtem Widerwillen: sogar Goethe aber wird Schillers letztes Jahrzehnt buchstäblich segnen, vor allem auch materiell, mit einer Freundschaft, wie er sie nie im Leben einem anderen zugetragen hat.)

Dieser Freund Streicher opfert Schiller sein Studium, verzichtet für immer darauf – weil nämlich das Ersparte seiner Mutter dann aufgebraucht ist –, beim Sohn Bachs in Hamburg Musik zu studieren! Zu Fuß trieben sich nun die Freunde zwischen Mannheim und Frankfurt herum, in billigsten Wirtshäusern – ein Bett für beide –, bis Schiller einsah, das ihm von Dalberg aufgezwungene Neuschreiben des ‹*Fiesco*› führe auch nicht zu dessen Aufführung, und er noch froh war, dem Buchhändler Schwan für elf Louisdor das Drama zum Druck verkaufen zu können, damit er die Unterkunft in Oggersheim abzahlen und endlich, den 30. November 1782 auf Frau von Wolzogens Gut abreisen durfte, wie einst Junker Jörg ins Versteck auf der Wartburg. Eine der stolzesten Erfahrungen Schillers: «Es ist der Geist, der sich den Körper baut», über die Mundart, offensichtlich, die uns entstellt, hat der Geist keine Macht ... Später hat dann der von Lessing für das deutsche Drama geschaffene Blankvers Schiller beigestanden, der Sprache Meister zu werden, die bis dahin *ihn* bemeistert hatte. Ironie ohnegleichen: das sprachmächtigste aller deutschen Genies wird durch seine Aussprache fast umgebracht! Gesungen, wir sagten das schon, hat Schiller zwar nie. Doch am Anfang war Gesang. Schillers Urquell war der Rhythmus. Nicht weil er mit Gedichten angefangen hat, das tut jeder. Sondern so elementar war der Gesang in Schiller, daß er ihn zuweilen sogar – unglaublich, aber bezeugt –, schon zum Schreibtisch trieb, bevor noch Schiller wußte, was er sagen sollte, bevor er noch den Inhalt des Gedichts kannte, das rhythmisch schon aus ihm herausdrängte wie die Frucht aus dem Schoß. Dennoch hat es *gar keine* Überzeugungskraft, wenn das Lyrische in Schillers Dramen, die Gesänge schon in den ‹*Räubern*› überbewertet und gar ausgelegt werden als der *entscheidende* Impuls auch zu den Stücken! Doch interessant: nur wer das Politische mit der Brille des deutschen Michels als «ein garstig Lied» aus der Kunst verbannt wissen will, nur solche Spießer, denen freilich anläßlich Shakespeares niemals einfiele, Politik in der Literatur, als dort angeblich «ungehörig» wie eine Krankheit, eine Ent-«Artung» zu denunzieren – nur solche sind es, die auch an Schiller dessen rhythmisierende Urgewalt derart überbetonen, daß sie vom Inhalt seiner Stücke, eben da der so riskant politisch ist, überhaupt nicht mehr sprechen!

Aufschlußreich ist es da, wie ein namhafter Gelehrter dieses Ländchens, vermutlich weil er auch Minister war, vor seinem langen ‹*Räuber*›-Kommentar – vielleicht sollten ausgerechnet Minister, obgleich Schiller auch einer werden wollte, doch sicher nicht bei der CDU, keine ‹*Räuber*›-Kommentare schreiben –, es *ist* aufschlußreich, daß der zunächst einmal beteuert, das Motto ‹*In Tirannos*› sei *nicht* von Schiller, obgleich Reinhard Buchwald exakt den Nachweis geführt, daß es doch von Schiller ist – wenn der das zuweilen leugnen mußte, um nicht die Karriere seines Vaters zu vernichten oder später seinen Söhnen – einer seiner Söhne trat in württembergische Staatsdienste – den Lebensweg zu erschweren! Vor allem aber bekommen wir durch den Minister die Warnung mit auf den Weg, ‹*Die Räuber*› um Himmels willen nicht für ein revolutionäres Stück zu halten oder gar seine Bühenwirksamkeit mit seinem Inhalt zu erklären: «Denn Bühnenwirksamkeit hängt weder am Stofflichen noch am Einzelnen ... Auch eine andere Begründung für die Wirkungskraft der ‹*Räuber*› bleibt allzusehr im Ungefähren: der Hinweis auf ihre revolutionäre Tendenz und Stimmung. Denn weder der Handlungsverlauf noch der Geist des Dramas ... erlauben es, ohne weiteres und geradezu von einem revolutionären Drama zu sprechen» ...

Nun, dieser Storz hütet sich überhaupt, «ohne weiteres und geradezu» *irgend etwas* zu Papier zu bringen, so daß er denn auch zunächst einmal – Gott behüte! – So umständlich wie möglich versichert, von allen Fragen «erst recht diejenige nach seiner Aktualität» bei der langen Erörterung des Dramas «beiseite» zu lassen, als könne man von einem Großbrand sprechen, ohne das Feuer zu erwähnen! Und es kennzeichnet den Stuttgarter Leisetreter, daß er die absolut schwächste Szene der ‹*Räuber*›, die er selbst sogar als «fast komisch» abqualifiziert – und sie ist in der Tat so albern, daß sie die Inszenierung gefährdet (Schiller will da glauben machen, daß Amalia und Karl, immerhin Verlobte, einander nicht nur nicht erkennen, sondern nicht einmal kennen) –, es ist typisch, daß Storz ausgerechnet an *dieser* Szene wortverschwenderisch demonstrieren will, wie entscheidend – angeblich, aber das ist nicht wahr – auch von Schiller der Gesang zum integrierenden, wenn nicht gar auslösenden Bestandteil gemacht worden sei. Während doch in Wahrheit bis hin zum ‹*Tell*› höchst selten in Schillers Dramen der politische Dialog die Hereinnahme der Musik zuließ: «Schiller scheint der *persona*, der dramatischen Figur und Situation zu bedürfen, wenn er lyrische Unmittelbarkeit erreichen soll» (Storz). Aber das ist beleidigend, angesichts der lyrischen Herrlichkeiten, die Schiller ohne jeden Bezug zum Drama hinterließ – angesichts, um nur zwei Beispiele herauszugreifen, der bewegenden ‹*Nänie*›, die ja darin, «ein Klagelied zu sein im Mund der Geliebten», also in Einsamkeit und Alleingelassensein verhaucht – keineswegs aber einer dramatischen Situation mit dramatisierten Wortführern bedarf, sich zu artikulieren. Und woher sonst, wenn nicht aus einer Scheu, ja aus Angst vor der Gesellschaft holt Schillers leisestes Liebesgedicht: ‹*Das Geheimnis*› seine atemabschnürende Intimität, die fast im Leser dieses diskretesten aller Gedichte den Selbstvorwurf auslöst, ein Voyeur zu sein?

Übrigens hat denn auch dieser Gelehrte noch zugegeben, daß zum Beispiel das Brutus-Cäsar-Gedicht in den ‹*Räubern*› wie andere Songs auch keineswegs den Gestalten des Dramas sozusagen vom Mund abgelesen – sondern daß sie ihnen, von außen, als selbständige Gedichte zugelegt worden sind.

Es war nötig – und wir zeigten warum – zu belegen, daß nicht ‹*Die Macht des Gesanges*› der Ursprung der Dramen ist, sondern Empörung an Unterdrückung, Politik, die derart radikal wird, daß sie nicht mehr in Institutionen – sondern allein im Drama noch sich zu artikulieren vermag! Dieser Radikalismus ist allemal das Legitimste, was eine Jugend hat, wir Väter werden früh genug gezähmt von der Umwelt –, mit einem Wort: nicht *Musik* – sondern die *Tat* mit ihrer Tat*waffe*: dem *Wort* ist der Ursprung der Dramen. Nun zu Schillers Dramaturgie.

III

Wie Aischylos, und alle seine Nachfolger – ‹*Antigone*› ist eine Ausnahme –, wie später Vergil in den Mythos ausweichen mußten, *zwangsweise* – so haben außer in der Komödie oder im Religionsdrama es unter dem Druck der (wie auch immer genannten) Polizei alle Autoren tun müssen, bis Lessing die Bürger mehr als den Hof zu Braunschweig durch das erste deutsche Zeitstück ‹*Emilia Galotti*› entsetzt hat, dessen epochegründende Wirkung Goethe in ‹*Dichtung und Wahrheit*› als Chronist festhielt. Schiller, der ‹*Fiesco*› gar nicht drucken lassen wollte, ehe Lessing Korrektur gelesen habe, doch Lessing starb –, Schiller hat dann zuerst mit der herrlichen Zeile unter dem Personenverzeichnis der ‹*Räuber*›: «Der Ort der Geschichte ist Teutschland» die Kühnheit Lessings, seine ‹*Minna von Barnhelm*› mitten in die eigene Umgebung zu stellen, wiederholt. Und hat sie ins Halsgefährliche gesteigert, als er die von Lessing in ‹*Emilia Galotti*› nach

Italien verlagerte Zeitkritik, pures Dynamit jede Zeile, ebenfalls nach Deutschland hereinholte, in seine landeseigene Umgebung. Was immer man gegen seine Exzellenz Heribert Baron Dalberg vorbringt: er hat *gewagt*, und das *bleibt* sein Ruhm, wenn er auch sofort, als die sogenannte «Noblesse» aufschrie vor Empörung, das Stück wieder absetzte, hier in Mannheim, dieses noch heute revolutionärste aller Dramen: ‹*Kabale und Liebe*› uraufzuführen, und zwar *ohne* zu verlangen, Schiller solle wie bei seinen ‹*Räubern*› zunächst einmal die Handlung dorthin auslagern, wo sie keinem weh tut, ins Mittelalter oder in ein wie auch immer benanntes märchenfernes «Sezuan», um eine der von keinem Menschen gekannten und gefürchteten Provinzen zu nennen, wohin stets der schlaue Brecht, zum Ärger und zur künstlerischen Enttäuschung seines Freundes Piscator, alle seine Zeit-Stücke, von ‹*Furcht und Elend*› abgesehen, verschoben hat, damit er keinem weh tue und allerorten so hoffähig bleibe, wie der andere einstige Linke Richard Wagner. (Brecht hat man sogar in Bonn immer spielen können: das geschah ihm recht – was für ein Unbedenklichkeitszeugnis für einen Autor!)

Schillers einsame Tugenden: Mut und Menschlichkeit sind dank ihrer Rarität im deutschen Drama auch eine *politische* Größe ersten Ranges geblieben: man denke nur, wie er noch ein Jahr vor seinem Tode für Iffland, der jetzt Intendant in Berlin war, und, wie die heutigen Kunstbeamten auch, viel ängstlicher dort als die Regierenden zu ‹*Wilhelm Tell*› einen Fragebogen beantworten muß, damit Iffland seine Scheu verliert vor einem Drama, das nicht nur den Tyrannenmord propagiert, sondern – in seiner letzten Zeile – die Aufhebung der Leibeigenschaft: «Und frei erklär' ich alle meine Knechte!» Schiller antwortet Iffland als Diplomat; zwar hatte die Widerwärtigkeit der Bürger – die ja auch Lessing mehr zu fürchten gehabt hat als die der Fürsten – Schiller längst zum Royalisten gemacht, doch blieb er bis zuletzt, wie nicht nur sein ‹*Tell*› belegt, der Auffassung, da Revolutionen nur dort entstünden, wo sie *notwendig* seien: so könne das Recht des Volkes gar nicht diskutiert werden; ebensosehr bejahte er den Mord bei Abwesenheit aller legalen Rechtsmittel. Er blieb immer ein Anwalt der Unterdrückten, obgleich sich für Goethes Bemerkung, Schiller sei viel mehr Aristokrat gewesen als er, zweifellos genug Belege in Schillers Schriften und Lebensführung finden – die aber doch nie vergessen machen können, daß Schillers erstes und letztes Wort der Befreiung Entrechteter galt. Und der ganze Jammer über den Absturz des politischen Dramas von der Höhe, auf die Schillers *Menschlichkeit* es gehoben hatte, fällt einen an, wenn man liest, wie deutsche – freilich: nur deutsche – Nachfolger sich gegen Schiller auflehnen; Schiller ist ja von allen unseren Dichtern der *am meisten verleumdete* neben Lessing, wenn man etwa in Hebbels Tagebuch liest: «Sah ‹*Kabale und Liebe*› und war doch überrascht von der grenzenlosen Nichtigkeit dieses Stückes.»

Hebbel urteilte «natürlich» ebenso vernichtend über ‹*Maria Stuart*›, auch über die angebliche «völlige Ideenlosigkeit» im ‹*Wallenstein*›, obgleich dort allein schon der Europa-Gedanke, wie der junge Piccolomini ihn im Handeln seines Feldherrn zu sehen glaubt, mehr Zukunft hat als jede Zeile in ‹*Nibelungen*›:

«... daß an Europas großem Besten
ihm mehr liegt als an ein paar Hufen Landes,
die Österreich mehr hat oder weniger –»

Als habe Stendhal genau diese Zeilen im Sinn gehabt, schrieb er am 17. September 1805 seiner Schwester: «Europa hat eben einen großen Dichter verloren: Schiller.» So hoch stellte ihn später auch Dostojevskij, während wir des Landsmannes Hebbel ekelhafte Auslassungen über Schiller nur deshalb noch erwähnen, weil sie einmal mehr die groteske Erfahrung belegen, daß nie sonst ein Mann sich so lächerlich macht, als wenn er über einen Berufskollegen der eigenen Umgebung spricht. Und um zu untermauern, daß sogar artistische Meisterschaft, die ja dem Autor der *‹Agnes Bernauer›* kein Vernünftiger absprechen kann, noch nicht ausreicht, ein politisches Drama von der Qualität, die *‹Kabale und Liebe›* adelt, hervorzubringen, wenn diese Meisterschaft nicht Hand in Hand geht mit der *Humanität*, die überhaupt erst Schiller produktiv gemacht hat. Denn diese seine Humanität, der die Würde des einzelnen höher stand als jeder Wert sonst, als *jeder*, wie jede Zeile Schillers noch in seinen ästhetischen Schriften beweist, auch in den Gedichten:

> «Der Menschheit Würde ist in eure Hand gegeben –
> Bewahret sie!»

– sie hätte ihn mit Verachtung erfüllt angesichts der Rechtfertigungen, die sowohl Hebbel für den Mörder seiner Agnes fand wie Hegel sie dem Mörder der Antigone schrieb, sogar noch unterstellend, schon im Sophokles finde sich diese seine staatsvergottende Rehabilitierung des Kreon; in Wahrheit hat Sophokles den Kreon wie den Paranoiker Roland Freisler gezeichnet. Während Hebbel, persönlich dem quälendsten Proletariat nur glücklicherweise entkommen, sich der Macht ideologisch an den Hals warf – allerdings wäre er sonst auch verhungert – und mitleidlos die Ermordung seiner Bernauerin mit dem Frevelgeschwätz rechtfertigte: «Das Individuum, wie herrlich und groß, wie edel und schön es immer sei» müsse «sich der Gesellschaft unter allen Umständen beugen ... Eine ernste, bittere Lehre, für die ich von dem hohlen Demokratismus unserer Zeit keinen Dank erwarte» – hat Schiller den Weg für Büchner freigemacht, hat in Ferdinand durchaus einen Bruder des Woyzeck gezeichnet, Soldaten beide, die von der Apparatur zugrunde gerichtet werden, ohne Unterschied, ob sie Offizier und adlig oder sogenannter «Gemeiner» sind. Schiller hat ausdrücklich, wie übrigens wörtlich auch Jacob Burckhardt, der das gesperrt druckt, sogar die historische Größe nur gelten lassen, wo sie vermenschlicht ist durch *«ein Gran Güte»*, wie er in seinem Zweizeiler ‹*Güte und Größe*› fordert:

> «Nur zwei Tugenden gibts, o wären sie immer vereinigt,
> immer die Güte auch groß, immer die Größe auch gut!»

Aus dieser Einsicht dann sein früh ganz entschieden geäußerter Ekel vor Napoleon, dem Schillers Umwelt zujubelte, während Schiller, was schon allein die so oft angezweifelte, als weltfremd denunzierte Nüchternheit seines Blicks in die Geschichte beweist, über den Korsen so angewidert sprach, als habe er *voraus*gesehen, daß da ein Untier aufbrach, das noch *wesentlich* mehr Zwangsrekrutierte, prozentual, bei seinem russischen Abenteuer umbrachte als Nachfolger Hitler; Napoleon «vermochte» ganze fünf Prozent der von ihm über den Njemen mitgeschleppten Soldaten wieder heimzubringen ... Bevor irgendwer auf der Welt das wußte, schauderte es Schiller, sich gedanklich mit Bonaparte einzulassen, während zum Beispiel Hölderlin ihn damals schriftlich als den «Herrlichsten» pries ... und Beethoven ihm die ‹*Eroica*› widmete!

Noch war es zu früh, über Napoleon ein Stück zu schreiben, auch gibt es keine Zeile, die bewiese, daß ‹*Demetrius*› im Hinblick auf das Rußland-Unternehmen von 1812 konzipiert worden sei – doch die unbarmherzige Aktualität auch dieses letzten Entwurfs ist die Verpflichtung, Schillers ‹*Schaubühne*› unbedingt so auszulegen, daß Theater die Geschichte nur behandeln soll – denn die Bühne darf nie zum Museum werden –, wo die Historie und die sie treibenden Ideen die Bedrohung des Menschen durch den Menschen – dies dürfte die Formel für Geschichte sein – *heute* demonstriert! So wenig schon deshalb Antiquitäten schön sein müssen, sammelnswert: weil sie alt sind – so wenig muß ein Stoff, nur da er historisch ist, schon geeignet sein, auch uns noch interessierende Charaktere für die Bühne zu liefern. Die Qualität, mit der die Charaktere lebendig gemacht sind, entscheidet über den Wert eines Stücks – nicht die Dokumente, die nur Stoff bleiben, wenn sie nicht in Menschen lebendig wiederauferstehen, die uns Zuschauer *deshalb* existentiell herausfordern, weil ihre Probleme und Gefühle auch die unseren sind. Und die Botschaft des Stücks *muß eine humane sein*; nicht nur eine auch uns noch problematische; die Verteidigung – zum Beispiel – einer vor fünfhundert Jahren als Staatsräson akzeptierten Irrlehre, derzufolge ein Mädchen aus dem Volke ersäuft werden müsse, damit es nicht den Sohn eines Herzogs in eine unebenbürtige Ehe hineintreibe: geht uns als Verstoß gegen die Menschlichkeit nur dann noch an, wenn der Autor wie Hebbel dieses Verbrechen *gutheißt*! Dagegen die Forderung Posas: «Geben Sie Gedankenfreiheit» eine aktuellere ist als je, obgleich die Staaten heute ihre «Hexen» auf andere Weise terrorisieren, als Philipp II. es mit Scheiterhaufen getan hat. Schillers durch seine theoretische Vielleserei verschuldete Beschimpfung des ‹*Carlos*› als ein «Machwerk», das ihn anekle, ist für seinen eigenen Produktionsprozeß vielleicht nötig gewesen, objektiv jedoch absurd: Sprache und Ideen dieses (ihm als Thema übrigens von Dalberg geschenkten) Dramas sind herrlich wie in jenen Tagen, als der nur Siebenundzwanzigjährige es abschloß, um nicht: vollendet zu sagen – da der Handlungsablauf in der Tat mit seinen Briefintrigen und Privatissima noch nicht auf der Höhe aller späteren Dramen außer ‹*Jungfrau von Orleans*› ist. Nichts vermag ‹*Don Carlos*› in seiner Humanität und ‹*Agnes Bernauer*› in seiner Andienerei an Verbrecher derart zu charakterisieren wie die Verlegenheit, mit der jede ‹*Carlos*›-Inszenierung in Hitler-Deutschland von der Partei aufgenommen wurde – während Hebbels Tragödie damals die *meistgespielte* klassische gewesen ist; die Unmenschen spürten, daß Schiller auch hier *gegen* sie, daß aber Hebbel *für* sie geschrieben hatte ... ‹*Don Carlos*› zu verbieten wagten sie nicht, wie sie denn ja auch das Verbot des ‹*Tell*› nicht öffentlich bekanntgaben, sondern nur als berufsinterne Weisung des Propagandaministeriums an die ihm unterstellten Theater und Verlage.

Daß Goethe sich erinnerte: «Wenn man Schiller nach acht Tagen wiedersah, so fand man ihn anders und staunte und wußte nicht, wo man ihn fassen könnte», sollte nicht bedeuten, der Freund sei eine Proteus-Natur gewesen mit der Wandlungslust jenes griechischen Meergottes, der immer dann sich in einer anderen Gestalt *entzog*, wenn man eine Antwort von ihm wollte. Sondern was da Goethe an Schiller bewunderte, war die immer produktive Konfrontation der *Ideen*, nach denen Schiller angetreten war – mit den Gewalten erstens der politischen Welt, zweitens der dichterischen Produktion. Den politischen Zwängen hatte auch Schiller nachzugeben, sei es durch Flucht, sei es durch Arrangement mit seinem Brotgeber, dem Herzog von Weimar. Doch gegenüber den Zwängen der Produktion blieb Schiller zeitlebens derart souverän, daß er – erstaunlich angesichts seines so frühen Todes – abgesehen vom ‹*Demetrius*› und dem Gedicht ‹*Deutsche Größe*› fast ganz reinen Tisch machen konnte und in seinen Fragmenten keine ungelösten *formalen* Probleme hinterließ, wie sie etwa Goethes ‹*Wanderjahre*› oder der zweite Teil des ‹*Faust*› aufgeben. Das ist festzuhalten. Denn absurderweise ist ein ganzes Buch eigens dazu erschienen, aus Schillers Plänen zu nicht mehr geschriebenen Stücken den Nachweis abzuleiten, diese Notizen – es sind seltener Fragmente als meist nur Notizen zu herrlichen, zweifellos in Schillers Träumen schon vollendeten Dramen –, diese Notizen seien deshalb in der Schublade geblieben, behauptet das so dicke wie dumme Buch, weil Schiller «für seine neuen Ideen keine rezeptible Form gelang», so daß heute *der* Schiller, den wir kennen, «nur» aus jenen Werken bestehe (tatsächlich rügt der Professor «nur»!), deren – wieder Zitat – «Bewußtseinsstand nicht mehr sein eigener war».

Das ist frei erfunden: in keinem Brief, in keinem Gespräch Schillers, der doch im Gegensatz zu Goethe und zu Lessing jeden dichterischen Prozeß schriftlich reflektiert hat, auch mündlich, findet sich der geringste Beleg für die Aussage dieses westdeutschen Professors, der sich das in beneidenswerter Eintracht mit einer auch in der DDR längst überwundenen vulgär-marxistischen Dramen-Theorie ausgedacht hat. Diese Theorie, bekanntlich nicht einmal durch die Auseinandersetzung von Marx und Engels persönlich mit Lassalle über dessen ‹*Sickingen*›-Drama gestützt, verwirft auch Schiller als heute angeblich nicht mehr gemäß, weil seine Dramaturgie auf der Entscheidungsfreiheit des Individuums basiere. Tut sie das denn? Dieser Germanist, der unter Schillers Nachlaß-Notizen auch die drei Seiten zu einem Themistokles-Drama auswertete, hängt ihm an, Schillers Dramaturgie sei diesem Sujet aus folgendem Grund nicht mehr adäquat gewesen: «Ideologisch bleibt die Auffassung von der Rolle des Einzelnen: als könnten ‹die geschäftlichen Anstalten zu einer großen Kriegsexpedition› durch die Entscheidungen eines Einzelnen, und überhaupt noch, aufgehalten werden, als wäre ‹die Seele› einer ‹großen kriegerischen Handlung› ein Einzelner, als wäre sie zufällig – und nicht das System und daher mit relativer Notwendigkeit vorhanden, vom Verhalten eines Einzelnen kaum beeinflußbar.» Nun, wir kennen diese bis zum Überdruß wiedergekäuten, durch keinen einzigen unangepaßten, *eigenen* Gedanken erhellten Beteuerungen, das Individuum habe heutzutage kein Gesicht mehr, habe Handlungsbefugnis selbst dann nicht, wenn es Staatschef ist, es sei austauschbar wie Flaschen: Denunziationen des einzelnen, die empört als unzutreffend von dem, der sie vorbringt, dann zurückgewiesen würden – mit vollem Recht –, wenn man sie anwendete auch auf *ihn*! Wenn man etwa ausspräche, es mache für Studenten keinen Unterschied (da doch nach dieser Individuum-Entmündigungs-Theorie ohnehin jeder Professor mit einem anderen seiner Epoche den gleichen «Bewußtseinsstand» teile und demnach das gleiche denke, das gleiche rede) – für Studenten sei es gleichgültig, ob sie bei ihm oder einem anderen Professor die Lust ausgetrieben bekämen, fernerhin Schiller noch zu lesen!

Zu unterstellen, ausgerechnet Themistokles, dessen Energien im Einzelkampf jahrelang darauf zielten, gegen die ihm feindliche Oligarchie den Bau einer Flotte durchzusetzen – und allein diese Flotte, bekanntlich, konnte dann Athen von den persischen Besatzern befreien –, die Unterstellung, sogar Themistokles habe sich von anderen Politikern damals so wenig unterschieden wie heute dieser Professor sich von anderen unterscheidet, wenn sie solche Theorien – durchaus angelesene, nicht etwa persönlich gedachte – nachschwatzen: das läuft auf die so oft wiederholte Denunziation heraus, auch für unsere westliche Welt sei es 1940 belanglos gewesen, daß in London Churchill Mr. Chamberlain abgelöst hat – jener Churchill, der gegen seine Klasse und Partei, die Konservativen, von den Labours dem König als Premierminister aufgezwungen wurde! Doch das detaillierte Studium solcher historischen Einzelheiten – fast kein Germanist, wenn er Dramen bespricht, läßt sich mit ihnen ein, daher sie meist nichts wissen, aber alles besser – brächte die angelesene Mode-Theorie zum Einsturz, derzufolge sogar ein Genie – wenn sie denn überhaupt zugeben, ein Individuum könne sich durch Genialität von anderen unterscheiden – kein eigenes Licht mitbringt in die Ereignisse, sondern nichts ist als der Reflex seiner Klasse! Und folglich nichts denkt, was nicht jedermann denkt. Marx dagegen, auf den solche Schwätzer sich unberechtigt berufen, hat sich nie gescheut, historische Einzelheiten zu studieren und *danach* zu urteilen, so daß er in der berühmten Dramendebatte keineswegs dem Spleen aufsaß, zwischen dem Ritter Götz und dem Ritter Sickingen etwa deshalb nicht mehr zu unterscheiden, weil beide, da doch dem gleichen Stand angehörig, auch von gleichmachendem Bewußtseinsstand gewesen wären: das waren sie nicht! Und Marx wäre der letzte gewesen, ihnen das anzuhängen!

Themistokles dagegen soll, unserem Professor zufolge, gar nicht fähig gewesen sein zu tun, was Schiller an ihm zu zeigen vorhatte: auch nur über die Strategie Athens bei Salamis mitzuentscheiden! Aufschlußreich ist schon das Vokabular, mit dem dieser Professor Schillers Dramaturgie als obsolet denunziert: «Ideologisch bleibt die Auffassung von der Rolle des Einzelnen.» Was hätte es mit Ideologie zu tun, daß der einzelne Johann Georg Elser, Protestant, ein «gesellschaftlich» zum Arbeiter heruntergekommener Handwerker, der stets der KP nahestand – daß der ebenso wie der Großgrundbesitzer und Oberst im Generalstab Graf Stauffenberg, ein Katholik, Hitler eine Bombe vor die Füße legte? Wenn man absieht von religiösen oder ideologischen – das ist das gleiche – Fanatikern: gibt es nicht geschichtlich Handelnde, die durch Fakten – keineswegs aber durch «Ideologien» ihre Handlungsweise bestimmen ließen? Oder: sind ethisch oder durch Mangel an Ethik Programmierte – sind die *ideologisch* bestimmt? Zuweilen gewiß. Wie oft aber auch nicht: Unterstand Themistokles einer Ideologie, wenn er, wie Churchill, 1940 England vor Hitler, Athen 480 vor Xerxes retten wollte? Doch solche Beispiele können in keiner Weise das «Denken» – doch denken sie gar nicht, sie zitieren nur – solcher linksprogrammierter Professoren wie dieses Germanisten korrigieren. Natürlich gibt es ebenso borniert Rechtsprogrammierte, mit vierzehn konfirmiert, mit zwanzig konformiert, das hat ja nichts mit der Richtung zu tun, sondern mit der Unfähigkeit, selber zu denken, zu denken nicht an Hand einer Glaubenslehre, sondern historischer Ereignisse; daher ja genau solche Programmierten auch anderen keine eigenen, sondern lediglich die Entschlüsse ihres Klassengenossen zutrauen. Sie *bleiben* bei der ihnen eingestanzten Auffassung von literarischer Dramaturgie, ohne auch nur irritiert zu werden durch die Frage: ob die literarische nicht genau in *dem*

Maß stimmt und überzeugt, in dem sie identisch ist mit der geschichtlichen! (Golo Mann hat detailliert nachgewiesen, wie exakt Schillers Wallenstein in seiner «Dramaturgie», die ja keineswegs Schillers Dramaturgie ist, sondern jene Wallensteins, der des historischen entspricht!)

Churchill, ja Themistokles – fallen für diesen Germanisten unter den Schimpfnamen: bürgerlich. Doch stutzen er und seinesgleichen immer dann, wenn man sie fragt, ob denn nach ihrer – «ihre» ist es ja nicht einmal, sondern die von ihnen angelesene – Theorie die Stalinschen Schauprozesse auch dann stattgefunden hätten, wenn Lenin alt geworden wäre. Denn nur auf «Bürgerliche», ihre Gegner, trifft ihre Theorie zu, der einzelne sei ein Nichts. Marx, finden sie, war schon jemand – obgleich auch ein einzelner; durchaus ein Charakter – nicht nur, wie sie sonst meist sagen: eine Charaktermaske. Die Spätscholastiker der Roten Kirche, die noch immer diesem ja längst durch den Polen Adam Schaff und andere aufgehellten Wahn huldigen, die gesellschaftlichen Bedingtheiten höben den Unterschied auf, ob der Kapitän auf der Brücke ein Narr ist oder ein Genie, ein Unterschied, der es immerhin vielleicht genauso sehr wie die Besatzung des Schiffes und wie der Sturm mitentscheidet, ob das Schiff heimkehrt oder untergeht: diesen Dogmatikern hat ausgerechnet ihr Hausgott Brecht eine Gedenkminute aufgenötigt. In Brechts Arbeitsjournal fand sich unter dem 26. März 1943 der höchst ketzerische Eintrag, wissenschaftlich durch einen Hinweis auf Max Planck auch geistvoll begründet, aus ‹*Determinismus oder Indeterminismus*› (1938) von Planck: «Das Gesetz der Reflexion der Elektronen an dem Kristall ist also ein statisches. Es bestimmt nur das Verhalten einer großen Anzahl von Elektronen, es versagt aber bei der Frage nach dem Verhalten eines einzelnen Elektrons.» Brecht zitiert das, um hinzuzufügen: «Auch der historische Materialismus weist diese ‹Unschärfe› in bezug auf das Individuum auf.»

Dreizehn Jahre zuvor hat ein anderer Linker ebenso wie

Brecht darauf bestanden, und natürlich ist keine Ästhetik denkbar, die diesen Gedanken nicht berücksichtigt und typischerweise nicht nur keine Ästhetik, sondern auch keine Geschichtsbetrachtung: «Wenn sich das alles totgelaufen hat: der Hordenwahnsinn, die Wonne, in Massen aufzutreten, in Massen zu brüllen und in Gruppen Fahnen zu schwenken ... dann wird einer kommen, der wird eine geradezu donnernde Entdeckung machen: er wird den Einzelmenschen entdekken»! (Tucholsky 1930) Und ein so beschimpfter «bürgerlicher» Schriftsteller, dessen wenige Romane vermutlich in hundert Jahren Anschaulicheres über das Leid und Leben des Individuums während des Dreißigjährigen Krieges 1914 bis 1944 aussagen als das dichterische Werk jedes anderen Erzählers – doch da er der im Ausland meistgelesene aller deutschen Romanciers in diesem Jahrhundert ist, so hat die Germanistik ihn noch nicht rezipiert, huldigt die doch dem Wahn, Erfolg sei der Ausweis für literarische Qualitätlosigkeit –, Remarque hat der ungeheuerlichen Schwierigkeit, im Zeitalter der Massenheere, der Großstädte, der Massenmorde den einzelnen noch darzustellen, geradezu sein ästhetisches Gesetz abgekämpft: «Unsere Einbildungskraft kann nicht zählen. Und Gefühl wird durch Ziffern nicht stärker. Es kann immer nur bis Eins zählen. Eins – aber das ist genug, wenn man es wirklich spürt.»

Der einzelne: ist denn Schillers Dramaturgie verjährt, wie der zitierte Professor meint, weil Schiller tatsächlich sogar dort, wo Kollektive Träger der Handlung sind, so in *‹Räuber›*, im *‹Tell›*, – selten mehr zu zeigen vermag als den oder die einzelnen? Man kennt Schillers Kummer, in *‹Wallenstein›* die Armee als die Basis des Ganzen nicht zeigen zu können – und im *‹Lager›* ist es wahrhaftig wenig, wenn man zu sehen bekommt – und das ist *alles*, was man von den barbarischen Greueltaten dieses Krieges zu sehen bekommt –, daß ein Bauer beim Würfeln in den Hintern getreten wird; man vergleiche, wieviel dagegen Grimmelshausen aus dieser Zeit an den

Leser zu übertragen vermocht hat. Aber dafür Schiller haftbar machen, daß er nicht *mehr* zu zeigen vermag, als ‹*Die Perser*› vom Schauplatz der Schlachten: das wäre absurd! Denn das Medium Bühne, sofern es nicht wie bei Piscator den Film zu Hilfe holt, kann nun einmal mehr nicht zeigen – zu keiner Zeit. Und nicht nur aus technischer Unzulänglichkeit nicht. Sondern dank der Tatsache, die sogar in Brechts ‹*Tage der Commune*› wieder als wahr belegt wird, daß es eben doch sehr wenige *einzelne* sind, Herausragende – die keineswegs Helden genannt werden sollten, wann ist schon einer ein Held! Und ist einer wirklich ein Held, so kennt man ihn zumeist nicht einmal dem Namen nach, weil er fiel –, weil es eben doch einzelne sind, die mindestens im gleichen Maß wie die vielen *das* in Bewegung setzen, was dann die vielen bewegt und von vielen bewegt wird.

Meint man den wirklich, die Erfahrung schon im ‹*Hamlet*› hätte nicht auch Schiller gehabt:

> «Bei seinem Rang gehört sein Will' ihm nicht.
> Er selbst ist der Geburt ja Untertan.
> Er kann nicht, wie geringe Leute tun,
> Für sich auslesen; denn an seiner Wahl
> Hängt Sicherheit und Heil des ganzen Staates.»

Meint man, unsere Klassiker hätten von Geschichte so wenig gewußt, jener gar, der die (*stilistisch* den Höhepunkt überhaupt der deutschen Prosa seines Säkulums bezeichnende) ‹*Geschichte des Abfalls der Niederlande*› schrieb, daß sie der Geschichte eine das Individuum in seiner Handlungsfreiheit unrealistisch *über*schätzende Dramaturgie abgeschaut hätten für ihre Dramen? Wie oft sagt allein Schillers Wallenstein, daß er der Gefangene seiner militärisch-gesellschaftlichen Bedingtheiten sei? Wo wäre denn Schiller so naiv, Wallenstein – souverän zu zeichnen?

Nimmt man zur Überprüfung der Denunziation: daß

Schiller für seine neuen Stücke oder Ideen «keine rezeptible Form» mehr gefunden habe, denn das ist eine Denunziation, einem Dichter, dessen Werk geradezu *lebt* von Politik, anzuhängen, nicht Geschichte zeigen zu können, sondern nur mehr seine angeblich falsche Auffassung von der Rolle des einzelnen in der Geschichte – nimmt man, sie zu überprüfen, auch nur jene sehr wenigen Individuen Schillers, die «Helden»-Format haben, also etwa Wallenstein und Tell: so ist sogar angesichts derer keineswegs der Vorwurf an ihren Dichter zu richten, er übersähe, wie nachhaltig sogar diese beiden durch gesellschaftliche Zwänge mindestens so sehr wie durch persönliches Format und eigenen Willen programmiert sind. Was würde denn mit Tell, wenn er nach seiner Flucht den Gessler nicht umlegte? Es bleibt ihm keine Wahl: mindestens, könnte er selber auch in die Berge entkommen, würde seine Familie in ein wie immer genanntes Habsburger KZ geschleppt. Und Schillers früher Entschluß, den ‹*Abfall der Niederlande*› zu dichten – es *ist* eine große epische Dichtung –, wäre schon Beweis genug, daß ihm die kollektive Kraft eines Volkswillens mindestens ebenso darstellenswert war, weil für den Ablauf der Ereignisse relevant, wie die Rolle einzelner. Nur erging es ihm ganz natürlich wie dem einundzwanzigjährigen Burckhardt, als Berliner Student 1840 noch ein Dichter, der dann Historiker wurde und über den in der Geschichte der Revolution von 1848 Ricarda Huch schrieb: «Ein Dichter wäre er nicht gewesen, wenn er nicht die Persönlichkeit unendlich hoch gewertet, wenn er nicht gar jede Richtung abgelehnt hätte, die die Kraft und Wirksamkeit der Persönlichkeit leugnete oder ausschalten wollte; merkwürdig ist aber, mit welcher Bestimmtheit er früh schon die Tendenz seines Jahrhunderts zu allgemeiner Entpersönlichung erkannte, haßte und fürchtete.»

Von dieser Auffassung werden niemals die Dichter abrükken *können*, und schrieben sie selbst Epen über massenvernichtende Kriege, wie Tolstoj oder Plievier …

So sollte man auch angesichts der Menschen in den Dramen Schillers endlich aufhören, sie als «Helden» zu bezeichnen, weil das in einer Zeit, da keiner mehr an Helden glaubt, als Beschimpfung aufgefaßt wird, fast zu Recht; und übrigens völlig unsachlich ist: nicht Helden, sondern nur *einzelne* sind Ferdinand und Max Piccolomini, die sich durch die Uniform, doch sonst in nichts unterscheiden von jenem Schlachtvieh, zu dem Hitler seine an ihn glaubenden armen Fahnenjunker gemacht hat; dies zu der Behauptung, Schillers Gestalten seien im Zeitalter der Wehrpflicht nur mehr historisch anzusehen. Nein, als Zeitgenossen aller Zeiten! Der alte Mann in ‹*Kabale und Liebe*›, der erleben muß, wie seine Söhne als Rekruten zwangsdeportiert werden nach Amerika: unterscheidet sich in nichts als in seiner Physiognomie und Privatsphäre von jenem Portier in Neapel, dessen Sohn 1943 von seinem Duce für Hitlers Wahnsinn bei Stalingrad verheizt wurde – oder von jenem Friseur hier in Mannheim, dessen Sohn damals in einem Panzer verbrannte, weil er – durchaus unfreiwillig – zur Erhaltung von Mussolinis Kolonialreich durch Rommel in Nordafrika auf britische Geschütze losgehetzt worden ist! Übrigens ist die Modernität der Dramaturgie, die auch Schiller nicht geschaffen, sondern übernommen hat – will sagen: ihre Tauglichkeit, weltweite politische Ereignisse mitleiderregend an Zuschauer zu transportieren, indem man deren Nach- und Auswirkungen im engsten, im Familienkreis zeigt wie hier, wo ein Vater zwangsrekrutierten Söhnen nachtrauert, auch von Lukács und Brecht, in Übereinstimmung mit zeitlos gültigen Gesetzen des Aristoteles, auch für unsere Gegenwart festgelegt worden.

Die Familie ist gerade auch dann geeignet, Konflikte zu veranschaulichen, wenn es keineswegs Familienmitglieder selber sind, sondern per Fernschreiber anonym zupackende Gangster aus Politik oder Wirtschaft, die Familien ruinieren! Brecht notierte 1940 und stützte sich auf Aristoteles, was wörtlich auch zutrifft auf jeden der Konflikte in ‹*Kabale und*

Liebe›: «Die großen stoffe können nur auf die bühne gebracht werden, wenn gewisse private konflikte in ihren mittelpunkt gestellt werden. Sie fesseln den zuschauer, den zu befreien es gilt.» Was Brecht hier private Konflikte nennt, soll heißen: große Stoffe, also Politik in ihrer Auswirkung auf Privatleute.

Und jene beiden Räuber, die nicht – wie die meisten der Genossen Karl Moors mit vollem Recht, weil aus drückender Armut heraus, den Weg des «Verbrechers aus verlorener Ehre» gehen müssen; denn was sonst sollte der Sohn der Sonnenwirtin tun? –, sondern jene beiden, die der damals herrschenden Klasse ebenso entstammten wie heute einige derer, die «in den Wald gehen», mögen die böhmischen Wälder heute auch die Straßenschluchten unserer Metropolen sein: sind nicht die Brüder Graf Moor durch die Stammheimer wiederum als Menschen beglaubigt worden, die Fleisch und Blut von unserem haben – und keineswegs nur dank der Ideen eines Zwanzigjährigen des 18. Jahrhunderts leben, wie man zeitweise gedacht oder auch gehofft hatte?

Schillers Dramaturgie – verjährt? Sie ist die unsere dann, wenn wir uns aus ihr und der dazugehörigen Programmschrift von der Schaubühne die Verpflichtung herleiten, der eigenen Zeit den Spiegel hinzuhalten. Oder ist unsere Zeit weniger als die seine dazu angetan, in uns allen die Angst wachzurufen vor Staatsaktionen, auf die wir so wenig Einfluß haben wie Luise Millerin auf den Einfall eines Fürsten gehabt hat, seine abgelegte Mätresse an einen jungen Offizier loszuwerden? Wird nicht auch unser Leben dem Hackbrett der Weltgeschichte zugetrieben? Wenn jene Zwangsrekrutierten in den *‹Räubern›* den Befehl erhalten, die Räuber einzufangen – während ja sozial die Gejagten den Soldaten, die sie fangen sollen, viel näherstehen als deren Befehlsgeber ihnen nahesteht –, wie drängt dann die Absurdität dieser Situation den Vergleich auf zu jener kriminellen Idiotie, mit der unsere Terroristen vermögenslose Polizisten ermorden, zu deren Befreiung von der Macht des Kapitals sie doch angeblich *auch* in den Untergrund gestiegen sind? Schillers Ästhetik, die auch die Hereinnahme ganzer völkerverschlingender Staatsaktionen ins Drama fordert – sie ist klassisch nur deshalb, weil sie zeitlos gültig ist; wäre sie nur museal, sie wäre nicht klassisch, sondern historisch. Wie aktuell als Forderung an uns heute der Prolog zur Wiedereröffnung des Weimarer Theaters, 1798:

> «Denn nur der große Gegenstand vermag
> den tiefen Grund der Menschheit aufzuregen,
> im engen Kreis verengert sich der Sinn,
> es wächst der Mensch mit seinen größren Zwecken.
> Und jetzt an des Jahrhunderts ernstem Ende ...
> wo wir den Kampf gewaltiger Naturen
> und ein bedeutend Ziel vor Augen sehn,
> und um der Menschheit große Gegenstände,
> um Herrschaft und um Freiheit wird gerungen,
> jetzt darf die Kunst auf ihrer Schattenbühne
> *auch* höhern Flug versuchen, ja sie muß,
> soll nicht des Lebens Bühne sie beschämen.»

Wer wollte widersprechen? Der Bundeskanzler Kreisky sagte neulich, gefragt, warum er so selten ins Theater gehe: er vermisse dort Aussagen über das, Gestaltungen dessen, was doch schließlich das Leben aller Mitbürger und auch sein eigenes Handwerk bestimme: Politik, im weitesten Sinn. Dieser Vorwurf an uns alle: wie tief berechtigt! Es ist, auf eine Formel gebracht, die Abwesenheit von Schillers Geist, die heute fast alle unsere Bühnenbemühungen so langweilig macht, so unverbindlich ... derart ungefährlich auch für alle Machthaber, daß die sich absolut *darin* einig sind, immer seien die Subventionen ohne jedes Risiko den Theatern auszuhändigen, weil die garantiert nichts mehr damit anstellen (im Gegensatz zu früher), was jene aufschreckt oder auch nur hinhören ließe, die das Geld geben: die Machthaber – ob das nun einzelne sind, Mandarine, oder «Körperschaften», wie immer genannte ... Womit der Kreis unserer Verteidigung der Schillerschen Dramaturgie sich schließt. Denn wenn es Schule machte – und diese Gefahr besteht, denn wie oft und auf wie lange hat Unsinn schon terroristisch Meinung gebildet, gerade auch in der Kunst –, wenn eine «Ästhetik» das letzte Wort behalten sollte, derzufolge es Dichtern verwehrt würde, fernerhin namhafte einzelne wie Themistokles – bleiben wir bei diesem Beispiel – auf die Bühne zu stellen, weil dem Münsteraner Professor zufolge bereits Schiller zuletzt schon habe erkennen müssen, daß der einzelne gar nie maßgebend gewesen sei in der Politik, da nur eine – angeblich bürgerliche oder monarchische – Ideologie dessen Einfluß auf Geschehnisse behaupte, während in Wahrheit allein Kollektive die Dinge bestimmt hätten –, wenn diese durchaus verquere, da durch kaum ein historisches Faktum bestätigte Sicht in Politik und Gesellschaft künftig festlegt, was ein Bühnendichter noch zeigen darf, dann wird es nicht mehr allein ein Regierungschef sein wie der soeben zitierte österreichische, sondern die Bevölkerung überhaupt, die im Theater ihre Probleme derart ignoriert fühlt, daß sie ihrerseits die Theater ignoriert. Noch weitaus mehr, als sie es ohnehin schon tut; ganze drei Prozent der Bevölkerung gehen heute noch ins Theater ... das somit an den Außenrand der Gesellschaft verdrängt ist, zweifellos durch eigene Schuld: es interessiert nicht hinreichend ...

Wilamowitz, der schon Nietzsches Erfindung von der Geburt der Tragödie aus der Musik als Unfug entlarvte, hat 1912 einen sogenannten «folkloristisch geschulten Forscher» ironisch abgefertigt, der gegen die von Aristoteles überlieferte Leistung eines namhaften einzelnen, des Aischylos, hatte einwenden wollen, daß «vom Satyrspiel zur Tragödie», wie Aristoteles diese Entwicklung beschrieben hatte, «kein Weg organischer Entwicklung» führe.

«Gewiß nicht; darum gerade hat Aristoteles recht», antwortete Wilamowitz. Und weil er so sarkastisch wie erhellend dabei auf der Funktion, der Unaustauschbarkeit, der Unentbehrlichkeit des vorantreibenden einzelnen in Kunst und Politik beharrte – so hat er damit auf der Angemessenheit der Dramaturgie Schillers auch noch für unsere Zeit und für immer bestanden; merkwürdigerweise auch mit der Rolle des Themistokles seinen Nachweis führend, obgleich er vermutlich gar nicht wußte, daß Schiller über den Sieger von Salamis das kurze Fragment hinterlassen hat. Wilamowitz schrieb: «Mag sich das Leben der Natur auf mechanische Gesetze zurückführen lassen, so greift doch selbst in diese die Willkür des Menschen umgestaltend ein. Wie ist die Heckenrose zur Zentifolie geworden? ... Ich dächte, das hätten die Gärtner bewirkt, nicht die organische Entwicklung der Rose selber, wenn auch keine Geschichte über die einzelnen μεταβολαί (Verwandlungen) berichtet, die nötig waren, bis die Zentifolie da war, geschweige über die Urheber dieser Züchtungen ... Die Tragödie des Aischylos ist die Zentifolie, und sie allein kennen wir; Aristoteles berichtet uns über ältere minder vollkommene Züchtungen, die er noch kannte; von der Heckenrose des Waldes hatte er keine Ahnung. Da ist es sehr erfreulich, wenn wir anderswoher über diese etwas erfahren. Dank dieser Mitteilungen konstatieren wir nun, daß zwischen Aischylos und Thespis ein ungeheurer Abstand ist, so nahe sie zeitlich einander stehen. Was schließen wir daraus anders, als daß ein besonders erfolgreicher und kühner Wille zwischendurch eingegriffen hat? Oder sollen wir uns vermessen zu bestimmen, was ein großer Mann tun darf und kann? Es ist doch ein Wahn, erzeugt durch die Schmeichelei gegenüber der blöden Masse der πολλοὶ καὶ κακοί (Vielen und Häßlichen), daß der große Mann nichts tue, als das in die Erscheinung zu führen, was δυνάμει (der Möglichkeit nach) vorhanden ist. Hat Athen Flotte und Hafen durch organische Entwicklung bekommen oder durch die Genialität des Themistokles? War die Flotte δυνάμει vorhanden, weil Holz und Menschen und

Geld vorhanden waren? Schuf sie der Demos, weil er sein ἔδοξεν (Meinung) vor den Antrag des Themistokles setzte? So war auch Epos und Lyrik und die Tragödie des Thespis vorhanden, und die Dionysien und die Bürgerchöre und alle möglichen Dinge, die Aischylos brauchte, um seine Tragödie zu schaffen, aber damit diese würde, mußte in ihm der Demiurg erstehen, der die Materie gestaltete nach seinem Willen, nach der Idee in seiner Seele, durch seine eigene einzige Götterkraft, wie eben die großen Männer schaffen.»

Große Männer oder deren Opfer: Das politische Theater hat *eine* Menschenpflicht: unsere Passion zu erwecken für jene, die keineswegs Helden sein müssen, aber doch das riskieren, was auch wir tun möchten, hätten wir dazu Gelegenheit oder auch nur Courage – und auch für die, die nur erleiden, was auch uns zustoßen könnte, selber oder von anderen verschuldet. Diese Dramaturgie auch Schillers unterscheidet sich in nichts von der des Sophokles oder Arthur Millers. Auch Schillers Ferdinand tut als einzelner, was viele gern getan hätten: er bricht aus seiner Kaste aus, um ein Mädchen aus dem Volk zu heiraten. Ein Entschluß, der ihn selbstverständlich in seinem Jahrhundert zum «Schritt vom Wege» zwang, ihn zu einer Ausnahme-Erscheinung machte. Nicht anders als zweitausend Jahre zuvor Antigone – oder wie im Jahre 1943 Sophie Scholl zur Ausnahmegestalt bei normaler Veranlagung wurden: womit schon zugegeben ist, daß auch die gesellschaftlichen Bedingtheiten ihr ganz hohes Maß von Mitwirkung an diesen Tragödien haben – denn ohne Hitlers Knebelung der Freiheit wäre diese Münchner Studentin so wenig im Sinne Freislers schuldig geworden, wie ohne Kreons Irrsinns-Anordnung Antigone schuldig geworden wäre, weil sie den Bruder beerdigte. Immerhin, durchschnittliche Menschen – aber ein den Durchschnitt weit überragendes Schicksal: denn hätten diese beiden Mädchen oder Ferdinand nur gehandelt wie die Menge, also in gehorsamer Übereinstimmung mit dem consensus populorum, wir wüßten gar nichts von ihnen, kein Dichter, kein Scharfrichter oder keine Sehnsucht nach Suizid hätte sich ihrer bemächtigt. Was sollte ästhetisch, gedanklich, ja sogar die pure Handlung betreffend, daran unverbindlich für heute geworden sein? Und über den einzelnen hinaus – hat denn nicht Schiller zum erstenmal für uns Deutsche die Dramaturgie revolutionär erweitert, indem er mit *‹Räuber›* bereits, wie zuletzt noch mit seinem *‹Tell›* ein *Kollektiv* zu Trägern der Handlung gemacht hat, so wenig auch ihm – ihm wie *jedem* anderen – das Medium Bühne vom Kollektiv zu zeigen erlaubt hat?

So auch im *‹Wallenstein›*, der schon vernichtet ist, als die Armee – also das Kollektiv – ihn verläßt: nicht erst durch seinen Tod. Mehr als er ihr – entscheidet die Armee *sein* Schicksal! Das zu zeigen, sei nicht mehr zeitgemäß? Und sollten nicht Kollektive heute ebenso als unannehmbar die These unserer Mode-Ästhetiker von der angeblichen «Abdankung des Subjekts» (Adorno) zurückweisen? Wollen sie selber, die Kollektive, nicht auch noch als Individuen mit einem unverwechselbaren Schicksal, das ihnen gehört wie ihr Gesicht, wenn auch andere ähnliche Schicksale haben, so wie sie ähnliche Gesichter haben, respektiert sein? Wahrhaftig, das ist ihr Menschenrecht.

Auch das Kollektiv, das wie neulich die Friedensdemonstranten, aufstand aus seiner Umwelt – hat ein Recht darauf wie jene einzelnen, *gegen* die es aufstand und die im Weißen Haus und im Kreml über unser Schicksal befinden, als Individuen für mündig gehalten zu werden: glaubten diese Demonstranten wie unsere hier zitierten Ästhetiker, die Schillers Dramaturgie als nicht mehr schlüssig verwerfen, der einzelne sei austauschbar, ferngelenkt, willenlos: wozu wären sie auf die Straße gegangen? Gegen wen? Wenn es doch den einzelnen angeblich gar nicht mehr gibt, selbst dann nicht, wäre er ein Themistokles oder – Breschnew oder Reagan? Das Drama seit Schillers Tod: welche neuen Formen wurden ihm geschenkt, außer mit Strindbergs *‹Traumspiel›*, mit Schnitzlers

‹Reigen› , mit Pirandellos *‹Sechs Personen suchen einen Autor›*? Das epische Theater ist zuerst durch die *‹Räuber›* realisiert worden, die ja Schiller ausdrücklich so ankündigt: «Ich kann demnach eine Geschichte dramatisch behandeln, ohne darum ein Drama schreiben zu wollen. Das heißt: ich schreibe einen *dramatischen Roman* und kein theatralisches Drama.» Daraus spricht *nicht* nur jugendliche Unzulänglichkeit, einen überbordenden Stoff in zweieinhalb Stunden abzuhandeln – sondern auch der Meister, der *‹Wallenstein›* schreiben wird, hat – vor die Wahl gestellt, episch zu arbeiten oder die Geschichte bis zur Fälschung zu verknappen –, sich selbstverständlich ohne jede Rücksicht auf ein angeblich vorgeschriebenes – *wer* hätte etwas vorzuschreiben? – Gattungsgesetz für die Seriosität gegenüber dem Stoff entschieden; wie er denn an jenem 17. März 1799, als er endlich in den Kalender eintragen kann: «Wallenstein geendigt» das Jahrhundertstück –, an Goethe mit den Worten absendet: «Ich will es auf Ihre Entscheidung ankommen lassen, ob der IVte Akt mit dem Monolog der Thekla schließen soll, welches mir das liebste wäre, oder ob die völlige Auflösung dieser *Episode* noch die zwey kleinen Scenen, welche nachfolgen, notwendig macht.» Das ist die Souveränität, mit der auch Tschechow seiner Frau mitteilt: «Den *‹Kirschgarten›* wollte ich in drei langen Akten machen, aber ich kann ihn auch in vieren machen, das ist mir gleichgültig, denn ob drei oder vier Akte – das Stück bleibt so oder so das gleiche.» Schiller hat sogar in dichterischer Form vor dem Publikum – nicht gerechtfertigt, sondern angekündigt, daß er episch-gründlich verfahre:

> «Darum verzeiht dem Dichter, wenn er euch
> nicht raschen Schritts mit *einem* Mal ans Ziel
> der Handlung reißt, den großen Gegenstand
> in einer Reihe von Gemälden nur
> vor euren Augen abzurollen wagt.»

Soweit das Epische im Drama, das ja allen Ernstes als eine Erfindung erst unserer Tage Brecht gutgeschrieben worden ist – ebenso wie die Verfremdungseffekte: als habe nicht Schiller beides vorweggenommen, ja sogar in dichterischer Form die Aufhebung der Illusion noch innerhalb des Spiels selber schon gefordert. Hat Brecht das nicht gewußt, da er 1927 schriftlich gab: «Wenn es heute unmöglich erscheint, noch eine Zeile Schillers zu lesen»? Wenn *‹Galilei›* ein Meisterwerk ist wie *‹Wallenstein›*: ist er es nicht *deshalb*, weil er sich in nichts als durch seine Prosa von *‹Wallenstein›* unterscheidet? Hat nicht auch Schiller bereits das Illusionstheater radikal mit den Versen (am 12. Oktober 1798) verabschiedet, daß

> «... die Muse heut
> ... die Täuschung, die sie schafft,
> Aufrichtig selbst zerstört und ihren Schein
> Der Wahrheit nicht betrüglich unterschiebt»?

Und so wie in Versen auch im Essay – nicht erst in seinem letzten, der Vorrede zu *‹Braut von Messina›*. Im Prolog zu *‹Wallenstein›* steht erstens schon die Forderung, noch im Stück selber die Illusion des «Theaters» wieder zu zerschlagen; zweitens sich nicht anmaßen zu wollen, Wirklichkeit «abbilden», den Tatsachenschutt komplett liefern zu können. Wie modern ist Schillers Einsicht in diesen wundervollen Reimen zur Verteidigung der französischen «abstrakten», antinaturalistischen Tragödie, als Goethe Voltaires *‹Mahomet›* für die Weimarer Bühne bearbeitet hatte:

> «Doch leicht gezimmert nur ist Thespis' Wagen,
> Und er ist gleich dem acherontschen Kahn,
> Nur Schatten und Idole kann er tragen,
> Und drängt das rohe Leben sich heran,
> So droht das leichte Fahrzeug umzuschlagen,

Das nur die flüchtgen Geister fassen kann.
Der Schein soll nie die Wirklichkeit erreichen,
Und siegt Natur, so muß die Kunst entweichen.

Denn auf dem bretternen Gerüst der Szene
Wird eine Idealwelt aufgetan,
Nichts sei hier wahr und wirklich als die Träne,
Die Rührung ruht auf keinem Sinnenwahn,
Aufrichtig ist die wahre Melpomene,
Sie kündigt nichts als eine Fabel an
Und weiß durch tiefe Wahrheit zu entzücken,
Die falsche stellt sich wahr, um zu berücken.»

Mithin: Schillers *Dramaturgie*, der mehr noch als seiner Sprache, mehr als dem Gehalt seiner Stücke vorgehalten wird, sie sei verjährt, ist im Gegenteil durchaus verbindlich für uns heute, da sie sogar die unserer Zeit fälschlicherweise als neu gutgeschriebenen epischen und «verfremdenden» Stilmittel schon eingebracht hat in den Haushalt der Weltliteratur; es werden alle diese Elemente immer wieder erneuert und aufgenommen werden nach Maßgabe *solcher* Stoffe – denn es ist der Stoff, der die jeweils ihm zukommende Form dem Stückeschreiber aufzwingt –, die anders nicht zu bewältigen sind als mit diesen, auch von Schiller nicht spielerisch-willkürlich, sondern *notwendigerweise* erkämpften neuen Formen des historischen Theaters. Dessen nie wieder in Deutschland erreichter Meister konnte er deshalb bleiben, weil er wie kein anderer jedem seiner Stoffe eine neue, *die* allein adäquate Form gefunden hat. Übrigens hat Schiller so hellsichtig und radikal wie keiner der Klassiker die Auswüchse des späteren Naturalismus schon als schädlich bekämpft: «Der Neuere schlägt sich mühselig und ängstlich mit Zufälligkeiten und Nebendingen herum, und über dem Bestreben, der Wirklichkeit recht nahe zu kommen, beladet er sich mit dem Leeren und Unbedeutenden, und darüber läuft er Gefahr, die tiefliegende Wahrheit zu verlieren, worin eigentlich alles Poetische liegt. Er möchte gern einen wirklichen Fall vollkommen nachahmen und bedenkt nicht, daß eine poetische Darstellung mit der Wirklichkeit eben darum, weil sie absolut wahr ist, niemals koinzidieren kann ...» Schiller war zwar schon tot, als Goethe in seinen Auseinandersetzungen mit Napoleon die Formel fand: heute müsse man sagen, die Politik sei das Schicksal. Aber geschrieben hat Schiller schon in diesem Geiste. Und dem entspricht auch das Moderne, das noch heute Zeitgemäße seiner Dramaturgie. Denn wer die von Leichen und Trümmern bedeckten Rollbahnen geschichtlicher Ereignisse zurückverfolgt; wer die widerspruchsvollen, die selbstgefälligen oder verstörten Aussagen der Sieger und Opfer abwägt, der erfährt bei jedem noch so bescheidenen Versuch, durch den Schutt und die Zufälligkeiten der sogenannten historischen Tatsachen zur Wahrheit, zum Symbol vorzustoßen, daß der Dramatiker «kein einziges Element aus der Wirklichkeit brauchen kann, wie er es findet, daß sein Werk in *allen* seinen Teilen ideell sein muß, wenn es als ein Ganzes Realität haben soll.»

Wer diese Forderung Schillers ignoriert; wer nicht «dem Naturalismus in der Kunst offen und ehrlich den Krieg» erklärt, der muß heute vor jeder Wochenschau kapitulieren, schon deshalb, weil sie uns «den rohen Stoff der Welt» viel drastischer und vollzähliger vorstellen kann als die Bühne, die nur wahr bleibt, wenn sie – was nicht erst der Verfremdungstheoretiker Brecht entdeckte – «die Täuschung, die sie schafft, aufrichtig selbst zerstört» (Wallenstein).

Schiller hat uns aber nicht nur seine Dramaturgie als durchaus tauglich, ja verbindlich für uns heute hinterlassen – sondern eine aufregende politische Warnung, die uns am Ende – hoffen wir, daß dies nicht doppeldeutig zu verstehen ist – noch beschäftigen soll.

IV

Daß ein politisch derart bewußt lebender Mann, der oft genug verfolgt oder verarmt war bis zur Vogelfreiheit, dennoch so skeptisch über die Demokratie gedacht hat: das sei uns die Verpflichtung, sie ebenso und immer neu in Frage zu stellen. Gemäß jener schnoddrigen und doch so wahren Bemerkung Bismarcks, der müsse ein Esel sein, der mit dreißig noch der gleichen Meinung sei wie mit sechzehn! Ein Band Schiller lag denn auch fast immer auf Bismarcks Nachttisch – und die fast wörtlich gleiche Formulierung, die Eisen- und Blutformel, die Schiller als Motto vor die ‹*Räuber*› gesetzt – und mit der sich Bismarck als junger Parlamentarier «unmöglich» gemacht hat: rührt an die heikle Frage, warum man es zwar diesen zwei Genies verziehen hat, als jugendliche Überspanntheiten, warum man aber heute namenlose Jungen, die sich derart militant artikuliert haben, diese Entgleisungen keineswegs verzeihen kann, sondern sie drinläßt in der Radikalenkartei, im Computer des BKA oder im Fahndungsbuch.

Eine Gesellschaft, die nur auf der Bühne – *eventuell* auf der Bühne! – ‹*Die Räuber*› will und nur jene von Schiller: hat die Verpflichtung, jene Jugendlichen und Minoritäten endlich wieder zuzulassen zur Mitwirkung, von der die Machtgier unserer ach so demokratischen zwei Staatsparteien sie ausgeschlossen hat, als die sich selber – um damals die FDP zu vernichten, was nicht ganz geglückt ist – sich unter Denkmalschutz stellten und das Grundgesetz, ein Geschenk der Aliierten, durch die Fünf-Prozent-Klausel entstellt haben. Fünf Prozent sind eine ungeheuer schwierig zu erzielende Anhängerschaft, wenn man einkalkuliert, daß heute die Benutzung des Fernsehens doch unbezahlbar geworden ist – während unsere passionierten Selbstdarsteller in der Politik es fast allabendlich benutzen können zur Publikumsbelästigung. Sich vorzustellen – nur *ein* Beispiel –, daß eine so bedeutende politische Potenz wie die Gustav Heinemanns niemals mehr in der BRD sich hätte artikulieren können, wäre er nicht endlich zähneknirschend doch noch untergekrochen in einer der zugelassenen Staatsparteien: enthüllt die ganze Fragwürdigkeit unseres Systems und beweist schon allein, daß immer «Räuber» am Rande einer Gesellschaft leben *müssen*, die mit Fleiß von der Gesellschaft ausgeschlossen werden. Und wie einzelne Unanpaßbare – so auch viele. Fragen wir uns doch, ehe wir leichtfertig Schillers ‹*Räuber*› als verjährt abtun, warum eigentlich dieser unser Staat Loyalität von seiner Jugend erwartet, wenn er fast sieben Prozent derer zwischen achtzehn und fünfundzwanzig Jahren, Studierende noch nicht einmal mitgezählt, ohne Lehrstelle auf der Straße liegen läßt, während er gleichzeitig einem noch nicht Vierzigjährigen als Parlamentarier monatlich 19000 DM samt Dienstwagen mit Chauffeur und Telefon bezahlt, nur weil dieser Mann, der noch vor gar nicht langer Zeit ein ziemlich wüst redender Juso war ... endlich sich angepaßt hat einem System, das doch wohl am ehrlichsten durch Jürgen von Manger als Tegtmeier dargestellt würde!

‹*Die Räuber*›: daß die heute nicht neu geschrieben werden, liegt nicht daran, daß sie überflüssig wären. Sondern weil niemand, ohne sich lächerlich zu machen, im Schatten Schillers *sein* Thema noch einmal schreiben kann – er hätte denn Brechts Größenwahn, der notierte: «Mit ‹*Dickicht der Städte*› wollte ich die ‹*Räuber*› verbessern (und beweisen, daß Kampf unmöglich sei wegen der Unzulänglichkeit der Sprache)»!

Literaturbetrachtung – um der Frage *auszuweichen*, warum hier einer zu ihnen *redet*, meine Damen und Herren, anstatt daß auf dieser Bühne jetzt die Brüder Moor gegeneinander kämpfen?

Diese, Ihre sehr berechtigte Frage habe ich natürlich auch gestellt und nicht erst heute abend, seit ich wieder diese Bühne hier vor Augen habe, auf der heute vor fünfundzwanzig Jahren der nie vergessene Erwin Piscator dies neuerbaute

Theater mit einer *‹Räuber›*-Inszenierung eröffnet hat, deren Qualität – so erzählte mir Ihr Generalintendant Petersen – so unvergessen ist in Mannheim, daß nicht zuletzt der einsame Rang dieser Arbeit Piscators, die ja auch als Film überliefert ist, zu dem Verzicht geführt hat, für heute *‹Die Räuber›* hier neu einzustudieren ...

Doch das betrifft allein Mannheim.

Warum – dieser Frage entkommen wir nicht – werden auf keiner der etwa hundertzwanzig anderen Bühnen, auf denen man Deutsch spricht, heute abend *‹Die Räuber›* zu sehen sein, nicht einmal im Burgtheater, das im November 1980 eine Inszenierung herausbrachte, begleitet von einem keineswegs plump gemachten Programmheft, das aus der Terroristenszene Österreichs und der Bundesrepublik Aussagen und Bekenntnisse abgedruckt hat, deren einige durchaus den ersten beiden der drei Mannheimer Musterstücke entnommen sein könnten, die Schiller hier abgeliefert hat. Und zwar *bevor* er am 26. Juni 1784 vor der «Kurfürstlich Deutschen Gelehrten Gesellschaft» zu Mannheim mit einem Vortrag – vergebens – das Recht zu erwerben hoffte, künftig bairisch kurpfälzischer Untertan zu werden und damit vor Auslieferungsbegehren aus Stuttgart sicher zu sein. Es war Schillers elendste Zeit – elend kommt ja von Ausland – oder umgekehrt –, als Seine Exzellenz, der Intendant, ihm nahelegte, endlich ein Handwerk zu erlernen und Schiller *dem* Freund, der ihm die Mittel zu seinem Studium geopfert hatte, Andreas Streicher, gelobte, ehe er nach Dresden zu Körner abreiste, sie wollten einander erst wieder schreiben, wenn aus beiden «Ordentliches» geworden sei – nämlich *was*? Nun, aus Streicher ein Kapellmeister, aus Schiller aber: *ein Minister!* Nicht der Arzt, der er ja ist, nicht Dichter, dessen drei Stücke bereits wie Großbrände in seine Zeit hineingeleuchtet hatten, sondern ein Politiker mit Einfluß: Minister. Das charakterisiert den noch nicht Fünfundzwanzigjährigen ebenso wie jenes todtraurige Bild, das eine Mannheimerin festhielt, aus eigener

Anschauung vom Schiller dieser für ihn mörderischen Monate, als man ihn nicht wollte am Theater, obgleich er doch wahrhaftig – wer sonst! – drei Befähigungsnachweise ohne Beispiel abgeliefert hatte. Die Frau erzählte, wie Schiller «damals am liebsten seine Spaziergänge zur Mühlau-Insel gelenkt habe; ein tiefer, sinnender und melancholischer Ernst habe wie ein Schleier über seinem eigenen Wesen gelegen, gleich dem dunklen, traumhaften Eindruck der schwarzen Pappel, unter der man ihn sitzen sah. Was hatte das Leben aus dem sieghaften Jüngling gemacht, den uns seine Kameraden in der zweiten Hälfte der Karls-Schule vor die Augen stellten. So zieht sich denn, schließt der liebevollste und kenntnisreichste aller Schiller-Biographen, Reinhard Buchwald, diese Wiedergabe des Augenzeugenberichtes ab, «durch alle Äußerungen Schillers, die wir aus jener Zeit besitzen, eine fast ununterbrochene Kette tief ergreifender Klagen»!

Es ist, wir heute wie damals und immer dürfen verallgemeinern, die Klage der Jugend gegen eine Gesellschaft, die sie nicht integriert oder doch nur zu dem Preis, sich ihr anzupassen bis zur Selbstaufgabe. Denn wenn ‹*Die Räuber*› Leben im Leibe haben noch nach zweihundert Jahren wie am ersten Tag, so viel Dynamit, daß man heute nicht riskiert, sie zu spielen, dann ja nicht mehr deshalb, weil die Handlung oder auch nur der Familienzwist im Hause Moor oder die Charaktere der einzelnen Bandenmitglieder uns herausfordern, sondern weil dieses Drama das Bild ist auch *unserer* Jugend, sofern die nicht schon mit einem Scheitel auf die Welt kommt vor lauter Wohlerzogenheit: ‹*Die Räuber*›, das ist *immer* die Jugend, die diesen Namen verdient – und die Büttel und die Priester und auch nur die Väter im Stück: das sind immer wir Alten, heute wie damals. Von allen Dramen Schillers ist dieses erste weniger als alle anderen durch noch so geistvolle Auslegungen zu erfassen, zu neutralisieren, zu erklären, obgleich es ja bis fast ins Jahr seiner Entstehung – Schiller war noch nicht sechzehn, als er 1775 den Stoff bekam – recherchiert und bekannt und gedeutet worden ist. Aber das Wesentliche dieser sehr großen Dichtung – daher sie nie verjähren wird – ist so unerreichbar durch Analyse wie der pubertäre Absolutismus selber, dem sie entsprang, wie einer seinem Zuchthaus entflieht! Diese Dichtung, erwachsen aus Unterdrückung, und wie verworren auch immer: sie bleibt die genialste Jünglingsleistung aller Weltliteratur.

Sieht man sich nun jene Deutschen an, die ihre Abhandlungen auch darüber geschrieben haben, ob denn nun Schiller selber oder nur sein Drucker oder gar – grotesk, aber sogar das wird schriftlich gegeben – der Leisetreter von Dalberg jenes ‹*In Tirannos*› auf die zweite Auflage gedruckt habe, weil Schiller sich, um Eltern und Geschwister zu schützen, offiziell von dieser seiner Kriegserklärung distanzieren mußte: dann ist genau dieses komische Bemühen, das Werk zu verharmlosen, symptomatisch für die Angst, die dieser Text seit zwei Jahrhunderten sogar jenen einschockt, die sich mit ihm abgeben *müssen*. Buchwald, der nachweist, daß aus Andreas Streichers Handschrift zum Schutz der Familie Schiller – Schillers ältester Sohn wurde ja Forstbeamter im Dienste Stuttgarts – vieles gestrichen werden mußte, hat aus dem auch nur verstümmelt abgedruckten Manuskript Streichers, das er wiederfand, bewiesen, daß Schiller selber es gewesen ist, der diesen Neudruck mit dem Titelkupfer des springenden Löwen und den Worten ‹*In Tirannos*› zu Ludwigsburg betrieben hat – so wie ja auch nie bezweifelt werden konnte, daß Schiller und seine mitschreibenden Kameraden – denn zuweilen fanden sie die radikalsten ihrer Formulierungen *gemeinsam* auf der Karls-Schule – expressis verbis ein Buch schreiben *wollten*, das unbedingt vom Schinder verbrannt werden müsse …

Freund Scharffenstein, den wir zu Beginn als den Offizier genannt haben, der Schiller Beihilfe zur Flucht geleistet hat, soll auch unsere Schlußbemerkung einleiten. Er sagte: «Wäre Schiller nicht Dichter, so wäre er ein großer Mensch im aktiven öffentlichen Leben geworden.» Jeder andere, der ihm begegnet ist, von einigen neidischen Literaten abgesehen, hat Schiller ähnlich charakterisiert. Eine geniale Frau vermutete, da sie Schiller persönlich nicht kannte, der dort an einer Säule in Hofuniform mit Degen lehnende Mann, hager, bleich, erschöpft, sei ein General – erschöpft, weil er bald starb. Wenige Minuten später hat dann Madame de Staël fasziniert und entzückt Schiller im Gespräch kennengelernt, obgleich sein Französisch nicht flüssig war. Und wie erwähnt sagte Goethe noch dreiundzwanzig Jahre nach Schillers Tod: «Schiller erscheint hier, wie immer, im absoluten Besitz seiner erhabenen Natur, er ist so groß am Teetisch, wie er im Staatsrat gewesen sein würde.» Als Staatsrat: was war da sein letztes Wort – nicht im ‹*Tell*›, nicht im ‹*Demetrius*›, sondern an uns Deutsche?

Schiller hat Notizen in Vers und Prosa zu einem Gedicht hinterlassen, die seltsamerweise erst hundert Jahre nach seinem Tode, 1905, aufgefunden wurden. Der sie fand, entnahm ihnen eine Zeile als Überschrift: ‹*Deutsche Größe*›. Vergessen wir diesen allzu bombastischen Titel, der nicht von Schiller ist – beginnen wir mit der von ihm selber zuerst hingeschriebenen, sehr aktuellen Frage: «Darf der Deutsche in diesem Augenblick, wo er ruhmlos aus seinem tränenvollen Kriege geht, wo zwei übermächtige Völker ihren Fuß auf seinen Nacken setzen und der Sieger sein Geschick bestimmt – darf er ... mit Selbstgefühl auftreten in der Völker Reihe?»

Und Schiller, da seine Deutschen damals noch kein Auschwitz gemacht hatten, bejaht: «Ja, er darfs! ... wenn auch das Imperium unterginge, so bliebe ... eine sittliche Größe, sie wohnt in der Kultur und im Charakter der Nation, die von ihren politischen Schicksalen unabhängig ist.»

Das ist heute nicht mehr so, wir wissen: Verzicht auf Weltpolitik schützt nicht vor ihren Folgen, seit jene beiden Sieger, von denen auch Schiller sagt, daß sie unser Geschick bestimmen, die beiden Deutschland zu ihren hochexplosiven Munitionsdepots gemacht haben, und kürzlich hat ja auch einer dieser beiden unmißverständlich angedeutet, das Territorium der weitgehend entmündigten europäischen «Verbündeten» sei als Kriegsschauplatz ausersehen! Um so drängender spricht die Aufgabe, die Schiller in diesem Vermächtnis stellt, – heute zu uns –, übrigens findet sich auch in den Notizen zu ‹*Demetrius*› die uns Deutsche aufschreckende Zeile:

«Reich zertrennt – nimmt es bald ein End.»

Ich meine jene Aufgabe, die Schiller uns Deutschen stellt, nachdem irreparabel die Folgen eingetreten sind, welche daraus resultieren, daß im Reich Schillers Mahnung überhört worden war:

«Das ist nicht des Deutschen Größe
Obzusiegen mit dem Schwert.
In das Geisterreich zu dringen,
Vorurteile zu besiegen ...
Männlich mit dem Wahn zu kriegen,
Das ist seines Eifers wert.»

Schiller weist uns Deutschen als dem Volk der Mitte – und das sind wir so ausgeprägt heute wie noch nie, da durch unsere Mitte die Grenze zwischen den Sieger-Super-Staaten verläuft –, er weist dem Deutschen «so wie er in der Mitte von Europens Völkern sich befindet» die höchste aller Pflichten zu: «... den großen Prozeß der Zeit zu gewinnen. Jedes Volk hat seinen Tag in der Geschichte, doch der Tag der Deutschen», heißt es in diesen abgerissenen, kaum zu ganz vollständigen Sätzen ausgeformten Schiller-Notizen, «ist die Ernte der ganzen Zeit, wenn der Zeiten Kreis sich füllt». Kein Zweifel: Schiller meint den Frieden zwischen den Völkern, spricht von Vereintsein. Und er ermutigt uns Deutsche zu dieser Vermittlerrolle durch die einzigen Reime dieses Fragments, die vollendet sind und die uns beweisen sollen, daß

Deutschland *schon einmal* die Völker geistig befreit hat, hören Sie:

«Schwere Ketten drückten alle
Völker auf dem Erdenballe,
Als der Deutsche sie zerbrach,
Fehde bot dem Vatikane,
Krieg ankündigte dem Wahne,
Der die ganze Welt bestach.
Höhern Sieg hat der errungen,
Der der Wahrheit Blitz geschwungen,
Der die Geister selbst befreit.
Freiheit der Vernunft erfechten,
Heißt für alle Völker rechten,
Gilt für alle ewge Zeit.»

Welche Aufgabe sonst noch sollte uns Deutschen, die wir durch den Hitlerkrieg wehrlos zwischen die Supermächte, aber auf deren Munitionskisten gesetzt wurden, zugedacht sein, als die des Vermittlers zwischen den Völkern? Welche Aufgabe sonst als jene, die sich im Oktober 1981 die vierhunderttausend Abrüstungs-Demonstranten in Bonn gestellt haben? Theodor Heuss, geistiger Vater dieser Republik, hat dies angedeutet, als er – sehr verschlüsselt, er durfte ja als Bundespräsident nicht offen sprechen – in seiner uns heute genau betreffenden Schiller-Rede 1955, die Heuss damals dem letzten Wort folgen ließ, das in Stuttgart Thomas Mann an uns Deutsche gerichtet hat, auch mit Schillers Worten zu Ausgleich und Frieden mahnend – Heuss hat dieses Schiller-Fragment weitergedacht, mit Entsetzen, als er sagte, was aber damals bei weitem die brisante Aktualität noch nicht hatte, die es heute hat: «Die im geschichtlichen Prozeß *überstaatlich* zu begreifende Nation der Deutschen erspürte als Aufgabe (anläßlich der Feiern zu Schillers hundertstem Geburtstag 1859), aus der historischen Vielfalt ihres Seins eine gemeinsame Mitte zu gewinnen.» Das ist die Mitte, von der das Schiller-Fragment als der uns gestellten Aufgabe handelt: Mitte führe zu Vermittlertum!

Heuss aber fürchtete schon 1955, und nun *ist* es soweit durch den Rüstungswahn: «... wir aber stehen in der Gefährdung, (diese Mitte) zu verlieren, da eine mechanistische Auffassung ... aus einem geschichtlichen Volkskörper Verwaltungs-Zonen verschiedener geistiger und politischer Artung gemacht hat und die Dinge dorthin gebracht, daß sie ... unter den Bewertungen von strategischen Militär-Glacis gesehen werden.»

Heuss sprach als unhysterische Kassandra; in Schillers Kassandra-Gedicht ließen sich betonende Zeilen für die Angst des alten Mannes finden, die uns heute angesichts der Raketen das Gruseln um Deutschland, um Europa lehren! Und nun sage ich: was Schiller gefordert hat von uns Deutschen, dem Vorurteil, das *alle* Völker heute blind macht, ebenso mutig zu begegnen, wie einst jene Ketzer unter unseren Ahnen, die damals dem Totalitarismus Roms den Krieg erklärt haben: diese Forderung *muß* sich heute richten – gegen welchen Wahn sonst, kein anderer ist ja auch nur annähernd derart gefährlich wie dieser –, gegen den die Völker verdummenden Aufrüstungswahn! Und diesen Krieg zur Friedenssicherung, den können *nicht jene Gewählten führen*, die teils umgebungsblind in Sachzwängen und diplomatischen Rücksichtnahmen stecken, teils dies als Ausrede ihrer Untätigkeit nur benutzen. Sondern zu diesem Aufruhr gehört der Mut der Räuber, man kann auch sagen: der der *Jugend*! *Ihre* Zuversicht, ja ihre Gläubigkeit sind nötig, das zu wollen, zu *machen*! Aber es human zu machen, dazu ist notwendig der Geist, die Vernunft, die noch nicht in den *‹Räubern›* behaust sind – sondern die erst in jenem späten Schiller lebten, der als Realpolitiker und Historiker durch die Schule der Resignation gegangen war; der einstige Revolutionär, der zwar den Sturm auf die Bastille von Herzen begrüßt –

aber dann selbstverständlich die idiotischen Serienmorde der Guillotine gehaßt hat. Dieser Schiller mit der jungen Stoßkraft der ‹*Räuber*›, aber der Menschlichkeit dessen, der sich sogar für einen politischen Feind dann einsetzt, wenn der wehrlos geworden ist wie jener König war, als sie ihn zum Fallbeil schleiften: dieser Schiller hat mit seinem Fragment eine Aufgabe hinterlassen, die man als alter Mann der Jugend weiterreichen soll, da die vielleicht nichts davon weiß. Der Jugend, soweit sie rebellisch ist.

Denn nur die «draußen» Stehenden, die Minoritäten können mit *dem* Radikalismus, der die nicht mordenden unter Schillers ‹*Räubern*› beseelte, diesen Krieg führen für uns alle, im Sinne jener Hoffnung, die der alte André Gide in die Zeile faßte: «Die Wenigen werden die Welt retten.» Der Geist der Rebellion, der ‹*Die Räuber*› zum hinreißendsten Drama macht, noch heute, das je ein Jüngling schrieb, dieser Geist ist nicht identisch mit Terrorismus, sondern nur mit einem Radikalismus, der allein angesichts der Munitionsdepots *vielleicht* Europa retten kann. Wie Karl Moor versucht – er versucht es zu spät –, die Terroristen auszusondern aus seinem Kreis, so ist auch dieses Wort von mir nur gerichtet an jene Minoritäten, die sich mit dem Staate *ganz einig sind darin*, daß es so idiotisch wie kriminell ist, Pulvertürme auf Bevölkerungszentren zu sprengen wie im Drama oder Prominente zu kidnappen wie heute und arme Polizisten zu ermorden. Aber Schillers ‹*Räuber*› gingen uns ja längst nicht mehr an, sie wären die Menschen nie etwas angegangen, erschöpften sie sich in dem, was wir heute Terrorismus nennen. Sondern sie sind eine Aufgabe für die von den Parlamentariern gegen ihren Willen Ausgeschlossenen, für jene, die man verächtlich: Randgruppen nennt – und das waren ja, mit wenigen Ausnahmen auch die, die im Sinne von Schillers letztem Wort, seinem großen Gedichtfragment an unsere Nation, ihren Wohnsitz in der Mitte Europas als Verpflichtung zur Vermittlung zwischen West und Ost empfunden haben, und nach Bonn zogen, die Abrüstung zu fordern zur Friede-Sicherung: *‹Räuber›*, die niemandem etwas zu Leide tun wollten, nur jene Mächtigen daran erinnern, daß die ihnen durch Wahlzettel für andere Zwecke und Aufgaben gegebene Macht mißbrauchen, wenn sie die auch dazu benutzen, uns in den dritten, den letzten Weltkrieg hineinzurüsten! Denn dies ist die Situation, mit Schiller zu schließen:

«Zwo gewaltige Nationen ringen
Um der Welt alleinigen Besitz,
Aller Länder Freiheit zu verschlingen,
Schwingen sie den Dreizack und den Blitz
...
Ach, umsonst auf allen Länderkarten
Spähst du nach dem seligen Gebiet,
Wo der Freiheit ewig grüner Garten,
Wo der Menschheit schöne Jugend blüht.»

So ist das heute: keine Landkarte kann uns, keine Auswanderung das selige Gebiet zeigen, wo wir sicher wären vor Krieg; hier in diesem Lande, wie Schiller es unter sein erstes Personenverzeichnis schrieb: «Der Ort der Geschichte ist Teutschland» – hier nur kann diese Friedens-Insel geschaffen werden durch den Radikalismus unserer Jugend, unserer *‹Räuber›*!

Aufblick zu Lessing

Hamburger Dankrede am 20. Februar 1981,
dem 200. Jahrestag der Beerdigung

Herr Senator, Dank, lieber Herr Raddatz,
lieber Karl Ludwig Leonhardt, mein erster Verleger,
Freunde im Rowohlt Verlag und im Ernst-Deutsch-Theater,
meine Damen und Herren!

Seelenwanderung war zuletzt die Lieblings-Vorstellung Lessings, der schon mit einundfünfzig Jahren den Tod in Gelassenheit auf sich zukommen sah.

Am Morgen des Tages, an dem er abends vor neun starb, am 15. Februar 1781, drei Wochen nach seinem zweiundfünfzigsten Geburtstag, sagte er zum Lohndiener Mackwitz, der ihm in Braunschweig zur Hand ging, er solle sich beeilen, vom Begräbnis des Justizrats von Ungar wieder heimzukommen, um das seine vorzubereiten. Spätnachmittags fragte er, ob Mackwitz vom Friedhof zurück sei. Disputierend und scherzend wie Sokrates noch eine Stunde vor dem Ende – er ließ sich von dem fünfundzwanzigjährigen Daveson (Davidsohn), den er kürzlich durch Bittgänge zum Herzog aus dem Gefängnis befreit hatte, die bedrohlichen Albernheiten einer evangelisch-lutherischen Synode über die Bestrafung von Leuten vorlesen, die nicht zur Kirche gehen –, schickte er endlich seine geliebte Stieftochter aus dem Zimmer, da sie offenbar weinte: «Sey ruhig, Maalchen!» Und gab dann auf, in den Armen des Juden, der «natürlich» dem Begräbnis – genau heute, zu genau dieser Mittagsstunde vor zweihundert Jahren, am 20. Februar an der Mauer des Magni-Kirchhofs zu Braunschweig – nicht beiwohnen durfte, hätte er doch als Ungetaufter den christlichen Gottesacker «entweiht» ...

Lessings Grab wäre beinahe ebenso für immer verschwunden wie das Mozarts, obgleich Evas Kinder ihrem sehr geliebten Stiefvater einen Stein setzten, so daß Carl Schiller 1847 doch noch das überwucherte, sechzig Jahre nicht mehr gepflegte Grab wieder auffand. Denn Evas vier Kinder wohnten schon sehr bald nach Lessings Grablegung in fremder Herren Länder. Zwar hatten sie noch neben eine Tanne eine Pappel und eine Akazie auf das Grab gepflanzt – doch gepflegt hatte es keiner, denn Freunde hat ja nur, wer keine braucht: bereits vier Jahre nach der Beisetzung konnte dem Hamburger Pädagogen Campe in Braunschweig Lessings Grab «fast niemand mehr nachweisen». Doch wesentlicher war, was diesem Hamburger jener Mackwitz, der Lessings Leiche «ausgerichtet» hatte, erzählte: «wie gut der selige Herr gewesen sei, wie er Alles weggegeben habe, so oft er von Nothleidenden sei angesprochen worden; wie er, Mackwitz, ihm oft Vorstellungen darüber gemacht habe, welche aber nichts gefruchtet hätten; wie er einmahl einem abgedankten Fähnrich eine Tüte mit fünf Thalern geschenkt habe, und wie dieser gottlose Mensch nach Lessings Tode so undankbar gewesen sei, auf öffentlichem Kaffeehause ihn einen Ketzer zu schelten, dessen Seele zum T ... gefahren sei»![1]

Was der gute Mackwitz nicht wußte: daß Lessing, so viele Besucher er in seinen letzten Tagen empfangen hatte (auch der Hof, beide Herzoginnen, erkundigten sich «unablässig»[2] nach seinem Befinden) – daß der Kranke tatsächlich den Abt Professor Jerusalem, den Vater von Goethes «Werther» hatte fortschicken lassen. Er wollte sich ersparen, wie der sterbende Voltaire vom Priester belästigt zu werden. Als Lessing davon gehört hatte, wie es zuletzt Voltaire mit dem Geistlichen von St. Sulpice ergangen war, hatte er ernsthaft scherzend angeordnet: «Wenn Sie mich im Sterben sehen, so rufen Sie mir den Notar herbei, damit ich erklären kann, daß ich in keiner der herrschenden Religionen sterbe» – eine Äußerung, die ihm die Priesterkaste niemals verziehen hat! Noch achtundvierzig Jahre später, 1829, hat die protestantische Kirche verboten, anläßlich des hundertsten Wiegenfestes am Geburtshaus Lessings, dem des Superintendenten zu Kamenz, eine Gedenktafel anzubringen.[3] Was Lessings Todfeind, der übrigens in diesem Monat des Zentenariums starb, am 29. Januar – was Friedrich Schlegel gegen Lessing in Umlauf gesetzt hatte, stand noch in voller Blüte, beherrschte das «Denken» nicht nur der Religiösen, sondern auch der Ästhetiker: «Lessing wurde gar nicht mehr zu den Dichtern gerechnet»[4]; es war wie heute und immer, der hundertste Geburtstag eines Künstlers ist nur in Ausnahmefällen *nicht* der Moment seines tiefsten Vergessenseins ... Nur dreizehn Jahre später wurde Lessings Geburtshaus, das durch eine Tafel für ihn zu entwürdigen die hohe Geistlichkeit abgelehnt hatte, mit fast dem ganzen Städtchen Kamenz durch ein Großfeuer weggeäschert ...

In seiner Bachofens ‹*Gräbersymbolik*› vorwegnehmenden Untersuchung: ‹*Wie die Alten den Tod gebildet*›, hatte Lessing mit achtunddreißig Jahren den Christen vorgehalten: zwar habe es Weltweise gegeben, die das *Leben* für eine Strafe hielten, «aber den Tod für eine Strafe zu halten, das konnte, ohne Offenbarung, schlechterdings in keines Menschen Gedanken kommen, der nur seine Vernunft gebrauchte». Lessing wies nach, die Antike habe nie als Gerippe, sondern stets als beflügelten Jüngling, Bruder des Schlafs, der die Fackel senkt, den Tod dargestellt. Und so hat Schiller in seinen zwei Gedichten: ‹*Die Götter Griechenlands*› mit der Übernahme der Lessingschen Einsicht dessen Nekrolog geschrieben, ohne Frage auch in Kenntnis der stoischen Gemütsverfassung, mit der Lessing hinübergegangen war:

> «Damals trat kein gräßliches Gerippe
> Vor das Bett des Sterbenden. Ein Kuß
> Nahm das letzte Leben von der Lippe
> Seine Fackel senkt ein Genius.»

Betrachtet man Totenmasken – Egon Friedell und Ernst Benkhard haben zwei Bücher zusammengestellt –, so wird erschreckend die Beschönigung deutlich, die mitspricht, wenn wie meist verklärend vom «ewigen Antlitz» die Rede ist. Denn fast alle diese Abgüsse drücken nichts aus als – den Tod. Keine Erhöhung, sondern Erschrecken, Abweisung, Erstaunen, Befremden, Erschlagensein. Doch Lessings letztes Gesicht bildet die nahezu einzige Ausnahme: am 16. Februar vom herzoglichen Münzgraveur und Medailleur Krull[5] abgenommen, der zum Freundeskreis gehört hat, und in ihrer Authentizität von keinem der Mitlebenden angezweifelt, wirkt es wie die Maske, die dem *lebenden* Goethe abgenommen worden ist. Als könne man noch von dem toten Lessing sagen, was dem lebendigen nachgerühmt worden war, jedenfalls solange Eva lebte: der «unverwüstlich Gleichmütige» zu sein.

Wer weiß, vielleicht war der wenig Geduldige tatsächlich zu der Wanderschaft aus- und aufgebrochen, zu der sein Eros ihn zeitlebens machtvoller hingedrängt zu haben scheint als zu Frauen. Zahllos sind die Äußerungen, die Lessings Fluchtlust und Wandertrieb, den irdischen wie den metaphysischen, belegen. Der kam dem braunschweigisch-lüneburgischen Hofrath, weil er von der Bücherwelt so «abgemattet» war, Bücherkrätze sagte er, statt: Bücherschätze ... Und er fand, fraulos, abends in Wolfenbüttel, von wo der Hof sich mit dreitausend Bürgern – kaum fünftausend blieben zurück – nach Braunschweig verzogen hatte, keinerlei Aufmunterung; und war doch, seit seinen Leipziger Studententagen, zum eingefleischten Großstädter geworden. Er hoffte auch deshalb, noch nach dem Tode zu wandern, weil ihm das Jenseits in seiner Vollkommenheit als die Hölle der «unendlichen Langeweile» bedrohlich schien.

Sein Bruder überliefert: «Die menschliche Seele, glaubte er, wäre schon in viele Körper gewandert und immer aus dem letztern vollkommener gekommen ... es könnte seyn, dass sie auch Anfangs gar in thierischen Körpern gewesen.» Nietzsche hat das Buch des Bruders gekannt, als er notierte: «Lessing hat die gewaltige, unruhige, ewig spielende, in schwellenden Muskeln überall sichtbare Kraft eines jugendlichen Tigers.» Und tatsächlich hatten bereits den Homer-Übersetzer Voss – wie er sagte – Lessings «Tigeraugen» erschreckt; bei der ersten Begegnung hatte er noch formuliert:

«Blick wie ich noch nie gesehn habe, einen rechten Geierblick»[6] – Geier oder Tiger, seine Stiefkinder erzählten jenem Schiller, der Lessings Grabstelle wieder ortete: «Rascher Gedankenflug, schalkhafte Grazie und ein herzegewinnendes Wohlwollen sprüheten aus seinem Blicke ihre siegreichen Geschosse. Dieses Auge war aber von um so gewaltigerer Wirkung, als dasselbe in leuchtender Milde schon aus weiter Ferne seinen Gegenstand zu fixieren vermochte.» Zeitgenössische Eindrücke, die durch ausnahmslos alle Lessing-Porträts belegt werden; sogar der große Graff hat ihn gemalt. Doch Lessing rief vor dem Porträt: «Sehe ich denn so verteufelt freundlich aus?» Ja, so freundlich sah er *auch* aus; obgleich es geschehen konnte, erzählt Jacobi, daß diese blauen Augen, die oft «erstaunend belustigt» blickten, «entsetzlich» wurden, als ihm Lessing anvertraute, auf dem Sterbebett habe seine Frau ihm Vorwürfe gemacht, daß er sie angesteckt habe mit seinen Zweifeln: «Sein Gesicht wurde *entsetzlich*, ich habe nie so ein Gesicht gesehen.» (Entsetzlich hat Jacobi unterstrichen, später auch wiederholt. Denn Lessing hatte angefügt, das verbiete ihm, an Ehe, an Kinder, an Liebe zu denken ...) Solche Augen, die Schopenhauer auch deshalb als die untrüglichste Signatur für Genialität beschrieb, weil er selber solche hatte: nicht «Augensterne», sondern Sternen-Augen, «blaugesternte Augen», notierte ein Beobachter – sie wurden doch bei allem Erschrecken, das sie auslösten, durch Güte, sogar durch Gutmütigkeit liebenswürdig; durch Nachgiebigkeit auch und eine Milde, die sogar fanatisierte Gegner Lessings umstimmte, sobald sie Gelegenheit hatten, mit ihm zu sprechen. Noch zweiundfünfzig Jahre nach Lessings Tod erinnerte sich die Kanonisse Jerusalem, Tochter jenes Abts, den Lessing am Sterbebett nicht hatte sehen wollen, als ahne er, «der Freund» sei zu feige, demnächst dem Sarg zu folgen: «Er hatte die allerausdrucksvollste Physiognomie, die man nie vergessen kann, und dabei die lebhafteste und allerangenehmste Unterhaltung.» Doch versäumte sie nicht hinzuzusetzen: «Seine letzte Lebenszeit ward aber durch einige Widerwärtigkeiten getrübt, wodurch seine Heiterkeit sich verlor und wohl mit seinen frühen plötzlichen Tod beförderten, vielleicht fehlte es ihm dabei auch wohl an den festen religiösen Überzeugungen, durch die jeder Kummer gemildert werden kann ...»

Lessing fragte kurz vor dem Tode: «Warum könnte jeder einzelne Mensch auch nicht mehr als einmal auf dieser Welt vorhanden sein? ... Ist diese Hypothese darum so lächerlich, weil sie die älteste ist?» Nehmen wir an, er sei nun *da*, sei *hier*: nicht mehr als der junge Tiger, den Nietzsche in ihm sah, sondern als der Scherenschleifer, dessen Gewerbe ihm selber, Lessing, neben dem der Neuberin – also dem des wandernden Schauspielers – das beneidenswerteste war, ein glücklicheres, wie er sagte, als das des «größten, berühmtesten Gelehrten hinter seinem Schreibtisch und Katheder», weil – wie er mit vierzig schrieb – «nichts herauskömmt, lange an einem Ort zu seyn, wo es einem gefällt». Würde er lachen über den Einfall, nach seinem Namen einen Preis zu benennen? Da doch Lessing in unserer Gesellschaft schwerlich einen Preis erhielte!

Zunächst die Frage: wo wäre Lessing *heute*, hätte er, wiedergekehrt, Hitlerdeutschland überlebt, was höchst unwahrscheinlich ist? Wo fände er seinen Standort in einer Gesellschaft, der Benn – sehr vereinfachend, wie er oft urteilte – einmal anhängte: es sei ehrenhafter, in ihren Gefängnissen verpflegt zu werden als in ihren Clubs?

Immerhin: das ist kein Zufall, daß mit der Post aus Hamburg, die mir in Basel die Zeitungsmeldung bestätigte, der Lessing-Preis sei zur Hälfte mir zugefallen: daß mit ihr auch ein Brief aus dem Gefängnis in Kaisheim, Bayern, kam, und mir ein Häftling, Rechtsreferendar Rolf Pohle, schrieb, die Zensur verwehre ihm, auch nur jene zwei Seiten meines Dramas ‹*Juristen*› zu lesen, auf denen er, wie er von seiner Mutter erfahren habe, genannt werde. Der Zensor hatte dem

Strafgefangenen Pohle mitgeteilt: «Das Druckwerk wird angehalten. Sein Inhalt gefährdet Ziel des Strafvollzugs und Ordnung der Anstalt.» Pohle schloß seinen Brief mit einer Aufforderung, die ich an Sie alle weitergebe: «Vielleicht ist das Ihnen eine kleine Ermunterung, sich des alten und neuen Gefängnis-Systems in Westdeutschland (Schweiz nicht zu vergessen) anzunehmen. Wir Gefangenen ham's nötig, der oben zitierte Beschluß ist typisch für das alltägliche Verhalten nicht nur mir, sondern allen Gefangenen gegenüber.»

Ich frage die Justizminister hierzulande: wo nimmt der Büttel von Kaisheim das Recht her, über die Strafe hinaus, die ein Richter verhängt hat, also die Haftstrafe, einem Gefangenen das Selbstbestimmungsrecht über seine Lektüre abzusprechen? Muß ich hinzufügen, daß offenbar meine Antwort – Pohle hatte mir zum erstenmal geschrieben, ich habe ihn nie gesehen oder gesprochen – unterschlagen worden ist, denn sie blieb unbeantwortet, obgleich ich's dem Zensor leichtgemacht, nämlich auf offener Postkarte an Pohle geschrieben hatte?

«Eine Zensur findet nicht statt»: wozu steht das in unserer Verfassung? Warum darf ein Gefangener, schlaflos oder am Wochenende, nicht lesen, was er will – wenn er im Gefängnis «seine» Arbeit getan hat?

Nochmals: «Eine Zensur findet nicht statt»: wozu steht das in unserer Verfassung?

Heute, an Lessings Beerdigungs-Tag, ist diese Frage keine Abschweifung. Denn mit zwanzig bereits schrieb Lessing sein ‹*Samuel Henzi*›-Fragment, seinen Versuch, einen Berner Staatsverbrecher, Pfarrersohn wie Lessing, der im Zentrum einer Verschwörung gegen das tyrannische Patriziat gestanden hatte, vor dem Schafott durch ein Drama zu retten, mit dem er die Öffentlichkeit um Beistand für Henzi aufrütteln wollte. Henzi wurde geköpft, Lessing ließ das Stück liegen – so wie er alsbald ‹*Spartacus*› liegenließ: der folgenreichste

Verlust, den unsere Literatur je erlitten hat! Denn allein Lessing wäre der Mann gewesen, schulemachend an den Anfang des klassischen deutschen Dramas mit einem ‹*Spartacus*› eine politische Tragödie zu stellen, die – anders als dann seine ‹*Emilia Galotti*›, anders auch als Schillers Dramen, trotz des ‹*Fiesco*› – nicht nur einen persönlich-familiären Zusammenstoß mit einer Diktatur zur Basis gehabt hätte, sondern den Aufruhr einer ganzen, der untersten Gesellschaftsschicht in ihrer Rechtlosigkeit.

Würde *heute* Lessing, der ja vermutlich gestorben ist, weil «man» ihn als Bühnen-Mann, als Zeitgenossen nicht gebrauchen wollte, überhaupt zugelassen zur Mitwirkung? «Sie geniren mich!» sagte er schroff, als jemand das Theater erwähnte, und er vermochte dann sofort bei Tisch einzuschlafen, um nichts davon hören zu müssen. Einmal entgegnete er gereizt, als man vorbrachte, ‹*Minna von Barnhelm*› sei passé: «Das Ding war zu Zeiten recht gut. Was geht es mich an, wodurch es jetzt vom Theater verdrängt wird!» Die Berichte über Lessings Krankheit geben so wenig wie «die Zergliederung des Leichnams» Auskunft über seine Schlafsucht, die zweifellos eine Flucht psychosomatischen Ursprungs war.

Nein, höchst unwahrscheinlich, daß man Lessing heute zuließe! Hauptmann ist die *eine*, Brecht, der von Ulbricht persönlich aus totalem Isoliertsein im Westen und aus Armut befreite und zur Mitwirkung zugelassene: ist die *andere* Ausnahme! Sonst sind immer die Deutsch schreibenden Bühnen-Autoren auf der Höhe ihres Schaffens durch die Machthaber am Theater ausgeschlossen worden, es sei denn, sie waren wie Schiller durch Goethe, wie Immermann, Laube, Dingelstedt, wie Hofmannsthal durch Reinhardt (doch nur in Salzburg) selber am Theater Hausherren oder hatten wie Hebbel an der Burg (durch seine Frau) sozusagen ein Mitspracherecht. Jedoch die Regel ist Mißhandlung, wie sie zeitlebens Schnitzler durch Reinhardt erfahren hat; da er seit 1919 als passé galt, wurde Schnitzler nicht einmal mehr von Reinhardts Bruder

Edmund empfangen, wenn er in den zwanziger Jahren durch demutvolle Bittgänge zum Theater an sein Vorhandensein zu erinnern sich erdreistete.[7] So wie ja Horvath keineswegs durch die Nazis, sondern durch Intendanten der Weimarer Republik zugrunde gerichtet wurde; bis 1965 gab es ihn nicht einmal mehr im Lexikon! Wie in unseren sechziger Jahren die damals noch produktive Generation Ulrich Becher, Hochwälder, Weisenborn, Zuckmayer aus den Theatern verjagt wurde, so werden heute die Bernhardt, Dorst, Dürrenmatt, Forte, Frisch, Henkel, Kroetz, Müller, Pillau, Plenzdorf, Sperr, Sylvanus, Walser, Weiss, Wittlinger, Straus – werden wir alle von drei, höchstens vier Prozent Deutsch sprechender Bühnen noch vorgezeigt. (Ausnahme ist allenfalls *ein* Stück pro Saison, das einmal «läuft!») Mehr als 95 Prozent des Spielplans werden auf Kosten der Lebenden durch risikofreie Klassiker bestritten oder deshalb durch Ausländer, weil deren Sujets nie bei unseren politischen Parteien anecken, obgleich doch die wahnwitzig hohen Gehälter und Subventionen ohnehin die Theaterchefs und Regisseure schon befreit haben von jedem Risiko. Unabwählbar, da ihr immer zahmer Spielplan sie niemals in Kollision zu ihren Geldgebern, den Politikern, bringt, können sie allein darüber befinden, zuweilen zwanzig Jahre lang, ein Schriftstellerleben lang, ob einer Millionenstadt der BRD ein Autor vorgezeigt oder unterschlagen wird – und keinen der Geldgeber interessiert das: die Politiker der BRD, die ihre so niemals dagewesene kulturelle Ignoranz als Liberalität ausgeben, hätten dafür gesorgt, daß künftige Geschichtsschreiber BRD mit Banausenrepublik Deutschland der Nachwelt übersetzten – hätte sie überhaupt Nachwelt, diese Republik, das heißt: Chronisten. Aber sie wird keine finden, weil niemals ein Staat dem Gedächtnis der Menschheit überliefert wurde, der keine Architektur als seine Kennkarte der Nachwelt gab und der die Kunst ignoriert hat wie der Bonner – es sei denn, dieser Staat habe seinen Heroismus gehabt wie Churchills, Stalins, Roosevelts Epoche durch deren Zerschlagung des Faschismus. Von Sparta, selbstverständlich, wissen wir nur deshalb noch, weil seine kulturfeindliche Barbarei den Historikern aufzeichnenswert war als Gegenbild zu Athen ... Als Bonn noch kurfürstlich-kölnisch von katholischen Absolutisten regiert wurde, hatte es den Mut und die Liberalität und den Ruhm, eines der zwei oder drei revolutionärsten Dramen uraufzuführen, ‹*Fiesco*›, am 20. Juli 1783. Seit Bonn aber das wurde, was Schiller dort einst gefordert hat, eine Republik; seit Demokraten dort – vor fast vierzig Jahren – ihre Residenz aufmachten, hat niemals einer ihrer Untertanen davon gehört, in Bonn seien ein Drama, eine Oper uraufgeführt, ein Gebäude, ein Denkmal, eine Galerie, eine Bibliothek oder Akademie oder auch nur ein Lehrstuhl errichtet, ein Verlag oder auch nur eine Zeitung gegründet worden, die wenigstens für zehn Minuten Aufmerksamkeit hätte beanspruchen können. Bonn hat Interesse allein an der Beschlagnahmung des nationalen Schaufensters, das man Tagesschau nennt, für die Selbstdarstellung seiner sogenannten Spitzenpolitiker, die zuweilen allen Ernstes von «einem Gipfel» sprechen, wenn sie einander treffen. Sich allein gönnen unsere Herren Öffentlichkeit, so daß denn in der Medien-Kratie sich unsere Mediokrität artikuliert und breitmacht als unsere Medio-Kratie ... Von Bonn wird bleiben, um Brechts gültigste Zeile zu zitieren, was durch Bonn hindurchging: der Wind ...

Heute kommt für lebende Autoren erschwerend hinzu – anders als zu Lessings, ja noch zu Wedekinds Zeiten –, daß in Demokratien, wie schon Stendhal voraussah, die Politiker und Intendanten meist nicht mehr wie einst doch gar nicht so wenige das Bedürfnis haben, schützend ihre Hand über jene wirtschaftlich Vogelfreien zu halten, die unsere Gesellschaft als Freischaffende anpreist, um Freiheit vorzutäuschen, während sie sich um diese Nichtorganisierten, die als Wählerpotential so unerheblich sind wie Heideschäfer, allenfalls wie um Ratten und Schmeißfliegen oder um Mistkäfer und Pin-

«kümmert». Verbot es sich erstens von Natur, zweitens nach den Erfahrungen mit Goebbels und Julius Streicher, Menschen mit Ratten zu vergleichen: seit Politiker diese Vergleiche wenigstens dann nicht scheuen, wenn sie von Autoren sprechen, teilt man Voltaires Mißtrauen, als er die republikanische mit der monarchischen Staatsform verglich: «Ich gehorche lieber einem Löwen als zweihundert Ratten» ...[9]

Käme Lessing heute nach Wien wie 1775: er würde ja nicht deshalb nicht – wie er damals wurde – von Kaiserin Maria Theresia und Kaiser Joseph empfangen und beim Fürstkanzler Kaunitz zur Tafel geladen, weil die tot sind; sondern weil Machthaber *heute* – speziell auch die so einflußreichen Fernseh-Feiglinge – kein Bedürfnis haben, mit Leuten zu sprechen, die Kunst machen; und die gar noch «umstritten» sind wie damals dieser «Ketzer von Distinktion» (Flake), dessen Besuch jedem Politiker den Unwillen der Mächtigeren zuzog: damals also den der alleinseligmachenden Kirche.

Der Braunschweiger Hof, dessen Prinz ‹*Miß Sarah Sampson*› ins Französische übersetzte[10], wie später König Max von Bayern ‹*Don Carlos*› ins Spanische[11], und dessen alte Herzogin bei jeder persönlichen Begegnung Lessing darum «gequält» hat, wie er festhielt, nach der doch wahrhaftig schokkierenden ‹*Emilia Galotti*› endlich wieder ein neues Stück zu schreiben – dieser Hof hat Lessing sehr anständig versorgt. Er gab ihm sofort das Dreifache dessen, was anfangs Schiller bei der Tochter dieser Herzogin in Weimar verdiente. Die Hamburger *Republikaner* jagten den bis über den Haarbeutel verschuldeten Lessing aus ihrem Theater! Höchst aufregend schon die Bemerkungen Heines über des Republikaners Cromwell Vernichtungsfeldzug gegen das elisabethanische Theater; nicht die Aristokratie ließ Goldoni in Paris verhungern, sondern die kunstfeindlichen Revolutionäre, die dem fast Achtzigjährigen (bis einen Tag vor seinem Hungertode) die Pension strichen, die ihm das Königshaus ausgesetzt hatte. Würde Lessing, lebte er, heute gespielt? Als damals die Machthaber des Theaters schon zwei Jahre den ‹*Nathan*› liegen hatten: bestellte sogar Schröder, Intendant zu Hamburg und sogenannter «Freund» Lessings, eine Fortsetzung der ‹*Emilia Galotti*›, da selbstverständlich diesen ‹*Nathan*› keiner brauchen könne. Doch man täusche sich nicht: auch damals waren Intendanten nur selten so dumm wie feige; sie *wußten*, ‹*Nathan*› sei spielbar, fürchteten aber eine Inszenierung wegen des Haßfeldzugs der Kirche gegen die Bühne; schon zwei Jahre nach Lessings Tod wagte ein mutiger Mann in Berlin die Uraufführung: Theophilius Döbbelin – natürlich ein Privatunternehmer; Berlin hatte noch keine staatliche Bühne wie Wien, wo alsbald Kaiser Joseph II. selbst ausgerechnet Schillers Republik-Stück ‹*Fiesco*› an seinem Burgtheater zur Aufführung bearbeitete; zwar gab es alsbald einen wahnsinnigen Herzog, der seinem Regimentsmedicus Schiller das Dichten überhaupt untersagte und ihm drohte, ihn sonst auf dem Hohen Asperg verschwinden zu lassen wie Schubart. Dennoch waren es private und früher fürstliche Theater fast allein, die brisante Stükke uraufführten! Daran zu erinnern ist auch der Autor des ‹*Stellvertreter*›, der ‹*Soldaten*›, der ‹*Juristen*›, der ‹*Ärztinnen*› durch Dankbarkeit verpflichtet, wenn er hier heute – *auch* für diese Theater – einen Preis entgegennehmen darf. Denn die Berliner Freie Volksbühne oder das Hamburger Ernst-Deutsch-Theater sind keine staatlichen oder kommunalen Bühnen, sondern haben sich vielmehr mühsam gegen deren grundgesetzverletzende finanzielle Übermacht zu behaupten. Und auch die Bühnen in Paris, am Broadway, in Toronto oder London, die ‹*Soldaten*› riskiert haben, waren private, meist von Juden finanzierte Bühnen. Sind doch Juden *die* privaten Geldgeber, die auch Theater finanzieren; nicht nur solche Kunst, die sie sich wertbeständig ins Haus hängen können. So war es ja meist, nach der Liquidierung der Fürsten und vor der Liquidierung der Juden: daß die Juden die Kunst finanzierten und wir «Arier» den Antisemitismus ...

Es war das Darlehen des Hamburger jüdischen Kaufmanns Moses Wessely[12], das es Lessing ermöglichte, ‹*Nathan der Weise*› zu schreiben; so wie alsbald ein Thüringer Jude[13] Schiller das Reisegeld zur Rückkehr von Bauerbach nach Mannheim vorschoß; so wie der jüdische Berliner Bierbrauer Katzenellenbogen 400000 Mark à fond perdu Piscator für die Volksbühne schenkte. Wären die privaten Theater, deren eines noch Brechts ‹*Dreigroschenoper*› uraufführte, schon vor 1918 vernichtet worden, wie es heute in der BRD geschieht, obgleich doch das Grundgesetz die Chancengleichheit garantiert – doch die privaten haben keine Chancen, wo Gemeinden und Länder nur *ihre* Theater subventionieren –, so hätten vermutlich weder Wedekind noch Sternheim jemals ein Stück von sich auf der Bühne gesehen.

Rebellische, das heißt: im Geiste Lessings verfaßte Stücke haben nichts zu hoffen von Leuten, deren politisches Wohlverhalten die Voraussetzung dafür ist, daß demnächst die Parteien ihre Intendantenverträge – speziell auch beim Fernsehen – verlängern und die Subventionen ungekürzt zahlen. Denn kein Hund beißt die Hand, die ihm das Fleisch hinhält. Die Fernseh-Feiglinge nennen ihre Abstinenz von gesellschaftskritischem Theater: «Ausgewogenheit.» Ich glaube nicht, daß in der BRD ein einziger Stückeschreiber lebt, der die hohe Ehre hat, einen Fernseh-Intendanten persönlich zu kennen ... Vergleich: in einem absolutistischen Staat konnte Wagner dank der Fürstin Metternich zu Napoleon III. gehen und gegen die Machthaber der Pariser Oper eine Uraufführung erzwingen, für die auch der Kaiser der Franzosen – keineswegs nur der Komponist – sich auspfeifen ließ! Oder: als Lessings Freund, der nahezu rechtlose Berliner Schutzjude Mendelssohn, der erst kürzlich nach Berlin hatte einwandern dürfen und täglich ausgewiesen werden konnte, öffentlich in Nicolais ‹*Literaturbriefen*› zwei Gedichte seines Königs verrissen hatte, als Nachahmungen des Lukrez und als «schlecht gereimte Angriffe auf den Begriff der Unsterblichkeit», da konnte Moses Mendelssohn, nach Sanssouci zitiert, dem Autor und Sieger von Leuthen ins Gesicht sagen: «Wer Verse macht, schiebt Kegel, Majestät, und wer Kegel schiebt, sei er König oder Bauer, muß sich gefallen lassen, daß der Kegeljunge sagt, wie er schiebt.»[14] Dieser König war vielleicht doch nicht ganz zufällig der Bruder jener Herzogin Lessings, die sich von ihrem Hofrath als «Geburtstagsgeschenk» die Uraufführung der *‹Emilia Galotti›* «gefallen ließ» und als einzige, offenbar, den Augenzeugen nach zu urteilen, im Braunschweiger Theater an diesem 13. März 1772 nicht nur nicht die Contenance verlor, sondern fortan Lessing um neue Stükke «quälte», obgleich sie zum Entsetzen der Bürger zu hören bekommen hatte, anspielungsreich sogar auf ihren Sohn und den Braunschweiger Hof: «... der Prinz ist ein Mörder, des Grafen Appian Mörder! – Den haben nicht Räuber, den haben Helfershelfer des Prinzen, den hat der Prinz umgebracht!» Lessings Mitbürger schauen entsetzt zur Loge hin, die Herzogin ist nicht entsetzt oder zeigt es nicht; ein Höfling schreibt: «*‹Emilia Galotti›* bringt mich auf den Gedanken, unser Lessing breche es gar zu grün ab. Wer am Hofe lebt und vom Hofe abhängt, der muß sich weniger delicate themata wählen.»[15]

Sich vorzustellen, *heute* würde zum Geburtstag eines unserer Landesherren ein Theaterstück bestellt, ist müßig, weil es keinen Bürger unseres Staates gibt, der je einen demokratischen Machthaber beim Besuch einer *Uraufführung* eines Stücks oder einer Oper ertappt hätte; unsere ach so demokratischen Vorgesetzten trauen sich allenfalls in Stücke, die längst als harmlos, das heißt: als für *sie* unverbindlich ausgewiesen sind, doch am liebsten gehen sie nach Oberammergau und Bayreuth!

Der Schutz der Künstler fängt an mit dem Interesse für sie.

Das Desinteresse der Demokraten und Bürger an lebenden Künstlern und daher auch die Feindseligkeit gegen sie – natürlich gibt es Ausnahmen, so den Landeshauptmann von

Salzburg –, hat schon Lessing das Leben versaut. Denn auch Lessings Todfeinde, die Geistlichen und die Theatermachthaber, waren nicht Fürsten – ja, die Fürsten hatten wegen ihres sogenannten «unsittlichen» Lebenswandels die Geistlichen auch zu fürchten. Und aus Furcht, ohne Frage, vor seinen Geistlichen hat auch der Herzog zuletzt über Lessing die Zensur verhängt – ohne aber je zu vergessen, daß er Lessing persönlich, obgleich Lessing sich das verbitten wollte, in Schutz zu nehmen hatte, als der Reichstag gegen den Bibliothekar vorzugehen versuchte. Die Bürger nahmen an *allem,* was Lessing tat, Anstoß; und vor allem daran, was er nicht tat, sondern was sie ihm nur – mörderisch belustigt – anhängten. Er solle, um sich aus der Melancholie herauszureißen, die ihn immer einschläferte, doch wieder einmal nach Göttingen fahren, riet man ihm, wo er 1777 auch den Professor Lichtenberg besucht hatte, der vier ganze Wörter darüber in sein Sudelbuch schrieb, aber wie andere brieflich dazu beitrug, die Verleumdung auszustreuen, Lessing wolle seine über dreißig Jahre jüngere Stieftochter, die bei ihm hauste, heiraten ... damals so ziemlich die gefährlichste Denunziation überhaupt in bürgerlichen Kreisen.

Lessing antwortete denn auch, sehr kurz vor seinem Tode: «Was soll ich in Göttingen machen, mich (wieder) verachten lassen?»[16] Goethes Warnung an Grillparzer vor der Isolierung in Wien, wo den niemand haben wollte, als er alt, das heißt: schon fünfunddreißig Jahre geworden war, nur «in einem Kreise Gleichgesinnter» könne einer produktiv bleiben: erklärt Lessings Verstummen; niemand wollte ihn! Es war noch zuletzt genauso wie immer und wie er es in seinem ergreifenden Selbstporträt lakonisch bemerkt hatte, um zu begründen, daß er als Dramaturg nach Hamburg mußte: «Ich stand eben am Markte und war müßig; niemand wollte mich dingen, ohne Zweifel, weil mich niemand zu brauchen wußte.»

Der Stolze, der später einmal schreiben wird, er sei zu

stolz, sich unglücklich zu fühlen, sagt, er sei «müßig» gewesen – was er keine Minute in seinem fleißigen Leben war und sein konnte –, um nicht wahrheitsgemäß schreiben zu müssen: «Ich stand eben am Markte und war hungrig»! Und wenn er hinzusetzte, daß niemand ihn zu brauchen wußte, so muß man wissen: er war immerhin schon achtunddreißig und hatte *‹Minna von Barnhelm›* geschrieben, die keine Bühne aufführte. So daß Lessing schon deshalb, um die Aufführung dieses Meisterstücks durchzusetzen, als Dramaturg nach Hamburg mitgehen mußte.

Er hatte nie Theaterkritiker werden *wollen*. Er hatte Theaterkritiken immer nur geschrieben, um nicht zu verhungern; und sie sind denn ja auch ihm und der Nation schlecht genug bekommen: ihm zogen sie den Haß der Schauspieler zu, den Deutschen die schädliche Abnabelung vom großen französischen Drama, das Lessings alles zermalmende Wortkraft von der deutschen Bühne wegschimpfte – ihm, der sich selber als Produktiver davon freimachen mußte, zum Nutzen; dem Theater jedoch, der Traditionsbildung zu sehr großem Schaden, wie Nietzsche sachlich feststellte –, so selten er sachlich war. Und so wie Lessing allein aus Not Theaterkritiker wurde, so später – und hat ja lange genug gezögert, abzureisen ins verhaßte Wolfenbüttel – Bibliothekar.

Sogar Goethe klagte im Alter, nur Mangel an Widerhall und Ermutigung hätten ihn daran gehindert, einen ganzen Zyklus von Stücken wie den politisch hochbrisanten *‹Clavigo›* zu schreiben, «ein Dutzend»: Um nicht abgetrennt zu werden vom Theater, nahm er die Plage auf sich, Intendant zu sein. (Und neun von zehn Stücken in Goethes Spielplan[17] waren zeitgenössische!) Auch Schillers Bewerbungsschreiben aus Jena vom 12. August 1799, am Weimarer Theater mitzuarbeiten, drückt seine Furcht, isoliert zu werden, unverblümt aus ...

Lessing war im Grunde jede andere Tätigkeit als die des Bühnendichters widernatürlich; er schreibt nach seinen ersten Komödien – *‹Juden›* wie das *‹Henzi›*-Fragment sind als

Leistungen eines Zwanzigjährigen ohne Beispiel – seinem Vater, er wolle der deutsche Molière werden: und er hätte einer werden *können*, wäre er zugelassen worden am Theater! Was er beinahe ebenso leidenschaftlich liebt: «Rettungen» – das heißt als Editor zu arbeiten, Verschollene neu herauszugeben oder miserabel Übersetzte wie Horaz zu verteidigen. So schafft der Vierundzwanzigjährige – Bühnen sind keine mehr in der Nähe, die ihn benötigen – die Kunst der ganz großen Polemik, auch wenn er zum Beispiel – das hat er bereits mit zwanzig getan – eine Sekte wie die Herrenhuter gegen die Orthodoxen abschirmt und so herrliche Sätze schreibt, wie: «Aufgebrachten Priestern schlägt ein schlauer Pilatus nichts ab.» Und Lessing ist Gesetzgeber und Befreier aus Leidenschaft, ob er ‹*Laokoon*› schreibt oder den ‹*Anti-Goeze*› oder ‹*Ernst und Falk*› oder ‹*Erziehung des Menschengeschlechts*›. Aber Kritiker? Nur wenn er anders Brot und Miete nicht verdienen kann. Doch die Deutschen hatten zu keiner Stunde für diesen ihren einzigen Klassiker, der alle drei Gattungen des Dramas nicht nur beherrscht, sondern *vorgemacht* hat: die Komödie, das politische Zeitstück und die Parabel – jemals so viel Verwendung, daß er auch nur kümmerlich davon hätte leben können.

Wenn Lessing endgültig definierte: «Der Dichter ist ein philosophischer Dichter, und der Weltweise ist ein poetischer Weltweiser geworden», wenn auch umgekehrt darum ein philosophischer Dichter noch kein Philosoph sei; wenn Lessing Dunce – englisch: Dummkopf – als Bezeichnung für schlechte Poeten wählte; wenn er Wieland vorhielt, nicht seinen bedeutenden *Verstand* hinreichend für die Poesie anzustrengen: so verkörperte er zeitlebens das Ideal eines Dichters, das in Deutschland niemals populär war, weil hier Träumer und Dichter für Synonyme gehalten werden. Dagegen erklärte Lessing herausfordernd – und sicher nur als Herausforderung, um die Schlafmützen unter seinen zeitgenössischen Autoren zu verärgern –, daß er im Schlafe niemals träume. Denn ein «mit Vergnügen» Dichtender und Kämpfender – er hat bekannt, nie mit größerem *Vergnügen* und rascher geschrieben zu haben, als am ‹*Nathan*› –, der morgens ab sechs, eine Katze auf dem Tisch, mit ausgeschlafenem Kopf in weniger als vier Monaten unser größtes Drama schreibt – «mühsam hervorgebracht» nannte das August Schlegel –, gilt hierzulande nicht als Dichter. Sondern er muß begreifen, wie Thomas Mann das einmal erbittert von sich gesagt hat, daß er unter Deutschen «nichts als ein grauer Verstandesspatz unter lauter Harzer Gemütsrollern»[18] ist! Als einen Rat Lessings gab Herder an Lichtenberg weiter: «Unmöglich könne man immer mit der Empfindung dessen schreiben, was man schreibe, die Vernunft müsse sich die Situationen denken.» So wie Lessing auch dem Hauptpastor Goeze einmal empfiehlt, den Kopf nicht warm zu halten, sondern hell – Definitionen dessen, was klassisch wird in der Kunst. Und wie das Klassische sich abzuheben hat von aller nur landläufigen, immer provinziellen, unübersetzbar beschränkten Stimmungsmalerei, die man in Deutschland «dichterisch» nennt, während «hellheitere»[19] Dichtungen – das Wort ist von Goethe und ist auch die exakteste Anweisung an jeden Beleuchter, der das Bühnenbild für ‹*Minna*› und für ‹*Nathan*› einzurichten hat – bei uns ebenso wie alle politischen nicht von den Lesern, aber den «Auslegern», abgetan werden als herzlos, kalt und unpoetisch ...

Diese abstruse Vorstellung der Deutschen von Literatur führte dazu, daß die Lessing umzirkelnden Schöngeister den ‹*Nathan*› zunächst überhaupt nicht als Dichtung, als Drama ansahen – keiner widersprach Lessing, wenn der befürchtete, das Stück werde nie auf eine Bühne kommen, immer nur Buch bleiben –, sondern zunächst einmal nur als Theologie, Polemik, Zänkerei gegen den Hauptpastor. Und so hielten sie auch den Dramenvers Lessings, kaum daß der ihn kreiert hatte auch für die drei Genies unter seinen Schülern, für Goethe, Schiller, Kleist – für «unpoetisch!» Lessing *wußte*, warum jene, die im Gegensatz zu ihm als Poeten in *seiner* Generation geachtet wurden, den Vers lieber sanft und verschwommen und verramlert und gleimend und klopstockend gesehen hätten: er war dann weniger geeignet, dieser Vers, prosaische Politik zu transportieren, *das*, was Lessing mit ihm transportieren *wollte*! So antwortete er dem Bruder auf dessen Einwand: erstens habe es ihn immer *mehr* Zeit gekostet, Prosa zu schreiben, statt Verse. Zweitens: «Ja, wirst du sagen, als solche Verse! – Mit Erlaubnis, ich dächte, sie wären viel schlechter, wenn sie viel besser wären» ... Womit Lessing ironisch wiederholte, was er einmal zur gescheiten Tochter des Verfassers der Fragmente gesagt hat: daß er im Kreise von Schöngeistern meist einschlafe. «Der Bücherstaub fällt mir immer mehr und mehr auf meine Nerven.» Elise Reimarus bescheinigte ihm noch ganz zuletzt: «Mehr gesunden, gleich dem Blitz gerade durchfahrenden Menschverstand glaub' ich giebts selten unter dieser Erde Bewohnern.»[20]

«Gleich dem Blitz gerade durchfahrenden Menschenverstand» – ja! Und wie nötig hatte Lessing den, sich zu wehren! Denn wenn irgendeiner – so war *er* jener Autor, der sein Meisterwerk aus Notwehr schrieb!

Lessing wußte, daß Literatur nicht aus Literatur entsteht, sondern in kämpferischer Auseinandersetzung mit Widersachern und mit der immer von jedem Autor sich neu zu erringenden Form und Sprache. Diesem Furor entsprang der Entschluß, sein ‹*Nathan*›-Fragment zu Ende zu dichten. Wir kennen das Datum der Nacht, als ihm «beifiel, daß ich nach einigen kleinen Veränderungen des Plans, dem Feinde auf einer anderen Seite damit in die Flanke fallen könne»[21]. So militant hatte er schon reagiert, als ihm die Zensur auferlegte, seinen Fragmente-Streit gegen Goeze einzustellen. Er griff den entworfenen ‹*Nathan*› auf, weil «ich gewiß den Theologen einen ärgern Possen damit spielen will als noch mit zehn Fragmenten». Das vor Jahren weggelegte Manuskript wird wieder hervorgeholt und Lessing kündigt ‹*Nathan*› an, weil nur so ihm noch erlaubt ist, öffentlich anzukündigen, daß er nicht schweigen werde, nachdem am 3. August 1778 zur Schadenfreude zweifellos der meisten ihm das herzogliche Verbot zugegangen war, künftig unzensurierte Schriften zu veröffentlichen. Am 11. und 20. Juli schon hatte Lessing auf die sich anbahnenden Einschränkungen seiner ihm zugesagten Publikationsfreiheit mit Protest reagiert – dann jedoch, am 17. August, wird das Verbot erweitert. Er wählt die Form des Dramas. Darin spricht sich die ermutigende Zuversicht des Dichters aus, seine Gewißheit, das keine noch so vehement vorgetragene Polemik die Durchschlagswucht eines Dramas haben könne.

Aus Notwehr entstanden, ist ‹*Nathan*› notwendig geblieben: das hat schon eine höhere Legitimation (es hat die höchste) als etwa die Schillersche Machart: der suchte, kaum daß die Niederschrift an einem Stück sich dem Abschluß näherte, einen neuen Stoff in der Geschichte, nicht um sich seiner Haut zu wehren oder um einen geistig-politischen Prozeß, der sein Zeitalter bewegte, mitauszukämpfen, sondern wie ein Maler das Sujet für ein neues Bild sucht. Auch das ist legitim und zeitigt zuweilen Wunderbares. Nur daß es die *existentielle Notwendigkeit* hätte, aus der ‹*Nathan*› entstand und aus der auch die drei ersten Schiller-Stücke, aus der auch ‹*Werther*› oder ‹*Tasso*› entstanden sind: kann man nicht sagen ...

Lessing war mindestens in seiner Zeit der einzige unter Deutschen und daher ihnen fremd bis heute, mit keinem ihrer Dichter-Klischees deckungsgleich – der seine vier Dramen: ‹*Juden*›, ‹*Minna*›, ‹*Emilia*›, ‹*Nathan*› und auch das Fragment ‹*Henzi*› aus kämpferisch-ironischem Widerstandsgeist gegen seine Umwelt schrieb – ja, auch das Lustspiel: denn was wäre oppositioneller, denn als der Sekretär eines gegen Sachsen kriegführenden preußischen Generals ein unendlich «gewinnendes» Geschöpf aus jenem Volk, gegen das man Krieg führt, mit einem schlecht behandelten Offizier der eigenen Armee auf das Versöhnlichste zusammenzuspannen? Auch weiß man ja, daß der Sachse Lessing weg *mußte* aus Leipzig wegen seiner allzu preußen-freundlichen Reden – so wie er alsbald in Preußen Unwillen erregte, weil er dort mit geradezu friedensgemäßer Vernunft über die Sachsen sprach: Versöhnung lehren, Toleranz predigen, mitten im Krieg, hinweg über Fronten, doch auf die künstlerisch einzig legitime, auch pädagogisch einzig legitime Weise: nämlich heiter, ironisch, in Übereinstimmung mit dem obersten ästhetischen Gesetz, das Lessing sich (und uns) geschrieben und dem er sich verschrieben hatte, zeitlebens: In vollkommen sinnlicher Rede. «Man weiß, wie vieles die Worte vollkommen und sinnlich in sich fassen, und wie sehr diese Erklärung allen anderen vorgezogen zu werden verdient, wenn man von der Natur der Poesie weniger seicht urteilen will.» Dem war die Einsicht vorangegangen: gehört werde nur, was so lebendig wie anschaulich, was *mit Eros* geschrieben sei. Und da ihm das von Natur selbstverständlich war, hatte er nie die Befürchtung, das «Unterrichtende», das er von der Kunst *auch* forderte, habe jenen Beigeschmack, den es heute für uns hat. Lessing sprach noch ganz unbefangen von «Absicht», ohne die ihm ein Gedicht, ein Stück weniger als nichts waren, nämlich verächtlich. Er teilte noch die Einstellung Goethes, der zahllose ähnliche Bekundungen abgab, die aber dennoch nicht verhindern konnten, daß sogar Goethe hingestellt wurde als ein angeblich der Politik, der Gesellschaft nicht aufgeschlossener Dichter. Als habe nicht Goethe noch drei Jahre vor seinem Tode über die durch die Brüder Schlegel in erster Linie aus dem Raum der Politik in ihr «Inneres» zurückgescheuchten deutschen Dichter geschrieben: «Die deutsche Poesie bringt ... eigentlich nur (noch!) Ausdrücke, Seufzer und Interjektionen wohldenkender Individuen ... kaum irgend etwas geht ins Allgemeine, Höhere; am wenigsten merkt man einen häuslichen, städtischen, kaum einen ländlichen Zustand; von dem, was Staat und Kirche betrifft, ist gar nichts zu merken ... Ich spreche es nur deshalb aus, um zu sagen, daß die französische Poesie wie die französische Literatur sich nicht einen Augenblick von Leben und Leidenschaft der ganzen Nationalität abtrennt»[22]; und auch im Alter: «Die französischen Dichter haben Kenntnisse; dagegen denken die deutschen Narren, sie verlören ihr Talent, wenn sie sich um Kenntnisse bemühten.»[23] Auch er hat bis zuletzt eine Vorstellung vom Dichter als Bürger und als zoon politicon gehabt, die zuerst und furchtbar einsam und folgenlos Lessing verkörperte – bis er dann resignierte und aufgab.

So hat denn auch unsere Nation in zwei Jahrhunderten – in keiner anderen ist das vorstellbar – ein Denunziantenkompendium[24], dick wie das Fahndungsbuch, gegen den Gründer der Klassik zusammengeschrieben! Die Autoren dieses Buches tragen oft erlauchte Namen: Nietzsche, zum Beispiel, der mit subalternem Hohn das Wort Dramatiker durch Anführungsstriche einzingelt, wenn er von Lessing spricht, obgleich doch Nietzsche, sehr groß nur als Lyriker und Aphoristiker, persönlich ganz unfähig war, einen Menschen zu erschaffen: eine Fähigkeit, die doch sicher *die* poetische schlechthin ist.

Thomas Mann, da er selber zeitlebens von Deutschen, zumeist von Kollegen wie Binding, versteht sich, angehängt bekam: ein Dichter sei er nicht, sondern «nur» ein Schriftsteller, hat Lessing verteidigt und damit auch sich, indem er definierte: «Eine andere Bestimmung des Dichterischen als: sprachverbundene Leidenschaft, der Affekt als Sprache – ich finde sie nicht.» Lassen Sie mich dem noch eine schlichte Definition hinzufügen: Dichter ist, wer aus Worten Lebewesen erschaffen kann – so lebendige Menschen, Tiere, Pflanzen, daß wir nicht mehr wissen, sobald wir das Buch beiseite gelegt oder das Theater verlassen haben, ob wir ihnen dort begegnet sind oder auf der Straße. Künstler ist, wer mit seinem Material erschafft, was die Natur mit dem ihren leistet: Leben hervorbringen. Der Historiker Schiller hat seine Philipp- und Alba-

Porträts in der Geschichte der Niederlande ebenso als Dichter geschaffen – wie der Dichter des ‹*Carlos*› diese Figuren im Stück als Historiker schuf: kein noch so gelehrtenhafter Dünkel kann diese Personalunion auseinanderdefinieren und auseinanderdividieren ...

Lessing: unpoetisch, undichterisch!

Solche Beschimpfungen entstehen in den unklaren, gleichwohl durch Lehrstühle prämiierten Köpfen derer, die Dargestelltes dann als unengagiert, als kalt, berechnet, gemütlos verleumden, wenn es mit Überlegung, mit Ruhe, sachlich und um Objektivität bemüht und mit Witz geschaffen wurde und unter jenem Gesetz: audiatur et altera pars – das allein Kunst, die klassisch wird, ermöglicht. Kunst, die klassisch wird, ist jene – mit Ausnahmen –, die hinausreicht über die Person und das Interesse ihres Urhebers und sich der Polis verpflichtet fühlt, sie mitrepräsentiert, ihr zustimmend oder sie bekämpfend: Kunst, die der Ethiker macht, verbindlich auch für andere; nicht nur sich selber widerspiegelnd, sondern seine Zeit. Der Gegensatz zum Ethiker ist der Subjektivist, der auch dann, wenn er schreibt – und *jeder,* der schreibt, schreibt auch für andere, selbst wenn er es leugnet –, nur sich selber im Sinn, im Blick hat, wie es dem Religiösen zusteht, wenn er sich ausspricht mit seinem Gott, allein, ohne Mitverantwortung für den Nebenmenschen; wie es auch der Lyriker tut, nicht immer, aber zumeist. Was denn auch den größten, Goethe, zu immer neuen Verdächtigungen des Gedichtemachens hinriß: ein Gedicht, sagte er, und so ähnlich äußerte er sich oft, ist ein Kuß, den man der Welt gibt, aber aus Küssen entstehen keine Kinder ... Es ist ein Verhängnis und zweifellos auch noch dies das Resultat romantischer Kunstauffassungen, daß hierzulande zugunsten des nur Subjektiven die Verlautbarungen der Klassiker und ihre Aufgabenstellung für sie selbst und die Nation zuwenig beachtet worden sind, jene Momente, wo Goethe durchaus im Sinne Lessings sprach, so in ‹*Dichtung und Wahrheit*›, dort, wo er im Vorwort sogar einer Autobiographie begründete, warum der Dichter den Schritt aus dem Subjektiven, dem nur Privaten in die Welt tun muß, um sich «in seinen Zeitverhältnissen darzustellen ... Indem ich jener sehr wohl überdachten Forderung zu entsprechen wünschte ... ward ich aus meinem engen Privatleben in die weite Welt gerückt: die Gestalten von hundert bedeutenden Menschen, welche näher oder entfernter auf mich eingewirkt, traten hervor, ja die ungeheuren Bewegungen des allgemeinen politischen Weltlaufs, die auf mich wie auf die ganze Masse der Gleichzeitigen den größten Einfluß gehabt, mußten vorzüglich beachtet werden ...»

Mit dem gleichen Hochmut und Sarkasmus, mit denen Bismarck einmal leugnete, die deutsche Einheit – vorübergehend, und er wußte: wie rasch sie vorübergehen werde – geschaffen zu haben, indem er sagte, diese Einheit sei nichts gewesen als «ein Traum, den neben mir noch zwanzig andere Schwindler auch hatten» – hat Lessing einmal mit einer Koketterie, die furchtbar teuer wurde, weil die Nachwelt sie für ernst nahm, geleugnet, ein Dichter zu sein: wohl wissend, er sei der größte seiner Nation in seiner Zeit. (Jeder, der selbst dichten möchte, doch einsehen muß, er könne es nicht – speziell die zwei Schlegel –, werfen ohne Unterlaß Lessing vor, der habe doch selber «gestanden», kein Dichter zu sein; nie wirft deren einer Schiller vor, daß der mehrfach argwöhnte, das auch an Körner schrieb, eher ein Publizist denn ein Dichter zu sein; daß er gar, überreizt durch Arbeit zu zweifeln vermochte, ob er Dichter genug sei, ‹*Wallenstein*› zu schreiben; er sei doch eher ein Montesquieu den ein Sophokles ...) Aus Lessings Witz sprach seine aristokratische Opposition gegen die sechstausend Mitmenschen[25], die sich um 1780 in Deutschland Dichter nannten, allein in Leipzig nannten sich 1806 schon 133 Bürger Schriftsteller! Das war Lessing zu wohlfeil. So wie er es abgelehnt hat, die sich so oft wiederholende, kaninchenhaft rasche und zahlenmäßig hohe Produktion Goldonis – einmal sechzehn Stücke in *einem* Jahr – nachzuaffen! Lessing, der nie zweimal dasselbe machte, sondern immer Modelle, war in Gelassenheit sicher, daß unter den allzu vielen Stücken des Venezianers eine ‹*Minna*›, ein ‹*Nathan*› nicht zu finden seien.

So hat Lessing sich im Spaß – er machte doch, außer am Schreibtisch, immerzu Späße – auch verbeten, Genie genannt zu werden, weil ihm der Genie-Kult der Stürmer und Schreier aufs Gemüt ging: «Wer mich Genie nennt, dem gebe ich ein paar Ohrfeigen, daß er denken soll, es sind vier»! Ernsthaft aber grenzte er sich elitär ab gegen das inflationäre Genie-Gewimmel und schrieb verächtlich: «Alle Genies haben jetzt gewisse Leute mit Beschlag belegt, mit welchen ich mich nicht gern auf einem Wege möchte finden lassen.» Doch schlimmere Verwirrung bis heute hat Lessing angerichtet mit seiner Bemerkung gegen schnell und viel schreibende Hitzköpfe: «Ich weiß nicht, was ich bin oder zu sein scheinen mag. So viel weiß ich, daß ich das, was ich bin, mit sehr kaltem Blute bin» ... Dieser Satz hat dazu geführt, daß man den als kalt verteufelte, der mit der Klage Nathans um seine verbrannte Familie die vielleicht ergreifendste aller Totenklagen schrieb.

Zahllos sind in Briefen Lessings, des als «kalt» Verklagten, die Bekundungen eines tief verwundbaren Gemüts, zumal, wenn ihm oder einem anderen ein anderer Freund gestorben war. Doch Lessing verwehrte sich, daraus sogleich Literatur zu machen. Er zwang sich zu *schweigen*. Und empfahl das anderen, zum Beispiel Gleim, als der sofort Kleists Tod bedichten wollte. Denn Lessing identifizierte Schreiben mit Klarstellen: was nicht möglich ist, wenn unser Herz – so sah das später auch Tonio Kröger – allzusehr mitlebt.

Lessings Warnung an Herder oder Nathans an Recha: «andächtig schwärmen» bedeute nicht «gut handeln»: er hätte sie nicht auszusprechen brauchen, hätte er nicht selber sich diese Form-schaffende Opposition gegen sein Zeitalter (charakterisiert von Pietismus, Richardson und Rousseau), erst mühsam und immer erneut abkämpfen müssen. Nichts ist dümmer, als sich Lessings überragenden Verstandes dadurch erwehren zu wollen, daß man ihn in der Kälte verdächtigt, was so oft geschah, daß er eigens antworten mußte:

> «Ich bin nicht kalt. Ich sehe wahrlich
> nicht minder gern, was ich in *Ruhe* sehe!»

Als sei, was in kaltem Marmor geschaffen ist – auch gefühlskalt wie das Material, aus dem es erarbeitet wird! Wenn Goethe noch fünfzig Jahre nach Erscheinen des *‹Laokoon›* in Dankbarkeit Lessing nachrühmt, er habe uns Deutsche damit «aus der Region eines kümmerlichen Anschauens» – das ja nie etwas Objektives ergibt – «in die freien Gefilde des Gedankens» emporgezogen: so bescheinigt er damit Lessing, daß der den Künstlern nicht anders als Leonardo da Vinci die höchstmögliche Steigerung zum Klassischen abverlangt hat, nämlich den Schritt von den «sentimenti», von den Empfindungen, zur «cognizione», zur Erkenntnis. «Der denkende Künstler», sagt Lessing, «ist mir noch eins so viel wert.» Und gerade Goethe, der als Jüngling einmal gefühlsduselig hingeschrieben hatte «Lieber schlimm aus Empfindung als gut aus Verstand»[26], wußte, daß er – ebensowenig wie jeder andere Deutsche – je ganz gefeit war gegen diese Anbetung des Irrationalen, gegen diese Verteufelung des Verstandes. Hat doch erst Lessing Goethe entscheidend den Weg für dessen Faust-Fabel gewiesen, nämlich «aus der Fülle faustischer Wünsche mit Bestimmtheit den nach *Erkenntnis* herauszuheben. Was die biblische Erzählung vom Baum der Erkenntnis schon ausspricht ... wird erst bei Lessing der Kern des Konflikts in Fausts Seele: die Sehnsucht mehr zu wissen, als Menschen vergönnt ist.»[27] So hat der Aufklärer auch für Goethe der Fabel seinen Geist eingehaucht.

Nie mehr wird fortan von Ernstzunehmenden der Verstand in der Dichtung zugunsten des Gemüts oder auch nur der Gemütsduselei denunziert werden dürfen. Die jedoch das nicht mehr riskieren, weil Lessing es ist, der es ihnen verwehrt, rächen sich dadurch, daß sie lange Essays schreiben, die ihm das «Dichterische» absprechen, ohne daß einer auch nur definieren könnte, was er damit meint. Logisch, denn entweder einer denunziert *oder* er definiert.

Jedoch, unsere Literaturgeschichte ist jener Sektor, auf dem ohne Haftung geschrieben wird. Ohne sich lächerlich zu machen, können hier glanzvolle Essayisten wie Josef Hofmiller in langen Erörterungen «begründen», warum sogar Molière kein Dichter gewesen sei: «Denk»-Weisen, die mithaftbar sind oder vor allem haftbar dafür, daß auch die Autoren des Jungen Deutschland aus dem Kanon der überliefernswerten beseitigt wurden. Wenn die Philologie des 19. Jahrhunderts sich nicht auch an Büchner vergangen hat, indem sie ihn hinauswarf aus dem Kanon, dann nur deshalb, weil sie ihn nicht mehr kannte. Die Literaturgeschichte hat sich ja bei uns niemals um die objektiven Maßstäbe bemüht, die von den beiden Baslern Burckhardt und Wölfflin für die Geschichte der Bildenden Kunst erarbeitet worden sind. So wenn sie zum Beispiel Holbeins[28] Urbanität – seine Voraussetzung, klassisch zu werden – unter Gesichtspunkten rühmten, die durchaus auch Lessing ausweisen und auch zu dessen Charakterisierung geschrieben sein könnten. Wenn Wölfflin im ersten Satz seiner *‹Klassischen Kunst›* anhebt: «Das Wort ‹klassisch› hat für uns etwas Erkältendes»: so versucht er, gegen jenes Vorurteil anzuschreiben, dem Lessing zeitlebens ausgesetzt war. Und wenn Burckhardt Holbeins «sozusagen kosmopolitische Sicherheit» preist, die dessen Gestalten «wie jenen Shakespeare ihre innere, von allen Konventionen unabhängige Notwendigkeit» gebe – so finden wir die in unserer Literatur zuerst bei Lessing.

Wenn der schrieb: «Ich bin überzeugt, daß kein Volk der Welt irgendeine Gabe des Geistes vorzüglich vor andern Völkern erhalten habe» – und wenn man daran den nationalistischen Dünkel mißt, der im 19. Jahrhundert angefangen hat, unsere Völker allesamt zu verblenden, zu verblöden: dann ist allein an dieser Tatsache schon abzulesen, daß der Dichter eine eminent politische Aufgabe *auch* hat, weil die *identisch* ist mit seiner humanitären, die ja selbst jene nicht leugnen, die ihm die politische absprechen. Und Lessing, wie keiner vor und nach ihm, hat auch in seinen Dramen *ernst* gemacht mit seiner Ethik und Ästhetik. Denn anders als bei anderen sind Lessings Stücke im wesentlichen überpersönlich, übernational gültige Botschaften an Fremde wie an Landsleute, angefangen bei den ‹*Juden*› und beim ‹*Henzi*›-Fragment des Jünglings – bis hin zu jener Kömödie, die Lessings souveränen (und für ihn persönlich gefährlichen) Kosmopolitismus geradezu symbolisiert: ‹*Minna*›, die er während eines Feldzugs als Versöhnungswerk programmatisch zwischen zwei gegeneinander verfeindeten Völkern verfaßt.

Daß Lessing sich im Kreise pathosgeschwellter Literaten wie Klopstock unmöglich gemacht hat durch seinen ästhetischen Leitsatz: «Der wahre Geschmack ist der allgemeine», ein künstlerisches Gesetz, das allein die Meister der Sprache dazu befähigen kann, der sozialen Verpflichtung zu genügen, die aus dieser Meisterschaft über die Sprache resultiert, wird deutlich dadurch, daß Lessing nicht *einmal*, sondern *immer wieder* in diesem politischen, das heißt: der Allgemeinheit dienenden Sinne der Sprache abverlangt hat, Botschafterin des Sozialen zu sein. Er war eben nicht zufällig der Dichter des ersten Dramas, dem Goethe jene Qualität zusprechen konnte, die ihn selber zum Autor seines populärsten Werkes, ‹*Hermann und Dorothea*›, gemacht hat, so wie sie hundert Jahre später Thomas Mann zum Autor der ‹*Buddenbrooks*› zu machen vermochte. Ich meine jene Eigenschaft, die Goethe zum Preis von ‹*Minna von Barnhelm*› hervorhob: deren «vollkommener norddeutscher Nationalgehalt» – ein Politikum, da dieser Nationalgehalt friedenstiftenden, vereinenden Charakters war. Zahllos sind die Äußerungen Lessings, mit denen er die Sprache, die Literatur überhaupt, in die soziale

Verpflichtung nimmt, politisch zu wirken. Das heißt ihm, «zu erleuchten und zu bessern», nicht aber, wie er sagt, «den Pöbel in seinen Vorurteilen, ihn in seiner unedlen Denkungsart zu bestärken». Ja, Lessing ging weit darüber hinaus durch die Forderung an uns Autoren, nicht zu schreiben, um uns nur selber auszusprechen, sondern – eine direkte politische Forderung – allein das im Auge zu haben, was «die Erleuchtetesten und Besten» unserer «Zeit und unseres Landes rühren kann» ... Lessing wollte mitwirken in der Polis.

Er war ja, der lange an einer Biographie des Sophokles schrieb, überhaupt viel stärker als die Weimarer «programmiert» durch die Antike; charakteristisch, daß er *‹Werthers Leiden›* am Verhalten eines antiken Jünglings gemessen und verworfen hat. Und daß ihm Goethes *‹Prometheus›* so sehr gefiel. Diese Programmierung durch die Alten ließ ihn bedauern, daß die Deutschen seiner Zeit noch keine Bürger im Sinne der Polis seien; ließ ihn auch am Tacitus abmessen, wie sehr elementare politische Rechte den Deutschen abhanden gekommen seien ... Daher bei Lessing schon mit zwanzig, als er *‹Die Juden›* veröffentlichte, nicht ein nur individueller Konflikt im Zentrum der Komödie steht – so wenig wie zuletzt beim *‹Nathan›* –, sondern einer zwischen Religionen und Rassen oder – da von Rassen noch nicht die Rede war, diese üble Unterscheidung brachte erst der «Fortschritt der Wissenschaft» – zwischen Völkern: also Kritik an Gesetzen, am Staat, an der Polis ... Die Öffentlichkeit hat Lessing stärker fasziniert als das nur Private. Er verspottete einen Autor, wenn der «die armseligen Gewohnheiten des Winkels, in dem er geboren worden, für die eigentlichen Sitten des gemeinschaftlichen Vaterlandes halten möchte», denn es interessiere doch niemanden, «zu erfahren, wievielmal im Jahre man da und dort grünen Kohl esse». Lessing, der Schüler Athens unter den deutschen Dichtern, interessierte sich nur begrenzt für das begrenzt Individuelle, mehr faszinierte ihn, welche Folgen für den einzelnen der Staat habe.

Und doch die Lessing so früh stumm und übellaunig und schläfrig machende Resignation – was für ein junger «Tiger» war er dagegen an der Seite der Neuberin gewesen, als man noch Stücke von ihm verlangt hatte! – ist das Ergebnis zuerst seiner Verbannung aus der Polis in ein vom Hofe aufgegebenes Provinznest ... «Es kömmt ja doch nüscht dabey heraus» ... Leibniz, sein Vorgänger, hatte als der Hofmann, der er sein durfte, sich beharrlich geweigert, je nach Wolfenbüttel zu ziehen! *Eine* von Lessings Definitionen des Klassischen, die ästhetische Maxime: «Es ist einem Künstler weit anständiger, den Stoff, in dem er arbeitet, seinen Gedanken, als seine Gedanken dem Stoff zu unterwerfen», hat ihn konsequenter als sogar Schiller bei der Wahl seiner Themen bestimmt; wir wissen ja aus Schillers Briefen, daß von ‹*Kabale und Liebe*› an nicht mehr die eigene Epoche, auch nicht der Gedanke, die Idee immer zuerst vor sein geistiges Auge traten und ihn zu einer neuen Arbeit verlockten, sondern historisches Personal, dem er dann freilich den Feueratem seines Gedankenreichtums mitgab, seine Ideen andichtete:

> «Wenn, das Tote bildend zu beseelen,
> mit dem Stoff sich zu vermählen,
> tatenvoll der Genius entbrennt,
> da, da spanne sich des Fleißes Nerve
> und beharrlich ringend unterwerfe
> der Gedanke sich das Element.»

Doch «das Element» mußte erst einmal gefunden sein, um auch den Gedanken zu zünden, der es sich alsdann unterwarf.

Doch der wesentliche Unterschied ist: während Schiller nach ‹*Kabale und Liebe*› aufgehört hat, radikal zu sein, also: Machthaber der eigenen Epoche «fürchterlich an den Pranger zu stellen», wie er das anläßlich des ‹*Don Carlos*› 1783 von der – aber doch weit entlegenen, niemanden mehr aufregenden –

spanischen Inquisition gesagt hat: während er von ‹*Fiesco*› an, das die republikanische Staatsform forderte, endgültig aufgehört hat, Zeitkritik zu schreiben – wurde Lessing mit jedem Text, Essay oder Stück radikaler. Und als Person so unerwünscht, wie das keinem zustoßen kann, der historische Dramen oder solche aus dem Mythos schreibt. Freilich, Lessing zahlte einen furchtbaren Preis: er wurde derart ignoriert, isoliert, daß er daran starb und daß er seinen ‹*Derwisch*› so wenig mehr schreiben wie die aufregende letzte Skizze: ‹*Mönche und Soldaten*› mehr zu Ende denken konnte: Entwürfe, beide, die auf eine noch ungleich unversöhnlichere Weise als ‹*Emilia Galotti*› – jenes Drama, das die Mutter von Schillers radikalstem, von ‹*Kabale und Liebe*› ist – an die Fundamente des Staates rührten. Sie sollten keineswegs «nur» wie ‹*Emilia*› Auswüchse des Absolutismus züchtigen, sondern den Staat selber in Frage stellen, ja vermutlich ihn so tödlich durch Skepsis unterminieren, wie ‹*Nathan*› die Verbindlichkeit aller Religionen, Ideologien, Wahrheiten ... auf ewig relativiert hat.

Ob das 19. Jahrhundert – zu seinem Ruhme, das muß man ihm bescheinigen – vermocht hätte, Lessing zum meistgelesenen Schulbuch-Klassiker[29] in Deutschland zu ernennen, hätte er zehn Jahre länger gelebt und in künstlerischer Form, statt nur in Gesprächen, die spät genug bekannt wurden, oder auch in Briefen seine alles zermalmende Radikalität artikuliert: ist sehr unwahrscheinlich. So mag es seinen Nachruhm in der Nation dienlich gewesen sein, daß er so jung starb. Hatte er doch mit fünfzig nicht nur Weltentsagungs-Gedanken, die ihn bedauern ließen, daß es nicht auch für Protestanten Klöster gäbe, sondern durchaus aggressive Weltüberwindungs-Wut, die zwar den Selbstmord ausschloß, aber – noch harmlos bei dem oft geäußerten Ausspruch beginnend, es tauge nichts, lange am gleichen Ort zu verweilen – sich steigern konnte zu schneidenden Verwerfungen überhaupt der bürgerlichen Gesellschaft als Lebensform, ja zum Ausruf: er sei ein «Plebejahner» oder «man solle den ganzen Plunder wegwerfen»: womit er das Christentum meinte, vor dem zuletzt allein die rührende Gestalt des *Menschen* Jesu Christi – nicht etwa die des angeblichen Gottesohnes – ihm noch unantastbar blieb.

Doch wir Deutschen, aggressive Pedanten, haben auf den Weg zu Lessing diesen lexikondicken Band: ‹*Lessing – ein unpoetischer Dichter*› als Stolperstein hingelegt; das Buch dürfte neben dem von Feldmarschall Hindenburg einst mit einem Geleitwort geschmückten Verzeichnis der Namen der zwölftausend für das Kaiserreich 1914/18 gefallenen Juden das krasseste Dokument deutscher Undankbarkeit sein, das je in Druck ging. Und paradox: sein Herausgeber Horst Steinmetz – daran kann nicht gezweifelt werden – *liebt* Lessing und hat vermutlich *deshalb* die deprimierende Mühsal auf sich genommen, «auszulesen», was gegen Lessing als Dichter zusammengeschmiert wurde am allerborniertesten von August Schlegel, der es auch einmal vergebens mit einem eigenen Stück versucht hatte, anstatt sich auf seine herrlichen Shakespeare-Übersetzungen für die Nachwelt zu verlassen. Und dennoch ist Steinmetz zuletzt, als er sein Vorwort schrieb, dem suggestiven Geschwätz der Verächter des Dichters erlegen: ist er doch sogar darum besorgt, daß «niemals mehr vergessen werden sollte», was alles subsummiert wird unter Friedrich Schlegels Generalangriff: «Allein so wenig Lessing der Dichter mein Mann ist, so sehr ist es Lessing der Kunstrichter.» Mit diesem Satz wurde in der deutschen Geistesgeschichte der bis heute andauernde Feldzug nicht nur gegen Lessing – das wäre schon verhängnisvoll genug –, sondern gegen den Intellekt, gegen die Vernunft und die Aufklärung in der Dichtung eröffnet; und somit auch gegen alle Dichtung, die politische Wirkungen erstrebt oder sich – bescheidener – versteht als Beitrag zu dem, was die Menschen in der Polis bewegt.

Der Herausgeber sagt – und schlimmerweise zitiere ich das noch: «Schlegel war keineswegs der erste, der den Gegensatz zwischen dem hohen Rang des Kritikers und dem keineswegs gleiche Höhe erreichenden Wert des Dichters Lessing formuliert.» Eine Denunziation, deren Folge schon gestreift wurde: die Verteufelung aller Dichtung, der Lessing das Grundgesetz schrieb: der *denkende* Dichter sei ihm noch eins so viel wert. Die Vertreibung aller jener Dichter vom Parnaß, die aus der Schule Vergils, Lessings, Büchners, der Brüder Mann, Victor Hugos, Bernard Shaws die Verpflichtung mitgenommen haben, der Polis mindestens ebenso ihre Aufmerksamkeit zuzuwenden wie den Beschwernissen der eigenen Seele. Doch der Herausgeber ist Philologe, das heißt: er pflegt eine Disziplin, der schon Jacob Burckhardt ebenso wie der eigenen, der des Historikers, mit plausiblen Gründen die Wissenschaftlichkeit absprach. [30]

Es gibt anders, als in den Naturwissenschaften, ja tatsächlich in der Literaturbetrachtung keine unangreifbaren, weil exakten Ergebnisse, sondern lediglich Meinungen und Ermessensfragen. Die Subjektivität regiert absolut, es fehlt jeder objektive Maßstab; man lese den ergreifenden Briefwechsel des jungen Wölfflin mit Burckhardt – und man wird dort finden, daß auch ihm wie allen bedeutenden Philologen und Kunsthistorikern, so Grimm, Gundolf[31], Curtius, diese lähmende Abwesenheit objektiver oder auch nur halbwegs exakter Maßstäbe *das* dominierende Berufsproblem war. Wer außer etwa Steinmetz, weiß, wie man überhaupt bemißt, ob es wertvoller ist, den Klosterbruder auf die Beine zu stellen – die vielleicht rührendste Männergestalt aller deutschen Dramen –, oder einige Seiten der ‹*Hamburgischen Dramaturgie*› zu schreiben. Steinmetz aber vermag zu entscheiden, Lessing sei als Dichter nicht vom gleich hohen Wert gewesen, wenn er den Deutschen mit ‹*Minna*› ihr klassisches Lustspiel *vormachte* – auch *das* noch, und die Weimarer vermochten dann nicht einmal, es nachzumachen –, wie Lessing als Kritiker wertvoll war, wenn er zum Beispiel schlau und witzig den Horaz nicht nur gegen einen schlechten Übersetzer in Schutz nahm, sondern auch noch gegen jene, die ausstreuten, Horaz habe sogar – hört, hört! – vor Spiegeln koitiert ...

Können überhaupt Essays, die derart Zeitgebundenes wie Übersetzungen oder einen «Sittenkodex» erörtern, im gleichen Atemzug genannt werden – wenn man auch noch Rangfragen daran knüpft – mit Dichtungen wie *‹Nathan der Weise›*?

Ist nicht bereits die Rarität eines solchen Stücks, seine absolute Unverwechselbarkeit – gegenüber der Unzahl von Essays, die aus jeder Epoche herauswuchern – und wären diese Essays sogar vom Gewicht der Lessingschen –, ein Kriterium, das es verbietet, Dichtungen und Kritiken gegeneinander aufzurechnen?

Hier gilt doch unbedingt, womit Burckhardt seine Trauer begründet, daß Goethe – wie der sagte: durch «nachfolgende Zerstreuungen zurückgedrängt» – seinen Plan zur *‹Nausikaa›*[32] aufgab: «Die botanischen Wissenschaften würden auch ohne Goethe, so wie zum Beispiel die Wasserbaukunst und Mechanik auch ohne Lionardo da Vinci, auf alle ihre wirklichen Wahrheiten und Entdeckungen geraten sein, während die großen Schöpfungen der Poesie und Kunst nur an ganz bestimmte große Meister gebunden sind und ungeboren bleiben, wenn diese ihre Kräfte anderweitig verwenden.» Daß *‹Henzi›* und *‹Derwisch›* von Lessing liegen gelassen wurden: ist als Verlust inkommensurabel; dagegen fehlte die *‹Hamburgische Dramaturgie›* heute keinem, da sie ohnehin mehr Schaden als Nutzen gestiftet hat wie *jede* Kritiker-Existenz, die so machtvoll auftritt, daß Autoren an ihr zugrunde gehen, was «ein Verbrechen»[33] zu nennen (anläßlich Kerrs) allein Thomas Mann mutig und mächtig genug gewesen ist ... Was an Lessings Dramaturgie entscheidend war, unsterblich ist, das hat er nicht in Hamburg vollbracht, wo – bezeichnenderweise – keines seiner Dramen entstehen konnte, weil er sich dort mit so vielen, oft überflüssigen Stücken anderer abgeben mußte, so daß er genau damals als Dichter nicht zu sich selber kam, sondern er hat dieses Entscheidende: die Einsicht, der Mitleidige sei nicht nur der beste Mensch, sondern das Drama habe Mitleid zu erwecken, längst in seinen Briefen nach Berlin gesagt, die publiziert wurden; und hatte in seinen Dramen – worauf allein es ankam – *vorgemacht*, wie diese Einsicht bühnenfähig zu praktizieren sei!

Impertinenzen wie der vom «keineswegs gleiche Höhe erreichenden Wert des Dichters Lessing» müssen wir auch deshalb Aufmerksamkeit zuwenden – genauer: deshalb zuerst –, weil sie nicht aufhören, irreparable politische Schäden im geistigen Haushalt der Nation anzurichten. Denn wer es ausgerechnet Lessing, *der* Verkörperung aufklärender menschenfreundlicher Vernunft in der Dichtung bestreitet, ein Dichter gewesen zu sein – der bestreitet überhaupt, daß es die oberste Menschenpflicht der Dichtung ist: aufzuklären! Das fanden auch die Nazis, die nichts anderes in der Kunst so gefürchtet haben wie das Legat, das Lessing in die deutsche Dichtung eingebracht hat: Darstellung von Machtverhältnissen und Ideologien bis zu deren Kenntlichmachung. Ja, mehr noch und auch *das* ist Lessings Ruhm: nur wo die Dichtung sich um *das* bemüht hat, worauf Lessings Vorbild sie verpflichtet: nur dort widmeten die Hitlerleute – und demokratische Machthaber auch – ihr Aufmerksamkeit. Nur dort.

Daß aber politische oder wirtschaftliche Machthaber Dichtung entweder abtun als Privatsache – und natürlich gibt es sehr große Dichtung, deren Wert gerade darin liegt, allein ein Privatissimum zu sein – oder aber sie bekämpfen und unterdrücken, weil sie sich Aufmerksamkeit auch in der Polis erzwingt: ist keine spezifisch deutsche Unart. Spezifisch deutsch dagegen ist es, daß so viele Intellektuelle, die selber keineswegs teilhaben an der Macht, von Dichtung die abstruse, durch die zwei Schlegel in erster Linie propagierte Meinung hegen, *entweder* es sei einer Dichter – *oder* ein Aufklärer. Zeitnah bedeute kunstfern.

Wenn noch Nietzsche es *bedauerte*, daß ein so hochbedeutsames Politikum, wie es das Triumvirat verkörpert hat, das unsere Klassik schuf, «in der Geschichte der Deutschen ein Zwischenfall ohne Folgen» blieb; wenn Nietzsche bitter die Frage aufwirft: «Wer wäre imstande, in der deutschen Politik der letzten siebzig Jahre zum Beispiel ein Stück Goethe aufzuzeigen», um dann resigniert zu bilanzieren: nur «ein Stück Schiller und vielleicht sogar ein Stückchen Lessing sei darin tätig gewesen»; wenn Nietzsche das noch als *Verhängnis* erfaßt hat: so haben im Gegensatz zu ihm zahllose andere Maßgebende jene deutschen Autoren als dichterisch unzulänglich geschmäht, deren Werk politische Wirkungen anstrebte. Die Linken haben das ebenso blöde getan wie die Rechten. Franz Mehring, der ein dickes Buch schrieb, worin er, wie später Walter Rilla aus sonst so berechtigtem Klassenhaß, Lessing benutzte, die Fürsten anzugreifen – was nur möglich war, indem Mehring wie Rilla wegfälschten, daß der Braunschweiger Hof seinen Bibliothekar wesentlich menschlicher behandelt hat, als die geistlichen und intellektuellen Mitbürger Lessing behandelt haben –, Mehring erklärte expressis verbis: ein Dichter sei Lessing nicht gewesen, so wenig wie Voltaire oder Zola![34]

Mit keiner Silbe begründet Mehring sein Verdikt, und so könnte man diese Äußerung eines deutschen Partei-Literaten über jenen Autor, von dessen *‹Nana›* Flaubert sagte: «C'est michelangesque», auf sich beruhen lassen – wenn nicht so verräterisch oft ausgerechnet die radikal politischen Ästheten, gleichviel ob sie als links, ob sie als rechts firmieren, ausgerechnet der politischen Literatur das Poetische absprächen. Warum tun sie das – und vor allem: *sie?* Dagegen kann ein dem bürgerlichen Lager zugerechneter Philologe wie der Zürcher Germanist Fritz Ernst in seinem wundervollen Essay über die *‹Rougon-Macquart›*, geschrieben, als Ernst Zolas Entwurf zu *‹Docteur Pascal›* wiederaufgefunden hatte, gerade anläßlich eines dichterischen Werkes, das vorsätzlich auch auf politische Wirkung hin geschrieben worden ist, daran erinnern, daß nur jener Autor auch politisch überzeugt, dessen Menschendarstellung *zunächst* einmal allen ästhetischen Qualitäten genügt. Was auch für Lessing selbstverständlich war, er sagte: für die Tragik auch eines Königs brächten wir Mitleid nur dann auf, wenn der uns als *Mensch* interessiere. Fritz Ernst mahnte: «Man vergesse nur den andern Zola nicht, den Visionär, den Hüter menschlicher Urbilder, der seine Romane immer wieder bezeichnete als ‹poèmes› ... Allerdings das, was er, gegen die Brüder Goncourt, bezeichnete als œuvres-bijoux›, lag außerhalb seines Ehrgeizes.»[35]

Die «Linken» und die Literatur! Wie unausrodbar der Einfall der beiden Schlegel, wer aufkläre, der dichte nicht, in den Deutschen haust: das wurde deutlich, als Kanzler Schmidt seine bisher einzige Erwähnung von Literatur – die einzige in vielen Amtsjahren – dazu benutzte, ausgerechnet in einer Silversternacht bei aber Millionen Fernsehguckern das Vorurteil, Poesie und Lyrik seien die Beschäftigung politisch Unmündiger, noch zu vertiefen.[36] So preist man sich hierzulande als Realpolitiker an: «Ich halte in der Politik überhaupt nichts von Poesie oder gar von Lyrik!» Sicher hat er damit nicht sagen *wollen*, was er tatsächlich im Konsensus mit den ordinärsten aller Literatur-Verächter damit gesagt *hat*; erstens: wer Poesie mache, der könne weder Politiker noch Realist sein; zweitens: Politik gehöre nicht in die Poesie. Woraus zu folgern ist, die Autoren der ‹*Antigone*› und der ‹*Aenaeis*› und des ‹*Woyzeck*› und des ‹*Schwejk*› seien Dichter nicht gewesen. Auch Heine nicht. Auch Kästner nicht.

Überrascht hat keinen, daß der Bundeskanzler das gesagt hat. Überrascht hätte es vielmehr die Bundesbürger, wenn ihre Oberschicht jemals die Warnung Gneisenaus vernommen hätte – es *ist* eine Warnung! –, die Sicherheit der Throne sei auf Poesie gegründet. Mit Sicherheit meinte der geniale Soldat die Dauer – was Augustus wußte, als er Vergil nach Rom geholt hat. Daß Gneisenau Poesie machte – er dichtete eine Nänie auf Lessings Tod –, hat ihn, der auch gewußt hat:

«Die Phantasie ist die Mutter der großen Taten», nicht daran gehindert, der geniale unter den strategischen Gegenspielern Napoleons zu sein. Daß wir von den Braunschweigern noch wissen – was wird man von den Bonnern einst wissen? –, ist dem Interesse dieser Familie an Leibniz und Lessing zu verdanken und dem, was alsbald eine ihrer Töchter mit Sohn August und Wieland aus Weimar gemacht hat ...

Indem aber Bundeskanzler Schmidt die «saubere» Trennung zwischen Poesie und Politik suggerierte, ja anpries: als Voraussetzung, realistisch zu sein, nahm er unbewußt, was es schlimmer macht, das deutsche Schmähwort, gegen Kunst, die aufklärt, wieder auf: «Politisch Lied – ein garstig Lied» ... Und befand sich dabei übrigens in deprimierender Übereinstimmung mit dem zur Zeit lautesten Kritiker der Nation – laut, so lange er das Feuilleton der *Frankfurter Allgemeinen Zeitung* als Resonanzboden hat –, der zum besten gibt[37], die Politisierung der Literatur habe «nicht die Politik verändert, sondern die deutsche Literatur ruiniert»[38].

Was für eine Literatur mag das gewesen sein, die ruiniert worden ist, weil sie auch mit politischem Blick und Bewußtsein verfaßt wurde? Auch schrieb dieser Kritiker zur Einstimmung ins Rilke-Zentenarium: «Nach Jahren der einseitigen Politisierung unserer Literatur besinnt man sich wieder auf die Kunst des Wortes, auf die Dichtung. Wieder einmal entdeckt man das leidende Individuum ...»

Wie, das leidende Individuum sei in unseren extrem politischen Dichtungen, etwa in ‹*Kabale und Liebe*›, in ‹*Agnes Bernauer*› oder in Benns ‹*Krebsbaracke*› oder Heyms ‹*Krieg*› oder Brechts ‹*An die Nachgeborenen*› oder Lernet-Holenias ‹*Mars im Widder*› nicht zu entdecken? Wie, man müsse Politik aus der Literatur verbannen, um sich auf die «Kunst des Wortes zu besinnen»? Soll das meinen, als die zwei – ich denke: vorbildlichsten – politischen Dramen ihrer Epoche geschrieben wurden, ‹*Frau Warrens Gewerbe*› und ‹*Professor Bernhardi*›: daß deren Dichter sich während dieser Arbeiten weniger «auf die Kunst des Wortes» zu besinnen gehabt hätten – als während sie ‹*Candide*› dichteten und ‹*Liebelei*›? Absurd. Aber auch konsequent in einem Land, in dem schon ein mit Lessing Briefe Wechselnder wie Herder seine Feststellung: «Von keinem Werk des Genies schloß Lessing das Denken aus» – deshalb getroffen hat, um damit Zweifel gegen diese Kunstauffassung Lessings anzumelden. Wie, ohne auch zu denken, könne ein Genie schaffen? Kein Ausländer verstände das!

Vergessen wir, daß Lessing seinen grundsetzenden Ukas zugunsten des «Unterrichtenden» in der Dichtung erlassen hat? Und daß er diese Freisetzung auch seines *pädagogischen* Eros durchaus nicht als einen Widerspruch zu seiner Maxime empfand, Poesie habe vollkommen sinnliche Rede zu sein? Menschen und Gegenstände, urteilte Lessing, denen «das Unterrichtende fehlet», seien der «poetischen Nachahmung» nicht wert: «Sie sind unter ihr!» Denn «einem Charakter, dem das Unterrichtende fehlet, dem fehlet die Absicht. – Mit Absicht nachahmen ist das, was das Genie von den kleinen Künstlern unterscheidet, die nur dichten, um zu dichten, die nur nachahmen, um nachzuahmen, die sich mit dem geringen Vergnügen befriedigen, das mit dem Gebrauche ihrer Mittel verbunden ist» ... Schärfer wurde l'art pour l'art, was Spengler ironisch als: «Die Kunst für den Kunsthandel» übersetzt hat, niemals in Bann getan. Oder nur noch von Bernard Shaw, Lessings bedeutendstem Nachfahren: «Zu meinem Glück hatte ich nie Erfolg, wenn ich nur spielerisch sein wollte. Alle meine Versuche, Kunst um der Kunst willen zu treiben, mißlangen. Es war, wie wenn man Nägel in Briefpapier hämmert ... Marx machte mich zum Sozialisten und bewahrte mich davor, ein Literat zu werden.»[39]

«Die Absicht, uns zu unterrichten» oder: «Nutzen stiften» als legitime Forderung an Literatur: diese Maximen Lessings sind in Einklang mit Bernard Shaws Diktum: «Hinter meinem ganzen Werk steht eine durchgearbeitete Theorie der schöpferischen Evolution.» Und wo Lessing dazu die Kritik an der Realität nicht ausreichte, schuf er eine eigene Welt, die der Parabel, um als Evolutionär arbeiten, *lehren* zu können – am rührendsten: die Toleranz! Niemals und nirgendwo wird die schöpferische Einmaligkeit dieses Vorsatzes, der im ‹*Nathan*› realisiert wurde, von den Kritikern Lessings auch nur *erwähnt*! Als sei nicht bereits seine *Idee*, ein Stück zu schreiben, das nicht wie bisher alle anderen gegenwärtige oder auch historische Wirklichkeit *reproduziert*, sondern das ihr entgegentritt durch die Projektion einer *neuen*: eine Genietat!

Allein Lessing wagt das vordem unerhörte, das seit ihm nie wiederholte Experiment, kein Geschehnis mehr nachzuspielen, sondern eine bis dahin nie geschaute, nie vorhandene Wirklichkeit, auch eine politisch neue, ideale, vorzufabulieren:

> «Was sich nie und nirgends hat begeben,
> das allein veraltet nie.»

Der das dichtet als sein Ideal, im Drama will er es, dem ‹*Nathan*› folgend, *auch* erzwingen, doch schafft es nie: Schiller! Lessing wird sich gesagt haben: zu viele Stücke spielen Geschehnisse nach; dies endlich spiele eines *vor*. Voraus!

Schiller hat versucht, immer wieder, das nachzumachen. Er hat nichts anderes in seiner Reifezeit so sehr ersehnt, wie dem geglückten Wagnis folgen zu können. Doch Schiller[40], unvergleichlich als Meister des *historischen* Dramas, vermag es nicht, stößt an seine Grenze: «Ich werde es mir gesagt sein lassen, keine andere als historische Stoffe zu wählen, frei erfundene würden meine Klippe sein. Es ist eine ganz andere Operation, das Realistische zu idealisieren, als das Ideale» – und damit meint er frei erfundene, «freie Fiktionen» – «zu realisieren!» Der immer herzenshöfliche Goethe erspart es ihm, von ‹*Nathan*› zu sprechen, denn er respektiert zwar nicht, kennt aber Schillers Widerwillen gegen Lessing, den erst spät ‹*Minna*› und ‹*Nathan*› ihrer Unerreichbarkeit wegen geweckt haben. Aber noch die Huldigung, mit der Goethe *‹Wallensteins Tod›* kommentiert, sagt zwischen den Zeilen, daß auch dieses größte der Dramen Schillers nur in seinen Endszenen (wie dann später wieder *‹Wilhelm Tell›*) dem höchsten Anspruch Goethes ans Drama nahe kommt. «Freilich hat das letzte Stück den grossen Vorzug[41], dass alles aufhört, politisch zu seyn und bloss menschlich wird; ja, das Historische selbst ist nur ein leichter Schleier, wodurch das rein menschliche durchblickt!» Das ist ein höchst zweifelhaftes Kompliment ausgerechnet an die Adresse *dessen*, der «keine andere als historische Stoffe» zu wählen zähneknirschend nur deshalb gelernt hat, weil frei erfundene seine Klippe würden! Und so hofft denn Schiller auch – und hofft das vergebens bis zuletzt –, Goethes Anspruch zu genügen; dem Anspruch, den in der deutschen Literatur allein der *‹Nathan›* erfüllt – bis heute ... Schiller antwortet sofort: «Ich werde Ihnen ... einige tragische Stoffe von freier Erfindung vorlegen ... Neigung und Bedürfnis ziehen mich zu einem frei phantasierten, nicht historischen, und zu einem bloß leidenschaftlichen und menschlichen Stoff; denn Soldaten, Helden und Herrscher habe ich vor jetzt herzlich satt.» Doch daraus wird nichts, alsbald muß er resignierend Goethe bitten, ihm aus der Weimarer Bibliothek Unterlagen zu *‹Maria Stuart›* mitzubringen ...

Lessing hat im letzten seiner *‹Freymäurergespräche›*, das erst aus dem Nachlaß gedruckt wurde, im Hinblick auf den Architekten der Londoner Sankt Pauls-Kathedrale das Verfahren beschrieben, nach welchem auch er seinen *‹Nathan›* entworfen und vollendet hat: «Christoph Wren hatte ehedem den Plan zu einer Sozietät der Wissenschaften entwerfen helfen, welche spekulativische Wahrheiten gemeinnütziger und dem bürgerlichen Leben ersprießlicher machen sollte. Auf einmal fiel ihm das *Gegenbild* einer Gesellschaft bei, welche sich von der Praxis des bürgerlichen Lebens zur Spekulation erhöbe. ‹Dort›, dachte er, ‹würde untersucht, was unter dem

Wahren brauchbar, und hier, was unter dem Brauchbaren wahr wäre.›»

So hoch über das Leben hinaus, doch ganz dem Leben zugewendet, ihm *zuliebe*, hatte noch nie ein Dramatiker gezielt, wie hier Lessing mit seinem Gegenbild, sich seines Ziels bewußt: tolerieren lehren! Nicht nur um die Pastoren zu ärgern – deshalb gewiß auch –, hatte er früh geschrieben, er könne sich durchaus einen Molière auf der Kanzel vorstellen – sondern dieser Spaß war ihm ernst: *zu lehren* – sofern das in «vollkommen sinnlicher Rede» geschähe.

Lessings Kanzel wäre die Bühne gewesen – hätte er eine gehabt: «Für die Welt und Nachwelt wäre es Pflicht, seine Gedanken zu entdecken, nicht über die Personen, sondern über die Sachen, worüber gestritten würde ... Neutral sein zu wollen, wäre äußerst ungerecht. Die gute Sache verlöre dabei.» So wie er aufbegehrt hat, kein Bürger sein zu dürfen: «Es gibt hundert Preise für schöne Reden, keinen einzigen für schöne Handlungen ... Wir haben Naturforscher, Erdmesser, Chymisten, Sternseher, Dichter, Tonkünstler, Maler; nur Bürger haben wir nicht!» Handeln wollte er; und sagte ungeduldig: «Der Mensch ward zum Tun und nicht zum Vernünfteln erschaffen!» Wie politisch er auch als Denker war, das wird deutlich, wenn man den Grundsatz – nicht des Marxismus, aber den von Marx: «Das Sein bestimmt das Bewußtsein», schon hundert Jahre zuvor bei Lessing findet: «Was man moralische Ursachen nennt, sind nichts als Folgen der physikalischen.» Er geht sogar noch weiter als Marx, wenn er «moralische Ursachen» nicht einmal ohne Skepsis als Fakten hinnimmt, sondern einschränkt: was man so nenne ... Er hat auch festgehalten, ganz im Sinne von Marx: «Alle Veränderungen unseres Temperaments ... sind mit Handlungen unserer animalischen Ökonomie verbunden.» Der Satz aus der ‹*Dreigroschenoper*›: erst kommt das Fressen, dann kommt die Moral – findet sich ebenso drastisch im ‹*Henzi*›-Fragment des Zwanzigjährigen: «Die Not heißt alles gut. Sie hebt das Laster auf.» Dort ist auch zu lesen von der Mühsal des Volkes, das «der Großen faulen Bauch mit sich ernähren muß». Ein wenig später: «Die Natur weiß nichts von dem verhaßten Unterschied, den die Menschen unter sich festgesetzt haben.» Und daß sein eigentliches Werkzeug: die Sprache, die auch sein Lebenselexier war, ihm gegeben sei zu rebellieren, das war dem Autor der Fabeln, deren viele sozialistisch sind – man lese nur *‹Hamster und Ameise›* –, ganz natürlich. Daß eine soziale Aufgabe zu erfüllen hat, wer über die Sprache gebietet, war ihm so selbstverständlich wie die Pflicht jedes Richters, humaner zu urteilen, als das Gesetz vorschreibt. Er hielt es für unerlaubt, esoterisch, wie man heute sagen würde, über das Publikum hinwegzuschwätzen, er fragte: «Was soll man zu den Dichtern sagen, die so gern ihren Flug über alle Fassung des größten Teiles ihrer Leser nehmen? Was sonst, als was die Nachtigall einst zu der Lerche sagte: ‹Schwingst du dich, Freundin, nur darum so hoch, um nicht gehört zu werden?›»

So spricht der Demokrat unter den Sprachmeistern, der eingefleischte Republikaner.

Hätte man Lessing hören *wollen* – und zwar den Dichter des *‹Nathan›*, den keiner kaufte, keiner spielte, so daß Lessing verstummte –, hätte er mit einem Satz: Bürger unter Mitbürgern sein dürfen, er wäre nicht verstummt und verstorben, kaum, daß er fünfzig war. Denn für ihn war sein Amt als Autor so selbstverständlich ein soziales, daß er sich auch den Gebrauch der Sprache zu gar keinem anderen Zweck vorstellen konnte. Lessing hielt fest: «Der gute Schriftsteller, er sei von welcher Gattung er wolle, wenn er nicht bloß schreibet, seinen Witz, seine Gelehrsamkeit zu zeigen, hat immer die Erleuchtesten und Besten seiner Zeit und seines Landes in Augen, und nur was diesen gefallen, was diese rühren kann, würdiget er zu schreiben. Selbst der dramatische, wenn er sich zu dem Pöbel herabläßt, läßt sich nur darum zu ihm herab, um ihn zu erleuchten und zu bessern; nicht aber ihn in seinen Vorurteilen, ihn in seiner unedlen Denkungsart zu bestärken.» Also schreiben zum Gebrauch – wie aber, wenn man ihn, Lessing, nicht brauchen *wollte*? Wäre nicht die alte Herzogin gewesen, mit ihrem dauernden Drängen, ein neues Stück zu schreiben – nach ‹*Minna*› –, es wäre womöglich dabei geblieben, was Lessing 1777 dem Bruder schrieb: «Daß ich wieder etwas für das Theater machen sollte, will ich wohl bleiben lassen. Kein Mensch unterzieht sich gern Arbeiten, von welchen er ganz und gar keinen Vorteil hat: weder Geld, noch Ehre, noch Vergnügen ... Zwar habe ich, nach meinem letzten Überschlage, wenigstens zwölf Stücke, Komödien und Tragödien zusammengerechnet, deren jedes ich innerhalb von sechs Wochen fertig machen könnte. Aber wozu mich für nichts und wieder für nichts sechs Wochen auf die Folter spannen? ... Also, Geld für die Fische – oder beköstigt euch noch lange mit Operetten.» Und so furchtbar noch nach der Veröffentlichung des ‹*Nathan*› in der letzten, der endgültigen Resignation vor dem Schweigen: «Für ganz mittelmäßige Vorteile mache ich mich nie wieder auf fünf Monate zum Sklaven einer dramatischen Arbeit. So viel Zeit, leider! habe ich mir mit dieser verdorben! Und wer weiß noch, wie sie aufgenommen wird!»

Gar nicht wurde sie aufgenommen, aus Angst der Theaterleute vor der Kirche. Und so schrieb er denn *nicht* seinen ‹*Derwisch*› ...

Doch Lessing, der nüchtern auch beim Wein blieb, von dem er viel vertrug; der aus Widerwille gegen die verschwärmte Naturseligkeit seiner Zeitgenossen herausfordernd sagen konnte: «Ach, es ist schon oft grün geworden, ich wollte, es würde einmal roth»; Lessing, der nur beim «Glück»-Spiel, das ihm viel Unglück brachte – er war ja ein Mensch ohne Glück –, elementar in Aufregung und in Schweiß geriet; der vor dem Glück irrational wurde und sagen konnte: «Das Glück beschenkt den Jüngling lieber als den Greis»; und daher abergläubisch-ängstlich fragte, so sehr nämlich hat das Glück ihn gemieden: «Muß man nicht oft unbedachtsam handeln, wenn man das Glück anreizen will, etwas für uns zu tun?» – Lessing, der Gedichte nur gelten ließ – ähnlich wie Goethe –, wenn sie, in Prosa übersetzt, ebenfalls Hand und Fuß hätten: er hätte, der urbane *Humorist*, es sich verbeten, *feierlich* von ihm zu sprechen, vielleicht durch Hinweis auf Verse, die er als Junge einmal gegen einen Grabredner gereimt hat:

«O Redner! dein Gesicht zieht jämmerliche Falten,
Indem dein Mund erbärmlich spricht.
Eh' du mir sollst die Leichenrede halten,
Wahrhaftig, lieber sterb' ich nicht!»

Zeitlebens, von frühester Jugend bis zum letzten Brief an Mendelssohn, war Lessing existentiell in Aufbruch- und Abbruchstimmung, war immer fluchtlustig, entsagungsbereit, weltmüde. Es gab überhaupt nur eines, das Lessing überwältigen konnte: der Überdruß, die Unlust an sich selber – die groß war in ihm, zuletzt – und auch die an der Weltlichkeit, an Amt und Büchern und am Provinznest Wolfenbüttel ...

Sein letzter Brief kündigt an, er werde der erste sein, dem jungen Juden zu folgen, für den er bei Mendelssohn Fluchthilfe erbittet, nachdem er ihn aus dem Gefängnis geholt und bei sich aufgenommen hat – Fluchthilfe in jenes europäische Land, «wo es weder Christen noch Juden gibt».

Flucht: schon Lessings autobiographisches Jugend-Gedicht vom Oktober 1752, ‹*Ich*›, war bestimmt von diesem Trieb, sich fluchtartig zu entziehen, auch den Ehren – er war ja bereits *sehr* berühmt damals, mit dreiundzwanzig Jahren –, ja, den Ehren zuerst ...

Diesen Nomaden in Lessing – Aussteiger ist das heutige Wort, und wie viele noch werden aussteigen aus unserer Zivilisation, ähnlich wie in der Spätantike –, hat bisher meines Wissens nur Otto Flake gesehen. Er schrieb zum zweihundertsten Geburtstag 1929 in S. Fischers *Neuer Rundschau* die einzige der damaligen Huldigungen, die durchklingen läßt, sie sei bei Mozart-Musik verfaßt: «Lessing trug keine Perükke. Mozartisch ist das Ding mit einer Schleife, das ihm im Nacken hing, und so unmusikalisch er auch war, so unerotisch, ohne Beziehung zur Natur ... es ist doch etwas von Mozart in ihm, etwas Tänzerisches, Bewegliches, Helles, Frohes: etwas, das überwinden kann ... Auf die Nuance kommt es an ... Wie etwas von Mozart in ihm ist, so auch von Sturm und Drang. Nichts von dem schweren Schritt für Schritt, mit dem bürgerliche Menschen durch die Spanne gehen, die Ihnen gegeben ist ... eher deutet sich bei ihm die Flucht vor so viel Bejahung des Diesseits an. Diese Nuance ist kaum zu fassen, aber sie ist da. Alles steht in der prächtigen Geschichte seines Lebens, die Erich Schmidt geschrieben hat, nur sie nicht ...»

Intuitiv hat Flake gewittert, was er nicht *wissen* konnte, weil erst die vollständige Sammlung der Gespräche, die Daunicht geschaffen hat, den Ur-Radikalen Lessing und – wie er sich nannte – den «Plebejahner» ins Blickfeld stellte. Dessen letzter Gedanke als Dramatiker hat deshalb einem ‹*Derwisch*› gegolten, weil Lessing – sollte auch die *Rückkehr* eines Einsiedlers ins Leben der Inhalt des Stücks sein – selber mit dem Gedanken der Weltflucht aus Überdruß gegen die Gesellschaft nie nur gespielt hat. Wörtlich wirbt Al-Hafi Nathan mit jenen Worten ab aus der Zivilisation an den Ganges, mit denen Lessing selbst sogar das Christentum mindestens einmal bezeichnet hat: «Plunder, den man wegwerfen solle»; so radikal und für ihn riskant seine auch *geäußerten* Ansichten; Lessing bejahte aber durchaus die List des zeitweisen *Verschweigens* der Wahrheit, wenn ihr Aussprechen einem Verfolgung eintrage wie dem Berengarius. Der mohammedanische Bettelmönch empfiehlt ‹*Nathan*› die Flucht vor dem Sultan, der ihn doch enteignen werde, mit genau diesem Wort: Plunder, den er zurücklassen solle.

Wenn er schrieb: «Wir würden sehr gesunde Leute sein, wenn wir ebenso viel Schritte machten als Buchstaben»: so hat er sich doch die «Flucht vor so viel Bejahung des Diesseits» verboten aus Anhänglichkeit an die Mitmenschen, aus Lebensfreundlichkeit, die sein Ethos waren.

Er verschob die Flucht auf die Zeit nach seinem Tode, indem er der herrschenden Religion zugunsten der Seelenwanderung den Abschied gab. Er schreib den ‹*Nathan*›, nicht den ‹*Derwisch*›, der zwar auch in Lessing gehaust hat, der aber weder Waisen aufgezogen hätte wie eigene Kinder noch selber Kinder gehabt; noch zu Tode verfeindete Religionen miteinander ausgesöhnt hätte. Daunichts Sammlung der Gespräche Lessings belegt immer wieder dessen Fluchtlust aus Zivilisations-Ekel; sie ergänzen nur, was Lessing auch mehrfach schriftlich gab, so als man ihm Malchen wegzuschwätzen drohte durch Äußerungen jenes schon erwähnten Verdachts, der Lessing «unerträglich war»: der Witwer schlafe mit seiner Stieftochter oder vergreife sich am Geld, das Eva ihren vier Kindern hinterlassen hatte.

Wenn Evas Tochter von ihm weggehen müsse, deren häusliche Tugenden allein ihm das Leben noch erträglich machten, schrieb Lessing zuletzt – «daß ich vor dem Augenblick zittere, der sie von mir nehmen wird, ob ich ihn schon, meines eigenen Nutzens wegen, keinen Augenblick verschieben will» –, wenn die Siebzehnjährige gehe, daß er dann, seiner lähmenden Einsamkeit zu entfliehen, sich «leicht auf das andere Ende werfen könnte: so dass ich mein Leben beschlösse, wie ich es angefangen habe; als ein Landstreicher, und als ein weit ärgerer, als ehedem, indem mich die Lust zum Studiren auch nicht einmahl so lange mehr an einem Orte halten würde, als sie in meiner Jugend, in der Neugierde und Ehrgeiz alles über mich vermochten, gethan hat» ...

Dieses Ahasverische in Lessing, dieses Aussteigersüchtige, sie legitimieren auch aus seiner *Natur* den Kernsatz seines Intellekts, der mehr politischen Sprengstoff transportiert als jeder andere – als *jeder* andere – der deutschen Geistesgeschichte: daß keine Wahrheit so viel wert sein *kann* wie die Suche nach ihr! Und was wäre Suche – wenn nicht lebenslängliche Wanderlust, die dann, logisch, wenn das Leben aus ist, sich fortsetzen will in der Wanderschaft der Seele? Und so aus Unruhe zu *dem* Unruhe-Stifter unter unseren Klassikern geworden – doch schon dieser hermelinstolze Begriff: Klassiker, er hätte ihn auflachend abgeworfen als viel zu schwer, um nicht am Weitergehen zu hindern –, *blieb* Lessing aus Integrität der *eine* nie und nirgendwo Integrierbare, *der* permanente Evolutionär, der keiner Wahrheit den Rang zuerkannte, sich als Endziel auszugeben. Hatten die französischen Aufklärer *diesem* Staat, *dieser* Religion den Krieg erklärt: so hat Lessing in *‹Ernst und Falk›*, seinem Freimäurergespräch, zwar unverrückbar festgelegt: «Was Blut kostet, ist gewiß kein Blut werth» – gerade deshalb aber auch schon die Grundlage gelegt für seine radikalste Bemerkung zu Jacobi: «Die bürgerliche Gesellschaft müsse noch ganz aufgehoben» werden! Eine Bemerkung, die wiederum die heute so vulgären Gegner des Bürgertums sich keineswegs an die Fahne heften dürfen, denn Lessing meinte damit nicht, was wir – schon wehmütig, im Rückzugsgefecht – heute den freien Bürger nennen, sondern: die Gesellschaft, soweit sie identisch ist mit einem Staat schlechthin. Er setzte nämlich unzweideutig hinzu: «Die Menschen werden erst dann gut regiert werden, wenn sie keiner Regierung mehr bedürfen» … Diese Maxime bewahrt Lessing vor Beschlagnahmung durch *jede* uns heute bekannte Staatsform oder Partei, somit auch durch jene, selbstverständlich, deren einzige Liberalität darin besteht, etwa den Liberalismus des bürgerlichen Zeitalters zu denunzieren …

So viel Freimütigkeit *mußte* Lessing isolieren – selbst bei seinem aufgeklärten Herzog; und bei dessen Sohn, dem Neffen Friedrichs II. Obgleich dieser Herzog alle Dramen Lessings mehrfach gelesen und sogar erwogen hat, den Dichter zu seinem Geheimen Kabinettssekretär zu berufen, hat er ihm gegenüber dennoch eine «gewisse Kälte» gezeigt. Die erklärt sein Biograph Hofrath Pockels, befreundet mit Hofrath Lessing, durch dessen «ungebundene Freimüthigkeit ... Lessing konnte leicht eine schneidende und imponierende Sprache annehmen» ... Weiß Gott!

Wer von uns heute, die wir doch gar nicht mehr fähig sind, die Lebensnotwendigkeit schon der verbalen Leisetreterei gegenüber Personen von Stand im Europa des 18. Jahrhunderts abzumessen, vermöchte noch einzuschätzen, welche ungeheuerliche Zumutung, ja Dämonie es für Bürger vor der Aufklärung gewesen ist, daß Lessing ihnen die Frage vorlegte, ob die Jünger Christi Leiche nicht gestohlen und versteckt haben, um dessen Auferstehung vorzutäuschen! Sind noch heute Schock und Witz in dieser Verdächtigung, die mit einem einzigen Satz die gesamte Staatsreligion aus den Angeln riß, so machte Lessing, wenn er so «mit Entsetzen Scherz» trieb, alles nur noch schlimmer. Mit jener Unschuldsmiene, die Mephisto der Frau Marthe zeigt, und so umständlich, daß auch der letzte noch begriff, diskutierte, ob des Herrn Jünger als Betrüger zu bezeichnen, sollten sie die Leiche tatsächlich gestohlen haben, nicht zu weit gehe! Dazu die Provokation, niemals sagen zu wollen, wer denn der «Ungenannte» sei, der jedem Christen den Abendmahlswein durch Salzsäure versetzt hatte, den – ebenfalls ganz arglos – Lessing ja nur auszuschenken als seine Pflicht angab, aber doch keineswegs selber versalzsäuert habe! Während ja in Wahrheit diesen Ungenannten keiner ernst genommen hätte, würde nicht Lessing seine herausfordernde und erdrückende Autorität und würde er nicht seine abgefeimten Kommentare dazu beigesteuert haben! Denkt man hinzu, daß zwar Religion und Staat nicht völlig identisch waren, daß aber doch sogar in protestantischen Ländern, sofern nicht Krieg und eine überragende Fürstenpersönlichkeit sie regierten wie Preußen, die Religion noch machtvoller herrschte als der weltliche Absolutist: so kann die Drucklegung der *‹Fragmente›* nur gedeutet werden als Lessings Attentat auf die Autorität auch des Staates, getreu der erst hundertfünfzig Jahre später von Flake (in der *Weltbühne*) formulierten Maxime: «Der Geist hat die Aufgabe, die Macht zu zersetzen, divide et libera!»

Dieser Lessing schrieb, wie niemand je geschrieben hatte, außer dem weggelaufenen Mönch Luther, bevor der triumphieren konnte als neuer Papst, eine wahrhaft kriegerklärende Sprache! Und Lessing hat damals *jedermann* in dessen sogenannten heiligsten Gefühlen betroffen gemacht – nicht wie später Nietzsche nur wenige Dutzend Intellektuelle, die seine auf eigene Kosten gedruckten Bücher wahrgenommen haben ... abgesehen davon, daß Nietzsche ganz ungefährdet schrieb. Lessing wie keiner rührte an den «Schlaf der Welt», und es ist ein Wunder und eine Tat der herzoglichen Familie, die ihn bis zuletzt beschützt hat, daß er im Bett starb, statt auf offener Gasse gelyncht zu werden. Er war nahe daran. Noch fünfzehn Jahre nach seinem Tode, 1796, als auswärtige Verehrer – selbstverständlich keine Wolfenbütteler – ein «schlichtes klassizistisches Denkmal ... mit dem Relief des Dichters» hinstellten, mußte es im Freien erst bewacht[42], dann im Vorraum der Bibliothek eingeschlossen werden, um es in Sicherheit zu bringen vor «dem Pöbel», der es kaputtschlagen wollte; Pöbel sagt, wer beschönigen will, daß Pöbel niemand anderes ist als die von Obrigkeit verhetzten Volksgenossen ... jene sich immer und allen Orts gleichbleibenden Kristallnacht-Rowdies.

Und wie er die Christen vor Stirn und Herz schlug, so auch die Juden, die seine letzten Verbündeten gewesen waren. Lessing hat ja nicht Nathan, weil der kein Christ ist, zur Lichtgestalt erhoben, und die Christen, außer dem Klosterbruder, als die Denunzianten, Eiferer und Mordsüchtigen gezeichnet, die sie waren, sondern Nathan ist der Verklärte, weil er einer verfolgten Minderheit angehört! Nur deshalb. Denn, schreibt sein Bruder, Lessing «wollte mehr den Unterdrückten zu Hülfe kommen, als mit den Siegenden den Triumph halten. Er wollte keine Autorität für sich, aber eben so wenig sie auch einem andern lassen. Er würde bei weniger Einsicht den Ostracismus in der gelehrten Welt einzuführen nicht unterlassen haben»...

Mit ansteckender Lustigkeit hat Lessing den Juden einfach ihren Stammbaum zerrissen, auf den sie doch so über die Maßen stolz sind: er witterte im Erwähltheitsdünkel das den Rassismus vorbereitende Unheil. Mit einem Witz, so kurz wie grob, daß ihn selbst Heines und Thomas boshafteste Satiren nicht übertreffen, läßt Lessing einen Araber – ausgerechnet – schlüssig vorrechnen, unmöglich könne Sarah den Isaak von Abraham empfangen haben, der müsse ihr unehelich zugesteckt worden sein! Nur die Araber stammten ab von Abraham, da er deren Stammvater Ismael mit Hagar, dem Dienstmädchen, auf der Bank gezeugt habe. Und Lessing demolierte mit jenem Hohngelächter, von dem er glücklicherweise seinen *‹Nathan der Weise›* vorsätzlich freizuhalten versprach, das tausendfach mit rührseliger Überlieferungs-Frömmigkeit gemalte Bild, wie Abraham angeblich seine Gottgefälligkeit so weit übertreibe, Isaak opfern zu wollen, bis ihm der Herr persönlich das Messer am Halse des Jungen aus der Hand schlage! Lessing fragt nämlich, ob nicht Abraham damit nur den ihm verhaßten Unehelichen seiner Frau habe aus dem Wege räumen wollen...

So wie Lessing die beiden Religionen *totgelacht* hat: hat Voltaire niemals die zwei Gewalten seines Jahrhunderts, Kirche und Staat, nackt ausgestellt; nie hat deren Sein und «Wahrheit» der Franzose *grundsätzlich* einer Beleuchtung ausgesetzt – «Peitschenlampe», sagt man heute –, die sie so lächerlich macht wie jede absolute, also angemaßte Würde es verdient. Sondern nur in Einzelfällen, so bei den Justizmorden am Tuchhändler Calas und am achtzehnjährigen de la Barre, hat Voltaire, da allerdings so mutig und sich selber gefährdend wie sonst keiner, gegen Priester und Richter zugunsten der Wehrlosen das Wort als Waffe geführt; so wie er ja auch – das belegen Ranke[43] wie Burckhardt[44] – dem jungen König von Preußen «die dringendsten Vorstellungen zugunsten der menschlichen Freiheit gegen dessen Fatalismus, der das Herz verhärtet» gemacht hat. Dennoch schrieb Mozart, später selber Logenbruder, seinem Vater: «Nun gebe ihnen eine nachricht die sie vielleicht schon wissen werden, dass nehmlich der gottlose und Erz=spizbub voltaire so zu sagen wie ein hund – wie ein vieh crepirt ist – das ist der lohn!» So Mozart über den Freigeist, der[45] – wie oft – sein Leben für Verfolgte gewagt hat! Und Kant? Kann einen schon mißtrauisch machen, daß der die Aufklärung als den «Ausgang des Menschen aus seiner selbstverschuldeten Unmündigkeit» definiert, also sich scheute, die Unterdrücker und Verdummer der Menschen beim Namen zu nennen, nämlich Kirche und Staat – so wundert es einen kaum noch, wenn er gegen ‹*Nathan der Weise*› aufbegehrt, weil der ein Jude ist! Hamann schreibt aus Königsberg an Herder: «Vorige Woche habe ich die ersten zehn Bogen von Nathan gelesen und mich recht daran geweidet. Kant hat sie aus Berlin erhalten der sie bloss als den 2. Theil der Juden beurtheilt und keinen Helden aus diesem Volk leiden kann. So göttlich», schließt Hamann souverän diesen Bericht über die Aufname des größten Gedichts der Aufklärung durch den Philosophen der Aufklärung, «so göttlich streng ist unsere Philosophie in ihren Vorurtheilen bey aller ihrer Tolerantz und Unpartheylichkeit!» (6. Mai 1779).

Mozart und Kant: nur zwei Beispiele, um eine Vorstellung zu vermitteln von der bodenlosen Schwärze der Dummheit selbst nur den gekrönten Häuptern des Geistes – der Schwärze, in der auch Lessing nicht anders als Voltaire das Licht der Aufklärung erst mühsam anfachen und wachhalten mußte. So dunkel war natürlich diese Nacht terroristischer Intoleranz *überall*, keineswegs nur im deutschsprechenden Raum. Auch in England – wieder nur *ein* Beispiel – konnten in Oxford und Cambridge Katholiken und Juden nicht studieren. Noch ein halbes Jahrhundert nach Lessings Tod nicht, so daß 1826 erst die Universität London gegründet werden mußte, eigens um jenen den Zutritt zu eröffnen, die nicht der anglikanischen Kirche angehörten.

In Deutschland waren zu dieser Zeit unter dem Zepter der beiden Schlegel die Literatur und das gesellschaftliche Leben wieder zurückgefallen in die bösartigste Reaktion. Der noch von Friedrich dem Großen als Patensohn angenommene Preuße Friedrich de la Motte Fouqué reimte jetzt als Musterschüler Schlegels:

> «Des Übels Wurzel, schädlicher Alraun,
> mit Nachtgeheul verwirrend des Menschen Sinn.
> Er hieß *Voltaire,* als er auf Erden stand!»

Und noch als Deutschland – oder, bescheidener gesagt: jene Deutschen, die keine Antisemiten waren – des hundertsten Todestages Lessings gedachten, 1881, sagte Richard zu Cosima Wagner, was der Frau so normal schien, daß sie es bedenkenlos der Nachwelt zur Kenntnis aufschrieb: «Es sollten alle Juden in einer Aufführung des ‹*Nathan*› verbrennen.» Kommentar Wagners zu der entsetzlichen Nachricht am 8. Dezember 1881, daß mehr als vierhundert Menschen im Wiener Ringtheater verbrannt seien! Fast auf den Tag genau sechzig Jahre nach dieser Wunschvorstellung des Lieblingskomponisten des Auschwitzers versandte der Halbjude[46] Heydrich seine Einladung zur Wannseekonferenz, auf der im Januar 1942 tatsächlich die Verbrennung beschlossen wurde, die Göring im hundertsechzigsten Todesjahr Lessings, am 31. Juli 1941, als «angestrebte Endlösung der Judenfrage» dem Gruppenführer Heydrich schriftlich befohlen hat ...

Allein solche soziologischen Momentaufnahmen lassen uns einschätzen, welchen singulären Mut Lessing hatte aufbringen müssen, erstens um Juden – wie er es bereits mit neunzehn Jahren in seinem gleichnamigen Lustspiel getan hat

– als Menschen wie andere auch darzustellen; zweitens um zuletzt in einer Sprache, die kein Deutscher, die überhaupt kein Autor vor ihm riskiert hatte, sogar das Allerheiligste anzugreifen: den Pakt (und das Pack) von Altar und Thron. Zwar beeilt sich der Hofrath, kaum daß er das Ungeheuerlichste hat drucken lassen, zu versichern, öffentlich: «Ich bin sehr glücklich, daß ich *dieses* Herrn Bibliothekar bin und *keines* andern ... Ich bin sehr glücklich, daß ich *hier* Bibliothekar bin und an keinem *andern* Orte.» Und das ist wahr – soll aber doch öffentlich vor allem deshalb versichert sein, um dreist den ungefragten Fürsten zu seinem Komplicen zu machen.

Das Gewagteste hat Lessing nur gewagt, drucken zu lassen, indem er unterstellt, daß nicht *er* das denke, sondern sein Feind Goeze: indem er diesem staatserhaltenden Autoritätsfeldwebel als angeblich *dessen* «Gemeinort» derart mörderisch das Bündnis von Thron und Altar unterwühlende Gedanken unterstellt, wie in Wahrheit *kein* Goeze, wann und wo immer der amtierte, sie hätte denken und gar noch – und so! – formulieren können: «O glückliche Zeiten, da die Geistlichkeit noch alles in allem war – für uns dachte und für uns aß! Wie gern brächte euch der Herr Hauptpastor im Triumphe wieder zurück! Wie gern möchte er, daß sich Deutschlands Regenten zu dieser heilsamen Absicht mit ihm vereinigten! Er predigt ihnen süß und sauer, er stellt ihnen Himmel und Hölle vor. Nun, wenn sie nicht hören wollen –» schreibt Lessing, der doch sehr genau weiß, wie sehr und wie gern die Regenten den Bündnis-Angeboten jedes Goezen zuhören –, «so mögen sie fühlen! Witz und Landessprache –» denn Goeze hat Lessing ersucht, lateinisch mit ihm zu streiten, damit nicht das Volk irregemacht werde, irre an den Goezen – «Witz und Landessprache sind die Mistbeete, in welchem der Same der Rebellion so gern und so geschwind reifet. Heute ein Dichter, morgen ein Königsmörder.»

Einen solchen programmatischen Satz kann nur in Druck

geben, wer ihn im nächsten – *schein*bar! – als absurd zurücknimmt. Wie macht man das, da doch kein Mensch leugnen kann, daß Witz und Landessprache Mistbeete der Rebellion sind? Nun, man nennt drei von jenen Königsmördern, die ganz zweifellos keine Dichter – sondern Kirchentreue gewesen sind, losgelassen von der Kirche auf Könige, die der alleinseligmachenden zuwider waren! Und unterstellt Goeze die Absurdität, *der* habe behaupten wollen, diese drei seien nicht im Beichtstuhl auf Mord abgerichtet worden, sondern auf dem Parnaß. Doch indem Lessing überhaupt davon redet – kann er, was er sonst nicht könnte, den ungeheuerlichen Satz, eine Drohung drucken lassen: «Heute ein Dichter, morgen ein Königsmörder»! So allein vermochte Lessing sich die Gelegenheit zu schaffen, öffentlich auszusprechen, was – ohne diesen Zusammenhang – unaussprechlich gewesen wäre, weil es nur zu wahr und zu bedrohlich ist.

Noch im gleichen Jahr verärgert er den Bruder seines regierenden Fürsten, weil er ihm – dem Großmeister der Landes-Loge – seine ‹*Freimäurergespräche*› mit einer gedruckten Widmung überreicht, obgleich Lessing sonst nie Widmungen drucken läßt, um auch hier Unaussprechliches aussprechen zu können, indem er es – ungebeten – in die nächste, schützende Nähe eines Fürsten rückt: «Das Volk lechzet schon lange und vergehet vor Durst» nach der Quelle der Wahrheit! Doch *was* ist, wie *unheimlich* ist die Wahrheit eines dichtenden Hofraths, der wenige Monate zuvor – wenn auch als angeblich absurd – einer Respektsperson die Meinung angehängt hatte, Königsmörder würden auf dem Parnaß ausgebildet und Landessprache und Witz säten Rebellion? Da doch die zweite Hälfte dieser Aussage unleugbar richtig ist: konnte da die erste Hälfte überhaupt so geschichtsfremd sein? Burckhardt bestätigte in einem «Rückblick auf die Ursprünge der (Französischen) Revolution[47] ... die Revolution war vorbereitet durch eine enorme literarische Bewegung, die alles, vertrauensvoll gegen die Zukunft, in Frage stellte». Freilich fügt er an, auch der Zustand «des Besitzes und der Macht in Frankreich, der zu dieser Bewegung in mehr und mehr bewußtem Mißverhältnis stand», habe «die Woge des großen Stroms» mit herbeigeführt. Doch als ersten Auslöser nennt er die «literarische Bewegung»! Und war es denn hundert Jahre später in Rußland anders? Hat nicht in Lessings hunderstem Todesjahr, im Jahr seines eigenen Todes, Dostojevskij angekündigt: «Warten Sie die Fortsetzung ab[48] ... Ich lasse Karamasow aus der geistigen Abgeschiedenheit des Klosters hinaustreten und sich den Nihilisten anschließen. Mein reiner Aljoscha wird den Zaren ermorden!» Das ist Dostojevskijs Übersetzung der Lessing-Zeile: «Heute ein Dichter, morgen ein Königsmörder»!

Bedenkt man, wie sehr Kant das Kämpferische durch Kompromißbereitschaft umging – wer einen bürgerlichen Posten begleite, der dürfe seine Vernunft nicht über den Gehorsam stellen, hielt er fest; «Hier ist es nun freilich nicht erlaubt zu räsonnieren; sondern man muß gehorchen» – so war ohne Frage, bevor dann der Autor von ‹*Kabale und Liebe*› Lessings Kriegsbeil wieder aufgriff, dieser braunschweigisch-lüneburgische Hofrath der beunruhigendeste aller deutschen Untertanen! Denn wenn später der Bürger Burckhardt zusammenfaßte: «Der Geist ist ein Wühler», so bleibt fraglich, wie weit dieser Basler Konservative das nur für unabdingbar hielt.

Bei Lessing ist aber nicht fraglich, sondern gewiß, daß er es begrüßte, wenn «Vorurteil und Ansehen», die er radikal gleichgesetzt hat, «in einer beständigen Erschütterung erhalten» würden, ja er hat die Macht der Kirche, des Staates wie der Philosophie einfach verworfen als Vorurteil: «Es sei, daß noch durch keinen Streit die Wahrheit ausgemacht worden; so hat dennoch die Wahrheit bei jedem Streite gewonnen. Der Streit hat den Geist der Prüfung genähret, hat Vorurteil und Ansehen in einer beständigen Erschütterung erhalten; kurz, hat die geschminkte Unwahrheit verhindert, sich an die Stelle der Wahrheit festzusetzen» ...

Auch das ist permanente Evolution; ähnlich gezielte Bemerkungen: «Ich hasse alle Leute, welche Sekten stiften wollen, von Grund meines Herzens. Denn nicht der Irrtum, sondern der sektiererische Irrtum, ja *sogar* die sektiererische *Wahrheit*, machen das Unglück der Menschen oder würden es machen, wenn die Wahrheit eine Sekte stiften wollte.»

Wahrheit, die eine Sekte stiften will – ist Glaube. Und Glaube, der sich als Autorität aufspielt, wird heute Ideologie genannt und ist auf Erden so furchtbar wie (einst) im Jenseits. Doch wie seltsam: ein namhafter Autor der Gegenwart, Professor auch für Altphilologie, der angibt[49], Lessing sei unter den Klassikern sein Lieblingsschriftsteller, vermochte dennoch die Frage, welche Reform er am meisten bewundere, wie folgt zu beantworten: «Luthers Ersetzung des Glaubens an die Autorität durch die Autorität des Glaubens»! Als sei es weniger riskant, einer Idee, einem Glauben Autorität zuzubilligen – als einem (vorübergehenden) Menschen! Warum nicht – zwei Beispiele, Luther um seines persönlichen Mutes willen, Papst Johannes um seiner Güte willen – Autorität zugestehen? Aber einer Religion oder Ideologie in ihrer immer sich absolut setzenden, umfassenden, gotthohen – in ihrer *immer* erdrückenden, immer allen Zweifel ausschließenden Selbstgewißheit auch noch autorisieren?

Wer *das* vermag: was weiß der von Lessings Kampf gegen die lutherische Orthodoxie? Von Lessings «Rettung» – «Rettungen» nannte Lessing seine zahlreichen Rehabilitierungen vergessener, verkannter, verfolgter Autoren – des Schweizers Simon Lemnius, der vor Luther aus Wittenberg hatte fliehen müssen?

Lessing folgerte: «Wenn ich augenscheinlich sehe, daß mir meine Richter die Gerechtigkeit versagen werden, so entfliehe ich nicht meinen Richtern, sondern Tyrannen, wenn ich ihnen entfliehe. Ein aufgebrachter Luther war alles zu tun vermögend.» Tatsächlich hatte dieser Papst der Protestanten gedroht, den Schweizer enthaupten zu lassen, da der gegen angesehene Bürger Wittenbergs «ein recht Erz-, Schand- und Lügenbuch» verfaßt habe, später auch noch – in Sicherheit in Chur – hatte drucken lassen über Luther: «Der du vieltausend gefangener Bauern gemordet» ... Luther ist vermutlich der letzte, dem nachzusagen ist, er habe die Autorität der Person der des Glaubens untergeordnet! Dennoch hat Lessing den ganz großen geistigen Befreier in Luther beinahe über jeden anderen Sterblichen gestellt: «Luther steht bei mir in einer solchen Verehrung, daß es mir, alles wohl überlegt, recht lieb ist, einige kleine Mängel an ihm entdeckt zu haben, weil ich in der Tat der Gefahr sonst nahe war, ihn zu vergöttern» ... Was aber konnte Lessing ungemäßer sein, als einem Glauben, und sei es dem Glauben Luthers – Autorität zugestehen? Denn wenn autorisieren, wie ich dem Wörterbuch bisher geglaubt habe, ermächtigen heißt: wie kann man dann ausgerechnet dem Allermachtvollsten, dem, worüber man nicht einmal streiten kann, weil es geglaubt werden will, auch noch – Autorität zugestehen? Denn Wahrheit, die man autorisiert, die hält man für die alleinseligmachende: der Aberglaube aller Gläubigen wie aller Parteigebundenen ... Etwas autorisieren, Menschen oder Ideen: heißt Feindbilder aufbauen ...

So hat sich Lessing, der Gegner *jeder* Autorität, sogar noch verhaßt gemacht in jener Braunschweiger Sekte, der er beigetreten war, der Loge, der ja damals von Friedrich von Preußen bis Goethe beinahe jeder Intellektuelle anzugehören für seine Pflicht hielt. Doch sogar die Loge konnte einen Mann nicht integrieren, der mit ‹*Nathan*› eine kopernikanische Wende vollbracht hatte; sie verbot Lessing zu kommen.[50] Denn wie sein naturwissenschaftlicher Vorgänger aufgezeigt hatte, daß die ach so festgefügte Erde doch nicht das Zentrum des Universums sei: so hat Lessing das «Buch der Bücher», das bislang geistiges Zentrum des Abendlandes gewesen war, als eines von nur zeit- und ortsbezogener Wahrheit ausgewiesen und um seinen religiösen Alleinvertretungsanspruch gebracht.[51] Und mehr noch: Lessings Relativitätsmethode ist keineswegs nur anwendbar auf den Alleinvertretungsanspruch der Bibel, sonst wäre sie ja mit ihm obsolet geworden. Sondern sie ist die zersetzendste Gegenkraft überhaupt, der fortan *alle* absolutistisch auftretenden Mächte, Ideologien und Personen unterworfen bleiben: es gibt keinen klassischen Text sonst von annähernd gleicher Sprengkraft wie ‹*Nathan der Weise*›!

Lessing konnte – Toleranz auch dies – sogar empfehlen, abzulassen von der Suche nach der Wahrheit, weil er zuletzt wußte, daß bereits die Suche nach ihr zu der Einbildung führen *muß*, man habe sie gefunden: was allemal der Beginn des Terrors gegen jene ist, die eine andere gefunden zu haben sich einbilden. Ganz zuletzt schrieb er: «Ist es aber auch wohl gut, Wahrheiten zu denken ... in deren beständigem Widerspruche wir nun schon einmal leben, und zu unserer Ruhe beständig fortleben müssen?» Und er sagte: «Die Wichtigkeit ist ein relativer Begriff, und was in einem Betracht sehr unwichtig ist, kann in einem anderen sehr wichtig werden. Als Beschaffenheit unserer Erkenntnis ist dazu *eine* Wahrheit so wichtig als die andere ...» Ja, er konnte sich dafür *entschuldigen*, zum Beispiel einem Berliner geschrieben zu haben, daß er den Staat Friedrichs des Großen für den meistversklavten in Europa halte, denn: «Ein jeder tut indess gut, den Ort, in welchem er seyn muss, sich als den besten einzubilden; und der hingegen thut nicht gut, der ihm diese Einbildung benehmen will. Ich hätte mir also wohl auch diese letzte Seite (des Briefes) ersparen können. Leben Sie wohl, liebster Freund.»

Wer Lessing so, wie er heute war, zu «haben» hoffte, dem sagte er: «Ich will mich eine Zeitlang als ein häßlicher Wurm einspinnen, um wieder als ein glänzender Vogel an das Licht kommen zu können.»

Noch vierzig Jahre nach der Niederschrift des ‹*Nathan*› hat die dank seiner wandererhaften Verwandlungslust immer mögliche Wiederkehr Lessings keiner so sehr gefürchtet wie Hegel. Dessen Berliner Antrittsvorlesung (28. Oktober 1818) ist ein krampfhaftes und bösartiges Bemühen, mit dem Fanatismus, mit dem ein Hausbesitzer sich gegen Straßenrevolutionäre «absichert», seinen Hörsaal fest zu verrammeln gegen die Gefahr, *der* Unanpaßbare könne ihm die Tür eintreten. Lessings «Evangelium der Aufklärung» (Fontane) hatte das geistige Klima Berlins auffrischend urbanisiert und bestimmte es noch immer – wie Fontane das ausdrücklich für die Epoche Friedrich Wilhelms III. festhält – als «berlinisch-jüdischer Geist ... in dessen feinster Form und höchster gesellschaftlicher Geltung». (In München dagegen, reaktionär wie heute, durfte der ‹*Nathan*› erst vierunddreißig Jahre nach Erscheinen und erst nachdem die Figur des Patriarchen herausgestrichen worden war, erstmals gespielt werden!)

Nie ward einem Drama, einem Buch überhaupt eine Ausstrahlung beschieden wie dem ‹*Nathan*› in Preußen. Seinen Einfluß bis in den Vormärz hinein hat Fontane noch als weiter- und tieferwirkend überliefert als sogar den der Französischen Revolution! Gegen *ihn* anzutreten, das war ganz offensichtlich denn auch Hegels erster und letzter Schritt in Berlin, das derart vom Klima des ‹*Nathan*› entkrampft war, daß die jetzt zahllosen Eheschließungen zwischen Christen und Juden, die vor Erscheinen des ‹*Nathan*› undenkbar gewesen wären, ihrer Häufigkeit wegen nicht mehr diskutiert wurden! Diese Unantastbarkeit Lessings in Berlin mag Hegel veranlaßt haben, sich zu hüten, ihn schon in seiner Antrittsvorlesung mit Namen zu nennen, obwohl er sich nicht vor dem Ungeheuerlichen scheute, Lessing mit Pilatus zu vergleichen, und losdonnerte: «Selbst in Deutschland ist die Flachheit der früheren Zeit ... so weit gekommen, daß sie ... versicherte, es gebe keine Erkenntnis der Wahrheit ... der Geist müsse bei der Religion stehen bleiben und die Religion beim Glauben, Gefühl und Ahnden, ohne vernünftiges Wissen ... Sie sind so weit gekommen als Pilatus ... wie er Christus das Wort: Wahrheit nennen hörte, erwiderte er dies mit der Frage: was ist Wahrheit? ... So ist das, was von jeher für das Schmählichste und Unwürdigste gegolten hat, der Erkenntnis der Wahrheit zu entsagen, von unsern Zeiten zum höchsten Triumph des Geistes erhoben worden ... Haben der religiöse und sittliche Leichtsinn und dann die Plattheit und Seichtigkeit des Wissens, welche sich Aufklärung nannte, frank und frei ihre Ohnmacht bekannt ... und ... versichert, ‹bewiesen› zu haben, daß vom Ewigen und Göttlichen nichts gewußt werden könne!»

Das ist Hegels Zurückweisung der zwei berühmtesten Sätze, die Lessing je schrieb: die reine Wahrheit sei ja doch nur für Gott allein, und aus dem Brief an Claudius: die Wahrheit selbst sei Gott empfohlen.

Doch man vergleiche Hegels imperialen Ton – mit dem demütig bescheidenen Lessings, dem *Befürchtung* vor der Wahrheit resigniert zugrunde liegt: «Wenn Gott in seiner Rechten alle Wahrheit und in seiner Linken den einzigen, immer regen Trieb nach Wahrheit, obschon mit dem Zusatze, sich immer und ewig zu irren, verschlossen hielte, und spräche zu mir: wähle! – ich fiele ihm in Demut in seine Linke und sagte: Vater, gib! Die reine Wahrheit ist ja doch nur für dich allein!»

Lessing mit Namen zu nennen – das riskierte Hegel erst in der letzten seiner Vorlesungen, in deren zweitem Entwurf von 1830: *‹Die Vernunft in der Geschichte›*, dem vermutlich inhumansten, was je als deutsche Philosophie ausgegeben worden ist. (Hegel: «Es kann auch sein, daß dem Individuum Unrecht geschieht; aber das geht die Weltgeschichte nichts an.» Hitler: «Du bist nichts, dein Volk ist alles.»)

Schon in Hegels erster Berliner Vorlesung: was für ein kriegerisch-denunziatorischer Größenwahn! Und welche Ironie, daß auf den Tag genau hundert Jahre später, am 28. Oktober 1918, Wilhelm der Letzte seinen – letzten Tag in Berlin verlebt! (Am 29. flieht er aus seiner Hauptstadt.[52]) Aus jenem Berlin, das Hegel miteinbezieht in seine Philosophie, wenn er anhebt: «Indem ich heute zum erstenmal auf hiesiger Universität in dem Amte eines Lehrers der Philosophie auftrete, zu dem mich die Gnade Sr. Majestät des Königs berufen hat, erlauben Sie mir dies Vorwort darüber ... daß ich es mir für besonders wünschenswert und erfreulich hielt, sowohl gerade in diesem Zeitpunkt, als auf hiesigem Standpunkt in ausgebreitetere akademische Wirksamkeit zu treten ... es ist insbesondere dieser Staat, der mich nun in sich aufgenommen hat ... Hier ist die Bildung und die Blüte der Wissenschaften eines der wesentlichen Momente des Staatslebens selbst. Auf hiesiger Universität, der Universität des Mittelpunkts, muß auch der Mittelpunkt aller Geistesbildung und aller Wissenschaft und Wahrheit, die Philosophie, ihre Stelle und vorzügliche Pflege finden.»

Hegel, der «Philosoph», als Mitläufer der stärkeren Bataillone, unterschlägt hier, welche vergöttlichenden Zeilen er selber noch vor wenigen Jahren über Napoleon schrieb. (Er kann das deshalb unterschlagen, weil seine Briefe zu seinem Glück noch nicht gedruckt sind.) Der jetzt vom Katheder des Siegerstaates herabsieht auf jene, die im Kampf zertreten worden sind («aber das geht die Weltgeschichte nichts an»), sucht in moralisch bedenkenfreier Forschheit Recht, Vernunft, ja die Wirklichkeit selber mitleidlos immer nur beim Sieger! Dieser Philosoph schlägt allem ins Gesicht, was von Jugend auf Lessing ehrwürdig war.

Schon mit einundzwanzig Jahren hatte Lessing auch die Geschichte mit jenem Mitleidsblick angesehen, den Schopenhauer an ihm geliebt hat: Lessing, der sich so oft in den Dienst zu Unrecht Verfolgter und Verschollener gestellt hat, hielt programmatisch fest: «Die Siege geben dem Kriege den Ausschlag: sie sind aber sehr zweideutige Beweise der gerechten Sache oder vielmehr: sie sind gar keine.»

Auch hier spricht *der* Antipode Hegels! Hegel tut ja nunmehr als Inhaber des richtungweisenden Lehrstuhls im Siegerstaat Preußen so, als habe er nie Sätze geschrieben, wie: «Den Kaiser, diese Weltseele, sah ich durch die Stadt zum Rekognoszieren hinausreiten; es ist in der Tat eine wunderbare Empfindung, ein solches Individuum zu sehen, das hier ... auf einem Pferde sitzend, über die Welt übergreift und sie beherrscht.» Da aber nun dieses Individuum besiegt auf St. Helena sitzt – ein Sieg ist für Hegel ein Gottesurteil –, leitet dieser letzte große christliche Theologe, der absurderweise als Philosoph bezeichnet wird, aus der – im Sinne der Weisheit – doch höchst ordinären Tatsache, daß der Korse besiegt ist, auch schon die Folgerung ab: in Berlin, der Hauptstadt des Siegers – da artikuliert sich Hegels teutonischer Dünkel, denn immerhin haben Russen und Briten ebenso bedeutenden Anteil an der Eindämmung der napoleonischen Sintflut –, sei, eben deshalb, weil dieses preußische Volk gesiegt hat, auch der Nährboden aller höheren Erkenntnis. Und sei dort allein! Hegel folgert: «Nicht nur ist es aber das geistige Leben überhaupt, welches ein Grundelement in der Existenz dieses Staates ausmacht, sondern näher hat jener große Kampf des Volkes im Verein mit seinem Fürsten um Selbständigkeit, um Vernichtung fremder gemütloser Tyrannei und um Freiheit im Gemüte seinen höhern Auftrag genommen. Es ist die sittliche Macht des Geistes, welche sich in ihrer Energie gefühlt, ihr Panier aufgesteckt, und dies ihr Gefühl als Gewalt und Macht der Wirklichkeit geltend gemacht hat. Wir müssen es für unschätzbar achten, daß unsere Generation in diesem Gefühle gelebt, gehandelt und gewirkt hat, einem Gefühle, worin sich alles Rechtliche, Moralische und Religiöse konzentrierte.»

Kein Wort fällt ab für jene in dieser Generation, die enthauptet, gefallen, geschlagen wurden, also die Mehrzahl immerhin dieser durch Revolution und Kriege fast vernichteten Generation! Camus hat Hegels wetterfahnenhafte Schamlosigkeit, als Philosophie auszugeben, was doch nur die nachträgliche Rechtfertigung der Ziele der Sieger ist, heftig verspottet. Ein anderer Dichter, Benn[53], hatte im Kriegsjahr 1943 geschrieben: «Hegel, Darwin, Nietzsche–: sie wurden die tatsächliche Todesursache von vielen Millionen. Gedanken töten, Worte sind verbrecherischer als irgendein Mord, Gedanken rächen sich an Helden und Herden.» Und nach dem Zweiten Weltkrieg sagte Camus[54]: «Der Sieger hat immer recht, das ist eine der Lehren, die man aus dem bedeutendsten deutschen philosophischen System des 19. Jahrhunderts ableiten kann ... Der Zynismus, die Vergöttlichung der Geschichte und der Materie, der individuelle Terror oder das Verbrechen des Staates, alle diese maßlosen Konsequenzen ergeben sich daraus, und alle sind gewappnet mit einer zweideutigen Auffassung von der Welt, die der Geschichte allein die Sorge überläßt, die Werte und die Wahrheit hervorzubringen ... Hegel glaubte, daß die Geschichte 1807 mit Napoleon und mit ihm vollendet sei, daß also die Bejahung möglich und der Nihilismus besiegt sei ...»

Genauer hätte Camus sagen müssen: daß Hegel nicht mit 1807, sondern mit der Verbannung Napoleons nach Helena den Zeitpunkt für gekommen hielt, an dem die Geschichte vollendet sei – Vollendung in Berlin durch Seiner Majestät maßgebendem «Philosophie»-Professor! Wie sehr noch ein halbes Jahrhundert später von Franzosen Hegels Wahn als Ursache für die Bedrohung durch den preußischen Generalstab angesehen wurde, zeigt jener Brief vor der Belagerung von Paris, den Flaubert an George Sand[55] schrieb: «...wenn die Landsleute Hegels es belagern», sagt da Flaubert. Und im vorangegangenen Brief seine ungeheuerlich treffende Prophezeiung, fünfundsiebzig Jahre vor Eintritt dessen, was er voraussagt: «Dann wird Preußen an die Reihe kommen, das von Rußland gefressen werden wird» ... Der im Gegensatz zu diesem Dichter und *jedem* Vernünftigen dem Wahn verfallen war, die Geschichte werde deshalb fortan stehenbleiben, weil sie bei *ihm*, als ihrem Höhepunkt angekommen sei, Hegel: wird dennoch weiterhin als «Philosoph» gepriesen!

Was Camus hier den Nihilismus nennt, das Wort gab es ja noch nicht 1818, umschreibt alles, was Hegel *gehaßt* hat an Lessing, dem Zweifler, dessen Skepsis sich gegen den Rationalismus nicht weniger bohrend richtete als gegen den Irrationalismus, also das Religiöse. Lessing hat expressis verbis festgehalten, daß historische Tatsachen für ihn keine Wahrheitsbeweise sind: «Zufällige Geschichtswahrheiten können der Beweis von notwendigen Vernunftwahrheiten nie werden.» Für Hegel dagegen waren sie nicht nur dies, sondern das höchste des Erfahrbaren: die Beweise der Mitwirkung *Gottes* in der Geschichte!

Berlin und er, Hegel, sind denn auch nicht nur der Mittelpunkt allen Wissens, allen Ernstes, sondern sind es *allein* auf der Welt, die noch Philosophie und Religion und Sitte bewahren! Das hört sich wörtlich so an: «Diese Wissenschaft hat sich zu den Deutschen geflüchtet und lebt allein noch in ihnen fort. Uns ist die Bewahrung dieses heiligsten Lichtes anvertraut, und es ist unser Beruf, es zu pflegen und zu nähren und dafür zu sorgen, daß das Höchste, was der Mensch besitzen kann, das Selbstbewußtsein seines Wesens, nicht erlösche, nicht untergehe. Aber selbst in Deutschland ist die Flachheit der früheren Zeit vor seiner Wiedergeburt ...» Und so weiter. Wie nahe ist hier bereits des harmlosen Geibel: «Am deutschen Wesen muß die Welt genesen»; wie nahe schon des letzten Wilhelms Imponiergehabe und Kriegsflotten-Bauwahnsinn, die ihn denn auch auf den Tag genau hundert Jahre nach Hegels Berliner Antritts-Alfanzereien von seinem Berliner Thron vertreiben werden! Ruhm Lessings auch dies: daß gegen ihn allein, diese Rede Hegels gerichtet war. Denn Lessing allein, dank der gesellschaftlich weiterwirkenden ‹*Nathan*›-Gestalt – das belegt nicht nur Fontane, sondern genauer noch der Augenzeuge Gutzkow[56] –, stand weiterhin mitten im Leben als Rocher de bronze der Aufklärung, die sonst nur in Kant-Seminaren noch weitergepflegt wurde, in der Gesellschaft aber tief verpönt war: «Durch die Schlacht von Jena waren endlich Voltaire, Lessing, selbst Goethe überwunden. Nun kam die Zeit der Einkehr, Umkehr, Reue, Buße.» Dies meinte Hegel mit «Wiedergeburt»; die Jahre, da – laut Gutzkow – «das achtzehnte Jahrhundert in seinen leichten Auffassungen der Moral im Verenden lag». Kinder auch der aufgeklärtesten Juden wurden nun häufig katholisch: nicht gerade *dazu* hatte ‹*Nathan der Weise*› sie aufgefordert. Doch überhaupt die Verbindung mit dem anderen einzugehen, dazu hatte ‹*Nathan*› ermutigt. Und wie im Religiösen, so auch war Lessings Freiheitsgeist im Staatlichen nicht mehr zu liquidieren, jedenfalls noch nicht im Vormärz, als Lessings Warnung vor der hirnlähmenden Abart des Patriotismus, die uns vergessen lasse, daß wir Weltbürger sein sollten, allenfalls für die Dauer des Befreiungskrieges in Verdrängnis geraten war ...

Erst in seiner letzten Berliner Vorlesung also, die wiederum wie seine erste alles niederzueifern versucht, wofür Lessing gelebt hat, nennt Hegel ihn mit Namen. Er hält Lessing vor, in ‹*Erziehung des Menschengeschlechts*› werde kein «Ziel, kein bestimmter Endzweck» angegeben und daher verschuldet, daß ein «Fortschreiten ... in diesen Vorstellungen (nur) die Form des Quantitativen» habe. Das aber sei tierisch, gedankenlos. Denn «das Ziel muß gewußt werden, das erreicht werden soll».

Lessing kennt es nicht, der Tierisch-Gedankenlose. Kennt kein Endziel – im Gegensatz zu Goeze, im Gegensatz zu Hegel. Und da Lessing anders als diese beiden nicht einmal unzweideutig weiß, ob der christliche Gott der alleinseligmachende ist, so hat er denn ja auch seinem ‹*Nathan*› den ruchlosen Unfug der Ringparabel eingefügt, einen «Possen», der – wie Lessing voraussah – den Theologen heftiger zu kauen gibt als jeder Essay gegen Goeze. So daß denn die darin ausgedrückte «Plattheit und Seichtigkeit, welche sich Aufklärung nannte», nunmehr Hegel und überhaupt die Philosophie dazu zwingen, «daß die Philosophie sich des religiösen Inhalts gegen manche Art von Theologie anzunehmen hat»[57]. Weil nämlich, fährt Hegel fort, und man wundert sich wahrhaftig, daß er unter die Philosophen gerechnet wird, während er doch in Wahrheit nur das letzte, daher so erbitterte Rückzugsgefecht des Christentums in der Geistesgeschichte führte – weil nämlich seit den Aufklärern «jetzt fast allgemein zum Axiom geworden ist, daß man Gott nicht erkennen könne. Und wenn die Theologie selbst es ist, die zu dieser Verzweiflung gekommen ist, dann muß man sich eben in die Philosophie flüchten, wenn man Gott erkennen will.» So Hegel, der hier als Goezes Statthalter in Berlin dessen Kampf gegen Lessings Begründung des Rechts «der wissenschaftlichen Kritik im Bereich der Religionssystematik» (Theodor Heuss[58]) weiterkämpft. Und warum? Weil Hegel *versuchen muß* zurückzunehmen, als absurd hinzustellen, da doch auch sein Geschichtsbild auf der christlichen Religion basiert, was Lessing geleistet hat: «daß er für den Bezirk der religiösen Tatsachen das Recht der freien Forschung erneut eröffnet und behauptet ... durchaus in der lutherischen Linie, wenn auch nicht aus religiösem Grundtrieb, sondern aus wissenschaftlicher Reinlichkeit.»

Es ist erklärend und gut, daß Heuss hinzugesetzt hat, Lessing habe das «nicht aus religiösem Grundtrieb» getan. Denn es wird zu oft und leichtfertig behauptet, Lessing habe die Religion gar nicht antasten wollen. Das ist jedoch nicht aufrechtzuerhalten.

Denn als Lavater unverschämterweise Mendelssohn aufforderte, sich taufen zu lassen oder aber zu begründen, warum er das nicht wolle, da schreibt Lessing dem Freund in einem Brief, was er – sogar *er*! – öffentlich nicht zu schreiben gewagt hätte:

«Ich bitte Sie, wenn Sie darauf antworten, es mit aller möglichen Freiheit, mit allem nur ersinnlichen Nachdrucke zu tun. Sie allein können und dürfen in dieser Sache so schreiben, und sind daher unendlich glücklicher als andere ehrliche

Leute, die den Umsturz des abscheulichsten Gebäudes von Unsinn nicht anders als unter dem Vorwande, es neu zu unterbauen, befördern können.»

Deutlicher war nicht zu sagen, warum sogar Lessing sich im Goeze-Krieg den schützenden Anschein geben *mußte*, er verwerfe nur den Unsinn in der Kirche, nicht diese selbst. Wie sollte Hegel, der sein ganzes Geschichtsbild aus dem Christentum ableitete, nicht Lessing als *den* Todfeind durchschauen? Hatte doch Hegel als Ausgangspunkt seiner angeblichen Vernunftableitung aus der Geschichte geschrieben: «Im christlichen Zeitalter ist der göttliche Geist in die Welt gekommen, hat in dem Individuum seinen Sitz genommen, das nun vollkommen frei ist ... Dies ist die Versöhnung des subjektiven Geistes mit dem objektiven ... Dieses alles ist nun das Apriorische der Geschichte, dem die Erfahrung entsprechen muß.» Nathans Erfahrung, dem sieben Söhne verbrannt worden waren, entsprach dem nicht. Und Lessing war nie fähig gewesen, diese Erfahrung zu machen. Aus Ratlosigkeit vor Gott und auch den Religionen schrieb er seinen ‹*Nathan*› – während Hegel noch weit über Goeze hinausging und Gott nicht nur wie der Herr Hauptpastor im Himmel kannte, sondern sogar in der Weltgeschichte. Weil sie Hegel körperlich verschont hatte – verschonte nunmehr er sie moralisch. Denn *er* hatte als junger Mann Glück gehabt: während er zur Untatzeit in Bayern schulmeisterte, griffen allein dort die Häscher Napoleons 32700 Männer und verschleppten sie nach Rußland, wo fast 29000 von ihnen krepierten in Kampf und Eis. München hatte damals kaum 50000 Einwohner! Hegel kannte die Geschichte nur aus Büchern. So wußte er denn auch, daß «die wahrhafte Demut darin» bestehe, «Gott in allem zu erkennen ... vornehmlich auf dem Theater der Weltgeschichte»! So daß wir denn heute nicht anzweifeln dürfen, daß Auschwitz und Hiroshima Schauplätze von Gottes Theater waren ...

Somit ist denn auch die Ringparabel, die da sagt, daß niemand wisse, ob der Gott der Christen der wahre sei oder wessen Gott sonst: der pure Unfug. Denn Hegel dekretiert: «Was ist nun der Plan der Vorsehung in der Weltgeschichte? Ist die Zeit gekommen, ihn einzusehen? ... Nun ist das Ausgezeichnete der christlichen Religion, daß mit ihr diese Zeit gekommen ist; dies macht die absolute Epoche in der Weltgeschichte aus. Es ist offenbar geworden, was die Natur Gottes sei. Sagt man: wir wissen von Gott nichts, so ist die christliche Religion etwas Überflüssiges, zu spät Gekommenes, Verkommenes. In der christlichen Religion weiß man, was Gott ist ... Die christliche Religion ist diejenige, die den Menschen die Natur und das Wesen Gottes manifestiert hat. So wissen wir als Christen, was Gott ist; jetzt ist Gott nicht mehr ein Unbekannter ... Die Christen sind also in die Mysterien Gottes eingeweiht, und so ist uns auch der Schlüssel zur Weltgeschichte gegeben. Hier gibt es eine bestimmte Erkenntnis ... daß, was in der Welt geschieht, in der göttlichen Regierung bestimmt, dieser gemäß ist. Diese Lehre richtet sich gegen die Vorstellung des Zufalls wie der beschränkten Zwecke, zum Beispiel der Erhaltung des jüdischen Volkes ...» Sollte das völlig verschwinden: so hätte also laut Hegel nicht nur Hitler, sondern auch Gott es nicht brauchen können im Reigen der anderen Völker!

So christlich geht es zu in der Geschichte: Wen wundert es da, daß Hegel Lessing verabscheute? War doch der ‹*Nathan*›-Dichter so weit gegangen – Kant wäre nie so radikal gewesen, auch Voltaire nicht –, die Religion, also Hegels «festen Boden», als eine Variante der Astrologie zu verwerfen: «Die Vernunft hat glücklich genug gegen die törichte Begierde der Menschen, ihr Schicksal in diesem Leben voraus zu wissen, geeifert. Wann wird es ihr gelingen, die Begierde, das Nähere von unserm Schicksal in jenem Leben zu wissen, ebenso verdächtig, ebenso lächerlich zu machen? ... Dieser Grund gegen die Astrologie ist ein Grund gegen alle geoffenbarte Religion ... Wenn es auch wahr wäre, daß es eine Religion gäbe, die uns von jenem Leben ganz ungezweifelt unterrichtete, so sollten wir lieber dieser Religion kein Gehör geben.»

Mithin: weder Theologen noch Philosophen konnten Lessing einen auch nur ketzerischen Gefolgsmann nennen. Doch Philosophen und Theologen haben unter keinem anderen Klassiker einen auch nur annähernd so aufregenden Anreger wie Lessing gefunden, der übrigens auch Marx intensiv beschäftigt hat – ja, Interpreten gingen so weit, zum Beispiel über Lessings *‹Freymäurergespräche›* zu schreiben: «In nahezu marxistischer Weise wird die politische Macht durch ökonomische Grundlage bestimmt gesehen ... In der Scharfsinnigkeit der Analyse steht diese Kritik des Staates der Marxschen Analyse in den Frühschriften keineswegs nach ... Dabei wäre besonders an den staatstheoretischen Teil des Aufsatzes *‹Zur Judenfrage›* von 1843 zu denken, in dem Marx zwischen politischer und menschlicher Emanzipation unterschied. Daß Karl Marx die *‹Freymäurergespräche›* gut kannte, ist belegt. Lessings Dialog erschien Ende 1844 in einem Teilabdruck im *Vorwärts*. Das Buch, aus dem der Abdruck erfolgte, gehörte Marx.» [59]

Wie Marx sich von Hegel freizumachen vermochte, wurde oft beschrieben. Nie beschrieben, meines Wissens, wurde dagegen, daß Kierkegaard diesen gleichen Loslösungsprozeß allein mit Hilfe *Lessings* zuwege brachte. Und der Kopenhagener hat feierlich – so selten er feierlich wurde – Lessing dafür gedankt, daß *er* ihm seine entscheidenden Impulse zum Absprung von Hegel in die geistige Selbständigkeit gab. Wie die Verwerfung Lessings durch Hegel eine für Hegel lebensnotwendige war – denn Lessing hebt Hegel auf; *entweder* man nimmt ihn *oder* man nimmt Hegel ernst –, so wäre Kierkegaard niemals er selbst geworden, hätte er sich nicht Hegels erwehrt – mit einer Ironie, für die er so gerühmt wird, daß man übersieht, wie viel davon er Lessings Goeze-Schriften verdankt. Nur Kierkegaard selber hat das nie übersehen, sondern dankbar gewürdigt. Er hat sich zu einer Zeit, da die Berliner Intellektuellen nach «der Schlacht von Jena» die Aufklärung für überwunden erklärten, zum leidenschaftlichen Verteidiger Lessings gemacht und hat in seinem «Wort des Dankes an Lessing» selbst das bedeutendste seiner vielen Bücher gesehen. Kierkegaard hat seine Abnabelung von Hegel mit Lessing als Geburtshelfer beschrieben in einem dreihundert Seiten umfassenden, sehr witzigen Plädoyer gegen den preußischen Staatsphilosophen, veröffentlicht 1846, das Lessing klar herausstellt als den wegweisenden Mutmacher des Dänen in die geistige, religiöse und auch methodologische Selbständigkeit.[60]

Kierkegaard, in Berlin Student nur bei Schelling noch, denn Hegel war gestorben, doch sein System herrschte absolut – kommentiert seine Lessing-Schrift, die wir deshalb Absprung nennen, weil er Lessings großem Gespräch mit Jacobi das für ihn, den Dänen, existentiell zentrale, ganz unentbehrliche Bild vom «Sprung» verdankte: «Die erste Folge von Schriften ist ästhetische Schriftstellerei; die letzte Folge ... ist ausschließlich religiöse Schriftstellerei: zwischen beiden liegt als der Wendepunkt die abschließende unwissenschaftliche Nachschrift» (Kierkegaard selber hat «der Wendepunkt» gesperrt drucken lassen). Und sein Herausgeber kommentiert diese übrigens lesbarste, weil bilderreichste aller Schriften des Kopenhageners, sie habe «den Grund gelegt für das neue, das Existenzdenken» ...

Kierkegaard war doch zu ehrlich, um ernsthaft zu verbergen, daß er das Bild, das man gemeinhin mit *seinem* Namen verbindet: «Der Sprung ist die Kategorie der Entscheidung» – Lessing verdankt. Zwar flunkert er einmal: «Für mich hat das wenige, was sich bei Lessing findet, seine Bedeutung gehabt. Ich hatte *‹Furcht und Zittern›* von Johannes de silentio gelesen, ehe ich den Band von Lessing las. In jener Schrift war ich darauf aufmerksam geworden, wie der Sprung als die Entscheidung schlechthin ... nach Meinung des Verfassers gerade für das Christliche und für jede dogmatische Bestimmung entscheidend ist ...»

Der Ironiker spielt hier wie so oft mit seinen Lesern Blindekuh, denn nicht jeder weiß, daß Johannes de silention Kierkegaard selber ist, der denn auch schon am Ende dieses Absatzes zugibt: «Ob übrigens Johannes de silention durch die Lektüre Lessings auf den Sprung aufmerksam geworden ist oder nicht, lasse ich unentschieden.» Doch das ist selbstverständlich. Kierkegaard besaß die Lessing-Ausgabe von 1825; und es ist vor allem nicht zu bezweifeln angesichts der geistigen *Wonne*, mit der Kierkegaard unter dauernder Berufung auf Lessing den in Berlin noch immer alle erdrückenden Hegel attackiert wegen seines vergewaltigenden «Systems». Und wegen seiner Anmaßung, nicht nur die Wahrheit zu wissen, sondern jene feldwebelhaft zu beschimpfen («Seichtigkeit», «Pilatus»), die wie Lessing, wie Kierkegaard sich damit abfinden, daß allein der Weg zur Wahrheit, nicht diese selbst, vielleicht erreichbar ist! Schon als Schellings Student war Kierkegaard natürlich genau vertraut mit Jacobis Spinoza-Essay, der Lessings epochemachendes Bild vom «Sprung» überliefert und angeblich – laut Felix Weise – Mendelssohns letzten Ärger verursachte: so heftig habe er bestritten, daß Freund Lessing am Ende Spinozist gewesen sei, daß er sich an seiner «Apologie für unsern Lessing den Tod» geholt habe ...[61]

Kierkegaard hat ins Zentrum seines von ihm selber ‹*Wendepunkt*› genannten Buches die beiden Kernsätze Lessings gegen Hegel, die schon genannt wurden, gestellt und verdankt zweifellos auch ihnen, keineswegs nur dem Bild vom Sprung, seine rigorosesten Sätze, mit denen er sich freidenkt vom Hegelschen Gedanken-Netzwerk. Er zerreißt es endlich mit Sätzen wie: «Ein System des Daseins kann nicht gegeben werden ... Das Dasein selbst ist ein System – für Gott; aber es kann es nicht sein für irgendeinen existierenden Geist.» Und Lessings immerwährendes Streben übersetzt sich Kierkegaard mit Weg: «Der Weg ist die Wahrheit.» Und wie ohne

Lessings Zeile im Brief an Claudius hätte der Däne zur letzten seiner Einsichten finden sollen: «Die Subjektivität ist die Wahrheit»?

Wüßte man nicht, daß diese Sätze bei Lessing stehen, man suchte und fände sie fast wörtlich bei Kierkegaard: «Nicht die Wahrheit, in deren Besitz irgendein Mensch ist oder zu sein vermeinet, sondern die aufrichtige Mühe, die er angewandt hat, hinter die Wahrheit zu kommen, macht den Wert des Menschen. Denn nicht durch den Besitz, sondern durch die Nachforschung der Wahrheit erweitern sich seine Kräfte.»

Und wie Kierkegaard Lessing so vertrauensvoll folgte, wie Dante seinem Vergil, so hat auch Schopenhauer Lessing dadurch ausgezeichnet, daß er ihn – ihn allein neben Rousseau – als den einzigen nachantiken Europäer nennt, der frei von den mitleidlosen Verfügungen des Alten Testaments, schon vor ihm den Basisgedanken seiner Ethik gehegt habe. Denn Schopenhauer schreibt, daß «alle Zeiten und alle Länder sehr wohl die Quelle der Moralität erkannt haben; nur Europa nicht; woran allein der Foetor Judaicus Schuld ist, der hier alles und alles durchzieht: da muß es schlechterdings ein Pflichtgebot, ein Sittengesetz, ein Imperativ, kurzum, eine Ordre und Kommando sein, dem parirt wird: davon gehen sie nicht ab, und wollen nicht einsehen, daß dergleichen immer nur den Egoismus zur Grundlage hat. Bei einzelnen freilich und Überlegenen hat die gefühlte Wahrheit sich kund gegeben: so bei Rousseau ... und Lessing, der in einem Brief von 1756 sagt: ‹Der mitleidigste Mensch ist der beste Mensch, zu allen gesellschaftlichen Tugenden, zu allen Arten des Großmuts der aufgelegteste.›»

Und so wie zwei der maßgebenden Philosophen, so haben die drei maßgebenden deutschen Dramatiker der Moderne Lessings Mitleids-Appell ins Zentrum ihrer Werke gerückt: Büchner, Schnitzler und Hauptmann. Die beiden maßgebenden Weggenossen Lessings, Goethe und Schiller, aber verdankten den drei Musterdramen des zwanzig und dreißig Jahre älteren Pioniers den Themenzugriff, die Form und den Vers ihrer Stücke. Als Goethe «voll Freude über das rasch und leicht gelungene Werk seinen ‹*Götz*› an Herder sandte, der alle Nachahmung unerbittlich verfolgte, faßte der sein Urteil in die Sentenz: ‹Shakespeare hat Euch ganz verdorben.› Zugleich erschien ‹*Emilia Galotti*› und zeigte, wie anders der Meister des deutschen Dramas die Anlehnung an Shakespeare verstand. Goethe fühlte, daß ‹*Emilia*› ein Original, sein ‹*Götz*› nur eine Nachahmung sei. Ohne Autorenempfindlichkeit ... begab er sich von neuem an die Arbeit» (Friedrich Scherer).

Unendlich tiefer aber noch als jedes literarische Vorbild, bleibender, weil ganz und gar unantastbar durch alle zeitlich-gesellschaftlich bedingten Wechsel und Urteile, wurzelt das Beispiel, das einer par existence hinterläßt – ein Beispiel, das im Blick auf Lessing das pathosgeladene Wort «Aufblick» notwendig macht: seine Überwindung des Pessimismus, des Abgrunds, den historisches Wissen und menschliche Verluste zwischen ihn und die Hoffnung gegraben hatten!

Thomas Mann hat 1929 Lessing zu Hilfe angerufen in der Vorahnung der kommenden Barbarei. Und er wußte, daß niemand außer Lessing, daß *allenfalls* Lessing, weil der seinen ‹*Nathan*› zu schreiben vermocht hatte, *nachdem* der Tod von Sohn und Frau und die Zensur ihn gleichsam an die Wand gestellt hatten – legitimiert ist, jenes Wort vom ruchlosen Optimismus zu überwinden. Gesprochen hatte es immerhin jener, den sogar Burckhardt nur «den Philosophen» genannt hat, ohne Hinzufügung des Namens Schopenhauer, weil er in ihm den einzigen sah. Und von dem noch Thomas Mann, der bereits Vater von sechs Kindern war, sich 1918 die Legitimation abschrieb zu seinem fürchterlichen Ausruf im Abschiedsbrief an Bruder Heinrich: «Ich habe dies Leben nicht gemocht. Ich verabscheue es. Man muß zu Ende leben, so gut es geht.»

Nur elf Jahre später, den politischen Irrationalismus, die Intoleranz, die Verfolgung Andersgläubiger, Andersrassiger und den so von Lessing genannten «Patrioten ... der mich vergessen lehrt, dass ich ein Weltbürger seyn sollte» und den Patriotismus als «eine heroische Schwachheit» vor Augen; vor Augen die völlige Auslöschung von Lessings Legat an die Nachwelt als *das* «Ziel» rachesüchtiger Fanatiker: elf Jahre später mußte Thomas Mann *den* um Hilfe angehen, der getröstet hatte mit seinem letzten Wort, nicht zu zweifeln, selbst wenn «deine Schritte, weise Vorsehung, scheinen sollten zurückzugehen. Es ist nicht wahr, daß die kürzeste Linie immer die Gerade ist» ... Er mußte mit Lessing den in der fatalistischen Weimarer Republik unter Bürgern – wieder einmal – grassierenden Pessimismus bekämpfen. Er sagte: «Lessing hat an die Menschheit und an ihr kommendes Mannesalter geglaubt – nenne es ‹ruchlosen Optimismus› wer will und mag ... Nur einen ruchlosen Pessimismus gibt es heute, zum mindesten in der Politik, dem bestimmenden Element der Epoche.»

Wenn auf Lessing sich schon berufen mußte, wer damals die «Flurbereinigung» durch den Anti-Christen nur vorausgeahnt hat: um wieviel intensiver müssen wir heute, die wir sie über Europa haben hereinbrechen sehen, uns stützen auf Lessing! Heute, auf den Tag vor achtzehn Jahren, in der Pause von Erwin Piscators Berliner ‹*Stellvertreter*›-Uraufführung am 20. Februar 1963, erzählte mir einer der Mitspieler, er habe 1943 – damals Mitglied des Breslauer Staatstheaters – in einer Heinz Hilpert-Inszenierung der ‹*Minna von Barnhelm*› auf Tournee im Auschwitzer SS-Kasino gastiert, «bedient» in der Garderobe und an der Tafel des Rudolf Höss von unansprechbaren, weil bis zur völligen Mundlosigkeit abgerichteten Häftlings-Ruinen: *Lessing in Auschwitz!* Und doch: ist auch keine lähmendere Anekdote denkbar, um gegen Lessings Hoffnung den *Rückschritt* der Menschheit in den Untergang zu belegen, so *müssen* wir heute so tun, als glaubten wir: auch Lessing habe, da er im ‹*Nathan*› eine Welt erschuf, wie sie sein könnte und sollte, ähnlich entmutigende Beispiele wildester Barbarei schon vor Augen gehabt. Er hat es. Zwar haben Lessing anmaßende Philologen die Empfindung, das «Dichterische» abzusprechen gewagt. Sie haben sich, wenn nicht auf die beiden Schlegel, dann auf Schiller berufen, der im Dichter des ‹*Nathan*› den *einen*, nie erreichbar großen deutschen Dramatiker und Komödiendichter so neidentstellt gehaßt hat, daß er sich – in seinem ganzen Leben nur dieses eine Mal – lächerlich machte, durch eine Behauptung, wie: «Hier hat die frostige Natur des Stoffes das ganze Kunstwerk erkältet»; auch mokierte sich Schiller über Lessings «Grille», einen «theoretischen Stoff» bearbeitet zu haben; als sei nicht jeder Stoff theoretisch, bevor ihn der Dichter beatmet, beseelt! Doch Lessing, der angeblich undichterische, hat die wie keine andere Szene in allen deutschen Dramen, wie kaum eine sonst in aller Weltliteratur ans Herz greifende und doch so beherrschte Klage Nathans über seine von uns Christen verbrannte Familie gedichtet. Und hatte die Kraft, sich aus der hiobdunklen Tiefe des Leids um Sohn und Frau ans Licht der Versöhnung heraufzuarbeiten. Sollte daher Lessing nicht auch *uns heute*, zweihundert Jahre nach seiner Grablegung, vierzig Jahre nach Installierung der Gaskammern, erlauben zu hoffen? Ja, mehr: uns erlauben, dieser seiner Hoffnung und Daseinsfreundlichkeit nachzuleben, die das Ethos seiner so furchtbar mühseligen Biographie und seines dem Pessimismus abgekämpften ‹*Nathan*› sind?

Ist doch ‹*Nathan*› unser einziges Gedicht, das Parabel wurde. Und daher nicht gefesselt ist an Zeit und Ort, an Kostüm und Geschichte, sondern Geltung hat für jedermann, wo und wann und in welcher Hautfarbe und Ideologie er geboren wurde. Keinem anderen deutschen Dichter ist Vergleichbares geglückt: eine politisch immer gefährdete – und den Mächtigen immer gefährliche – Botschaft von grenzensprengender Verbindlichkeit für alle zu transzendieren in ein zeitüberbrückendes Menschheitslied vom ewig jungen Atem der homerisch-biblischen Welt, wie sonst nur die ‹*Odyssee*›. Doch Nathan mordet nicht, als er heimkommt.

Wie fand Lessing aus seiner – so von Heine genannten «schauerlichen Einsamkeit in Wolfenbüttel» –, auf die menschenfreundliche Höhe seines Toleranz-Lieds, ohne wie Voltaire in ‹*Candide*› den «Kampfplatz mit Hohngelächter zu verlassen»?

Es ist auch ästhetisch-dramentechnisch unserer dauernden Aufmerksamkeit wert, wie Lessing, selber im gruftschwarzen Abgrund, die Fabel seines ‹*Nathan der Weise*› so führt, daß wir jedesmal erneut – so genau wir doch wissen, daß sie endlich ausklingen wird als Lehr- und Luststück –, daß wir bei jeder neuen Inszenierung die beklemmende Spannung spüren, die sich steigert zum Entsetzen, sobald Daja dem Tempelherrn enthüllt hat: «Recha ist keine Jüdin.» Worauf der forsche Ritter und Denunziant zu Saladin sagt:

> «Der tolerante Schwätzer ist entdeckt!
> Ich werde hinter diesen jüd'schen Wolf
> Im philosoph'schen Schafpelz Hunde schon
> Zu bringen wissen, die ihn zausen sollen.»

Ein Erpresser ist er auch, der ach so ehrenhafte Offizier, er droht:

> «... so fiel mir ein,
> Euch kurz und gut das Messer an die Kehle
> Zu setzen ...»

Es spricht für Lessings Blickschärfe und Charakterisierungskunst, daß er den Ritter, den er zweifellos einem dieser uneingeschränkt verwendungsfähigen Offiziere des Siebenjährigen Krieges nachgezeichnet hat, so zeitlos gültig schon vor zweihundert Jahren erfaßte, daß er aufscheuchend plötzlich vor uns steht wie einer, den jeder von uns im Hitlerkrieg aus der eigenen Verwandtschaft kennt: gehorsam, gläubig, tapfer bis todesblind, idealistisch gedopt, ein zweckgelenkter, treuer Vorstehhund, der durch Schnapplust und Übereifer fast den Vater der Geliebten auf den Scheiterhaufen bringt – und dann (wie kennt man das seit 1945!) völlig unschuldig sein zu wollen an dem, was er angerichtet und beinahe hingerichtet hat. Kürzlich, an einem Theaterabend in Zürich, waren er und Daja, die Kinderfrau, die auch nur Gutes von dem erfahren hat, den sie verrät, als ihre Muttergüte umschlägt ins Mörderische für ihren Wohltäter, überraschend gegenwärtige Figuren! Wie der «schneidige» Schwärmer und Schwätzer endlich dem Nathan eingesteht:

«Kurz, ich ging
Zum Patriarchen!»

dem Pflegevater Rechas aber verschweigt, daß er ihn dort bei den Christen in *Lebens*gefahr brachte durch die Anzeige:

«Ein Jude hätt' ein einzig Kind
...
Er hab' es in der Kindheit aufgelesen,
Gekauft, gestohlen – was Ihr wollt; man wisse,
Das Mädchen sei ein Christenkind und sei
Getauft, der Jude hab' es nur als Jüdin
Erzogen
...
... man sagt, er habe
Das Mädchen nicht sowohl in seinem als
Vielmehr in keinem Glauben auferzogen
Und sie von Gott nicht mehr, nicht weniger
Gelehrt, als der Vernunft genügt.»

Lessing läßt das den Ritter auch dann noch herausquatschen, als schon zweimal der Patriarch ihm versichert hat: «Tut nichts! Der Jude wird verbrannt!»

Zu sehen, mit welch abgefeimtem Raffinement Lessing eine doch jedermann seit Schultagen bekannte Fabel durch immer neue halsbrecherische Rösselsprünge bis zum äußersten Rand der Absturzstelle führt, ihrem allein logischen Ende zu, nämlich der Ermordung Nathans, als Dank der Christen, sich eines Waisenkindes väterlich angenommen zu haben; doch dann dramatisch mit «durchzumachen», daß der Autor durch Hakenschlagen im allerletzten Augenblick die Szene aufklaren läßt, damit seine Lebensfreundlichkeit durchdringt und so erheitert wie erleichtert vermittelt wie empfangen wird; keineswegs, weil die Menschen vernünftig geworden wären; bis zu *dieser* Hoffnung vermochte selbst Lessing – für den das Hoffen ein ethischer Vorsatz gegen älteres, wenn auch nicht besseres Wissen war – sich unter seinen Zeitgenossen nicht vorzuwagen; bleibt doch der Mensch, was er immer war: homo homini lupus! Sondern weil der Zufall der Geburt so lebensrettend eingreift, wie er ja gar nicht so selten hierzulande tatsächlich vor vierzig Jahren zuweilen die Deportation in die Gaskammer verhindert hat: das führte zu der – in Theatern doch sehr seltenen – Beobachtung, daß endlich beim Umkippen des als Tragödie angelegten Dramas in die Komödie die aus Mitleid, Angst und Interesse geballte Verkrampfung der Zuschauer sich bei manchen in Tränen löste; so groß war ihre menschliche Erleichterung! Auch: ihr ästhetisches Vergnügen ...

Daß Lessing seinen durch keinen Feuerwerker je zu entschärfenden Sprengsatz *lächelnd*, getarnt als Komödiant, unter die irdischen und überirdischen Throne geschoben hat: macht ihn so abgründig gefährlich und ist – doch davon wird nie gesprochen – auch künstlerisch-artistisch ein Geniestreich ohne Vor- und Nachbild.

Original geblieben, ist dieser Solitär nicht einmal zu subsummieren unter die Verallgemeinerung, mit der ‹*Die Welt als*

Wille und Vorstellung› definiert, was eine Tragödie sei – eben *deshalb* nicht, weil keine Tragödie vermag – was immer sie sonst kann –, worauf allein Lessing es ankam: eine Hoffnung zu entzünden, die Konfrontation ad absurdum zu führen durch Kommunikation mit dem Feind oder genauer: mit dem – durch nichts als mörderische Vorurteile – als Feind Denunzierten!

Das kann keine, will auch keine Tragödie. Daher Schopenhauer zu Recht verallgemeinern konnte: «Was allem Tragischen den eigentümlichen Schwung zur Erhebung gibt, ist das Aufgehen der Erkenntnis, daß die Welt, das Leben kein rechtes Genügen geben könne, mithin unsrer Anhänglichkeit *nicht wert sei*: darin besteht der tragische Geist – er leitet demnach zur Resignation hin» ...

Wenn Schopenhauer hier das Grundgesetz der Tragödie deduzierte, weil es – wie er sagt – *«allem»* Tragischen eigentümlich sei: auf *‹Nathan der Weise›* – und schon das belegt dessen Einmaligkeit – trifft Schopenhauers Gesetzgebung *nicht* zu! Erstens deshalb nicht, weil Lessings artistische Souveränität es ihm verwehrte, sich zu wiederholen: denn die Tragödie, wie sie Schopenhauer hier versteht, hatte er mit *‹Emilia Galotti›* schon abgeliefert. Zweitens aber – und das ist der eigentliche, der bedeutsame Beweggrund Lessings –, weil er existentiell erfahren hatte, daß niemandem hilft – wie Schopenhauer glaubte –, wer den Menschen nur sagt, die Welt sei ihrer Anhänglichkeit nicht wert; wer aufruft zur Resignation. Lessings Ethos zwang ihn, den Menschen zu zeigen, daß zwar die Religionen leider nicht abzuschaffen seien – so wenig wie heute Großmächte dazu überredet werden könnten, ihre großen Bomben abzuwracken – und *deshalb* ein Weg gefunden werden *müsse*, mit ihnen zu *leben*, wie bedrohlich diese Religionen und Ideologien damals waren und diese Waffen heute auch sind. Ein stolzer Stoiker. Er wußte, daß es einem Mann nicht ziemte, daß es zu *billig* sei, auch unmoralisch, sich der Tragik zu überlassen, sich dem Tode in die Arme zu werfen – wie es jener «Werther» getan hat, dessen jungen Autor Lessing deshalb ein wenig verachtete, weil er seinem armen Rechtsreferendar nicht den Rückhalt im Stoizismus gab.

Wer Botschaft sagt, soll nie vergessen, daß zwar *‹Nathan›* zu den geistig und geistlich Unterdrückten als *Botschaft* kam, zu den Mächtigen aber als *unheilbares Karzinom*, das die niemals mehr aus ihrem Organismus loswerden *können*.

Daß Lessing dieses gedanklich und ethisch *schwerste* Gedicht samt seiner dem Abgrund der Tragödie zueilenden Handlung mit leichter Hand am Scheiterhaufen vorbeibalanciert und wie er alle verdüsternde Reflexion, alle Tragik – die, wie der schon angezündete Scheiterhaufen für Nathan, gleichsam zum Riechen nahe ist – abgeworfen hat, um ganz dem *Spiel*, dem *Leichten*, dem Freudig-Versöhnenden die Szene zu überlassen: das ist ein Wunder!

Einmal hat sich hier ereignet, was als Erfüllung der rarsten ästhetischen Kategorie so formuliert vorliegt: «Auf ihrem höchsten Gipfel scheint die Poesie ganz äußerlich: Je mehr sie sich ins Innere zurückzieht, ist sie auf dem Wege zu sinken.» Und Goethe hat dieses strengste aller ästhetischen Gesetze als ein Höchsterfahrener spät formuliert, in den *‹Wanderjahren›*.

Erschaut, nicht erdacht hat Goethe – sehr typisch für ihn – diese ästhetische Werteskala.[62] Die Beschäftigung mit den Farben hatte ihn gelehrt, daß die Natur dem Auge, dem «das Bedürfnis nach Totalität eingeboren» sei, auferlegt hat, jene Farben, die den Betrachter «pathologisch affizieren» – also die düsteren, die melancholisch stimmenden, die des Todes –, mit Komplementärfarben zu mischen, durch sie aufzuheben. So «einfach also diese eigentlichen harmonischen Gegensätze sind ... so wichtig ist der Wink, daß uns die Natur durch Totalität zur Freiheit heraufzuheben angelegt ist. Kam Goethe durch seine Farbenstudien zu diesen existentiell rettenden Einsichten, so Lessing auf Grund jener antik stoischen Haltung, die ihm angeboren war und die ihn veranlaßt hatte, Goethes Darstellung des Werther-Jerusalem-Selbstmords verächtlich zu glossieren. Wenn Lessing schrieb aus dem Elend seiner Verluste an den Tod und seiner politischen Bedrohung durch Goeze – denn es war zuletzt ein politischer viel mehr als ein religiöser Disput: «Ich bin zu stolz, mich unglücklich zu denken», so fand Goethe in der Natur, in der dem Auge eingeborenen Bezwingung farblicher Gegensätze durch Harmonie das – wie er sagte – daraus abzuleitende «sittliche Gleichnis: Der weise Mann wird im Trauerhause Heiterkeit und im Hause der Freude Ernst einzuführen suchen und auch so eine sittliche Totalität und Lebensgenuß bewirken» ...

Ist das nicht *die* existentielle *und* ästhetische Formel, nach der Lessing seinen ‹*Nathan*› schrieb, das dank dichterischer Genialität zum Lied gesteigerte Toleranz-Edikt vor dem mordschwarzen Bedrohtsein durch Tod und die Dämonen der religiösen und politischen Fanatismen?

Niemand wird dem Autor der sehr tröstlichen Streitschrift ‹*Wie die Alten den Tod gebildet*› nachsagen, er habe wie der zeitlebens von schwer belastender Todesneurose verfolgte Goethe – «den Tod aber statuire ich nicht» – strikt vom Tode wegzublicken versucht, nie einen Toten angesehen. Weder folgte Goethe der Leiche seiner Frau noch der des Herzogs; er flüchtete aus Weimar vor der Beisetzung dessen, der dreiundfünfzig Jahre lang seine Existenz finanziert hatte. Während Frau von Stein sogar schriftlich verfügte, mit Rücksicht auf Goethes fliehendes Entsetzen vor dem Tode, ihr Leichenwagen habe einen Umweg zu fahren, weil sie dem Freund am Frauenplan nicht den Blick auf ihren Sarg zumuten wollte: hat Lessing, noch in der Illusion, Eva werde nicht dem verstorbenen Söhnchen folgen, seinem Bruder geschrieben: ... «die Mutter lag ganze neun bis zehn Tage ohne Verstand, und alle Tage, alle Nächte jagte man mich ein paarmal von ihrem Bette, mit dem Bedeuten, daß ich ihr den letzten Augenblick nur saurer mache. Denn mich kannte sie noch bei aller Abwesenheit des Geistes ... seit drei Tagen habe ich die zuverlässige Hoffnung, daß ich sie diesmal noch behalten werde, deren Umgang mir jede Stunde, auch in ihrer gegenwärtigen Lage, immer unentbehrlicher wird.» Fünf Tage später ist Eva tot. Nach ihrer Beisetzung – «gestern Morgen ist mir der Rest von meiner Frau vollends aus dem Gesichte bekommen. – Wenn ich noch mit der einen Hälfte meiner übrigen Tage das Glück erkaufen könnte, die andre Hälfte in Gesellschaft dieser Frau zu erleben; wie gern wollte ich es thuen» – gleich in diesem Brief schreibt Lessing auch: «... und ich muss nun wieder anfangen, meinen Weg allein so fort zu duseln.»

Er kann das, weil da Evas vier überlebende Kinder sind, denen er jetzt beide Eltern zu ersetzen hat. Und weil da der Kampf gegen Goeze seinem Siedepunkt zustrebt ... und weil endlich, als Zensur ihm die Waffe aus der Hand schlägt, in der Nacht auf den 11. August 1778 der Einfall ihn wiederbelebt, das vor Jahren entworfene ‹*Nathan*›-Schauspiel zu benutzen, um doch noch gegen den Dogmatismus und die Intoleranz weiterzukämpfen ...

So fand er – für die knapp fünf Monate der Niederschrift des ‹*Nathan*› – heraus aus der sargengen Wolfenbütteler Friedhofs-Umwelt; auch was da in Büchern war, kam ihm ja jetzt, wie stets schon dem Freund Mendelssohn, «eingesargt» vor. Er fand ans Licht des orientblauen Himmels über seinem Religionen und Rassen und Regionen versöhnenden Märchen!

Zwar hatte er noch kürzlich die Welt «Unrat» genannt, als sein Sohn, den er – der glückliche Vater, glücklich für anderthalb Tage – noch verwegenerweise Traugott hatte taufen lassen, so jung schon so viel Verstand aufgebracht habe, wenige Stunden nach der Taufe sich wieder davonzumachen aus dieser Welt, eben weil er «so bald Unrat merkte» ... und ja auch Verstand genug gehabt hatte, sich «mit eisernen Zangen auf die Welt» ziehen zu lassen! Und als dann Eva diesem ihrem zehnten Kind – nur vier hatte sie dem Tode abgetrotzt – mit zweiundvierzig Jahren nach vierzehn Tagen gefolgt war, schrieb Lessing: «Ich freue mich, dass mir viel dergleichen Erfahrungen nicht mehr übrig seyn können zu machen; und bin ganz leicht.» Das ist jene Leichtigkeit, die Goethe Äußerlichkeit nannte: «Auf ihrem höchsten Gipfel scheint die Poesie ganz äußerlich» – das Leichteste dem Schwersten abgerungen! Ruhe und Kälte kommen noch hinzu, die Lessing seiner brennenden Wut und Scham abkämpfen muß; sie hatten ihn zunächst nach dem elften Anti-Goeze-Brief wegen der ihm aufgezwungenen Zensur übermannt. Da nun schreibt er: «Ich bin bei der verwünschten Nachricht so ruhig ... so kalt.» Diese Zeile entstammt dem Zwiegespräch, zu dem er in dieser Stunde seiner tiefsten amtlichen Demütigung seinen toten Vater wiederauferstehen und ihn sprechen läßt, wie der Pastor zu Kamenz oft zu seinem Sohn gesprochen hat: «Gotthold! Ich bitte dich, nimm ein Exempel an mir: sei auf deiner Hut. Denn ich fürchte, ich fürchte – und ich möchte mich doch wenigstens in dir gebessert haben.»

Ganz leicht ... so ruhig ... so kalt ... so stolz, sich unglücklich zu denken: das sind Lessings vier dichterische Aggregatzustände, abgewonnen durch Wille und Seelenkraft dem Bedrückendsten, dem gefährlichsten politisch-gesellschaftlichen Unfrieden, dem Tode auch, der ihm die zwei Nächsten raubte. Und so losgerissen von jedem irdischen Druck und Gezänk spürt Lessing jetzt, daß «Spott und Lachen zu dem Tone sich nicht schicken würde, den ich in meinem letzten Blatte angestimmt».

Lessing hat dem Bruder am 11. August 1778 geschrieben: «Da habe ich diese vergangene Nacht einen närrischen Einfall gehabt. Ich habe vor vielen Jahren einmal ein Schauspiel entworfen, dessen Inhalt eine Art von Analogie mit meinen gegenwärtigen Streitigkeiten hat, die ich mir damals wohl nicht träumen ließ.» Und diesen Entwurf schreibt er zwischen dem 12. November 1778 und dem 7. März 1779 zu Ende. Und er verdoppelt sein existentielles Wagnis, fügt ihm das ebenso riskante künstlerische hinzu: vom 14. November an überträgt er seine Prosa in die noch nie von einem Deutschen für das Drama erprobten Blankverse. Goethe wußte sofort, was Lessing da gefunden hatte: er wird die gleichzeitig in Prosa entstandene ‹*Iphigenie*› nach dem Muster der Genietat Lessings ebenso in Verse übertragen, wie einige Jahre später der soeben sein ‹*Räuber*› beginnende Schiller seinen ‹*Don Carlos*›.

In weniger als vier Monaten – dreißig Verse pro Vormittag – hat Lessing das Weltereignis unter allen deutschen Dramen geschrieben und der deutschen Klassik ihren Dramenvers gefunden. Doch das wird ihn nicht davor schützen, daß man ihm im undankbarsten aller Vaterländer noch zweihundert Jahre lang hämisch eine Zeile vorhält, in der er einmal ehrlich zugab, ihm falle das Schreiben so schwer wie – *jedem* von Rang! Er habe doch selbst «eingestanden», so die dumme Nachrede, er müsse «alles durch Druckwerk und Röhren ... heraufpressen ... Ich fühle die lebendige Quelle nicht in mir» ...

Wenn *der* nicht aus der Quelle kam: ‹*Nathan der Weise*›. Und überhaupt dichtete ja Lessing seine Dramen und Komödien *rascher* als jeder andere Deutsche. Den ‹*Nathan*› aber auch noch so vergnügt, wie nur Kampf ihn gemacht hat. (Wer verfiele dem Spleen, etwa Hauptmann vorzuhalten, wie mühsam doch sein ‹*Fuhrmann Henschel*› entstand: «Täglich immer nur ein paar Zeilen»?[63]

Daß die ästhetischen Beckmesser auch ohne Blick auf die historischen Notwendigkeiten eines politischen Dramatikers wie Lessing sind, wird an den Verlautbarungen ausgerechnet zweier Juden, die selber nur zufällig dem Auschwitzer entkamen, zu Lessings zweihundertstem Geburtstag deutlich. Gundolf erklärte seinen Heidelberger Studenten, Borchardt in der Zeitung, Lessing sei passé. Vier Jahre vor Hitlers Einzug in die Reichskanzlei also schrieb Borchardt: «... eine Generation weiter auf diesem Wege, und Lessings Literatur könnte so unverständlich geworden sein wie die Antike für das Mittelalter.»[64]

Der schon erwähnte Steinmetz, der noch 1969 diesen Schwachsinn kommentarlos für Studenten nachdruckt, kommt überhaupt nicht auf den Gedanken, ein «Gutachter», der so bar jeden Blicks ist für das Politisch-Historische seiner Umwelt sowohl wie für eine Gestalt der Geistesgeschichte, sei auch in Fragen der Ästhetik nicht ernst zu nehmen! Und weiß schließlich, daß Borchardt sich auch als Herausgeber seines drei Jahre nach Rilkes Tod gedruckten ‹*Ewigen Vorrats deutscher Poesie*› ebenso hämisch-unzulänglich gegenüber Rilke verhielt wie gegen Lessing: aus Neid auf das Genie an seiner Seite hat Borchardt kein einziges Gedicht Rilkes der Aufnahme «gewürdigt», so wie er vom Autor der ‹*Dreigroschenoper*› keine Notiz nahm. Doch als Gutachter gegen Lessing scheint er noch immer tauglich. Steinmetz druckt von ihm: «Es wäre nicht Lessingisch gedacht, gegen die unsterblichen Menschenreihen der Weimarer Promethiden und der deutschen Romantik das karge Personal der drei Dramen aufzubieten ... Zu jenen Gestalten der deutschen Poesie hat Lessing nur eine einzige beigesteuert, und sie trägt seinen eigenen Namen.»

Woher nimmt dieser Gutachter den Maßstab festzusetzen, Franziska sei weniger poetisch, weniger wert als die Eboli, der Patriarch dichterisch nicht mit gleichen Griff erfaßt wie Piccolomini, Emilia könne Goethes Marie Beaumarchais oder Stella oder Gretchen an Charakterisierungskunst nicht das Wasser reichen oder Penthesilea sei leidenschaftlicher als Gräfin Orsina, wenn die sagt: «Wenn wir einmal alle – wir, das ganze Heer der Verlassenen –, wir alle in Bacchantinnen, in Furien verwandelt, wenn wir alle ihn unter uns hätten, ihn unter uns zerrissen, zerfleischten, sein Eingeweide durchwühlten, um das Herz zu finden, das der Verräter einer jeden versprach und keiner gab!» Lessing: kalt? – der gesagt hat, wer über gewissen Dingen den Verstand nicht verliere, der habe keinen zu verlieren?

In Basel liegt, noch unveröffentlicht, ein Fragment des alten Jaspers über Lessing. Jaspers zitiert, um sich selber zu erklären, wie Lessing auf diesem Tiefpunkt seines Lebens, dieses Höchste, Lichteste schreiben konnte, was Lessing einem Freund antwortet, der ihn – nach dem Tode des Söhnchens – für verzweifelt gehalten hat. Lessing, geradezu erschrocken: «Ich kann mich kaum erinnern, was für ein tragischer Brief das kann gewesen sein ... Ich schäme mich herzlich, wenn er das geringste von Verzweiflung verrät. Auch ist nicht Verzweiflung, sondern vielmehr Leichtsinn mein Fehler, der sich manchmal nur ein wenig bitter und menschenfeindlich ausdrückt.»

Lessing schreibt, als ihm Goezes erste gefährliche Hetzschrift gegen ihn ausgehändigt wird, noch in der flüchtigen Illusion, Eva werde nicht sterben: «Diese Materien sind jetzt wahrlich die einzigen, die mich zerstreuen können.» Vielleicht hat Jaspers aus dieser Briefzeile seine Meinung abgeleitet, Lessing habe im Kampf gegen Goeze zwar «die gewaltigste Polemik gegen die Niedertracht entfaltet»; auch sei Lessing noch «bei denselben Sachen die ihm sein Leben lang wichtig waren»; auch schiene «eine neue Kraft aus der Tiefe alles zu durchdringen, ein neuer Ton der Seele»; doch aber sehe Lessing diese «ganze Sache mit Goeze nur als eine Schnurre an». Denn – ungefähr gleichzeitig – gebe er ja mit *‹Nathan›* doch «das Zeugnis einer anderen Welt, die ihm wirklich ist, einer Welt aus der Kraft der Liebe, der Vernunft, der Kommunikation, *die das Tragische überwunden hat ...*»

Diese Deutung: greift sie zu weit? Ich fürchte, sie gilt nur für die wenigen Monate, in denen Lessing den *‹Nathan›* schrieb. Und auch da ist das schöne Wort: «überwunden» zu ersetzen – meine ich – durch «verdrängt». Das mußte sein, wenn das Werk sein sollte: tragisch kann nicht enden, was versöhnlich die hohe Möglichkeit der Menschen veranschaulichen soll, in Vernunft und Duldung miteinander zu kommunizieren durch den Verzicht, die eigene Wahrheit für die alleinseligmachende zu halten. Das Resultat entscheidet, Lessings Lebensresultat war dieses Werk, das um seiner Botschaft willen die Tragik abdrängt, so wie um des Werkes willen der Autor sie in sich verdrängte, so lange das Werk ihn benötigte. Doch keinen Tag länger.

Das erklärt, warum der ihm Nächststehende, Mendelssohn, fast erleichtert schrieb, als Freund Lessing gestorben war: «Nicht ein Wort... von unserm Verlust, von der großen Niederlage, die unser Herz erlitten... Alles wohl überlegt... ist Ihr Bruder gerade zur rechten Zeit abgegangen ... Fontenelle sagt von Kopernikus: er machte sein neues System bekannt, und starb. Der Biograph Ihres Bruders wird mit eben dem Anstande sagen können: er schrieb *‹Nathan den Weisen›*, und starb.»[65]

Denn Mendelssohn, obgleich in Berlin wohnend – sehr entfernt, damals –, hat mit der Hellsicht des verständnisvollsten Freundes und in kalter Erkenntnis des christlichen Gesindels, das seinem Mitbürger Lessing das Leben verkürzt hat, gewußt, daß nicht einen Tag länger, als die Arbeit am Drama dauerte, der fraulose Einsame frei bleiben werde von jener Tragik aus letzter Einsicht, die nicht überwunden werden kann – sondern tötet. Töten muß, wenn nicht länger ein Werk sie niederhält! Lessing konnte zwar noch schreiben im letzten Brief «... die Kälte, mit der die Welt gewissen Leuten zu bezeugen pflegt, daß sie ihr auch gar nichts recht machen, ist, wenn nicht tötend, doch erstarrend» – doch wußte Lessing selber, sie sei tötend, denn wenige Zeilen später schließt er: «Ach lieber Freund! diese Szene ist aus!»

Hatte doch *‹Nathan›* ihm unendlich viel mehr Feinde zugezogen als der ganze Goeze-Krieg: «... dieses herrliche Lobgedicht auf die Vorsehung ... hat ihm seine letzten Tage verbittert, wo nicht gar am Ende sein kostbares Leben abgekürzet», folgert Mendelssohn aus Kenntnis der Zeitgenossen und der Lebensumstände Lessings. Er fährt fort: «Bey der Herausgabe der Fragmente war er darauf gefasst, den ganzen Schwarm von Schriftstellern über sich herfallen zu sehen ...

glaubte er doch allen denjenigen die Spitze bieten zu können ... Am Ende blieb es, so lebhaft er den Streit auch führte, bloss ein Schulgezänke, das ... so wie er dachte, auf die Glückseeligkeit des Lebens keinen wesentlichen Einfluss haben sollte. Aber wie sehr veränderte sich die Scene nach der Erscheinung des Nathan! Nunmehr drang die Kabale aus den Studierstuben und Buchläden in die Privathäuser seiner Freunde und Bekannten mit ein; flüsterte jedem ins Ohr: Lessing habe das Christentum beschimpft, ob er gleich nur wenigen Christen und höchstens der Christenheit einige Vorwürfe zu machen gewagt hatte. Im Grunde gereicht sein Nathan, wir wir uns gestehen müssen, der Christenheit zur wahren Ehre. Auf welcher hohen Stufe der Aufklärung und Bildung muss ein Volk stehen, in welchem sich ein Mann zu dieser Höhe der Gesinnungen hinaufschwingen, zu dieser feinen Kenntnis göttlicher und menschlicher Dinge ausbilden konnte! Wenigstens, dünkt mich, wird die Nachwelt so denken müssen; aber so dachten sie nicht, die Zeitgenossen Lessings.

Der allenthalben willkommene Freund und Bekannte fand nunmehr allenthalben trockene Gesichter, zurückhaltende, frostige Blicke, kalte Bewillkommung und frohe Abschiede, sah sich von Freunden und Bekannten verlassen und allen Nachstellungen seiner Verfolger blossgestellt. Sonderbar! Unter den abergläubigsten Franzosen hatte Candide für Voltaire bey weitem die schlimmen Folgen nicht, zog ihm diese Schmähschrift auf die Vorsehung bei weitem die Feindschaft nicht zu, die sich unter den aufgeklärtesten Deutschen Lessing durch die Vertheidigung derselben, durch seinen Nathan zugezogen, und traurig sind die Würkungen, die dieses in seinem Gemüthe hervorbrachte! Lessing, der aller seiner gelehrten Arbeiten ungeachtet, immer noch der angenehmste Gesellschafter, der fröhlichste Tischfreund gewesen, verlor nunmehr *seine jovialische Laune* völlig, ward zu einer schläfrigen, gefühllosen Maschiene.»

Ach, es war *noch* schlimmer, doch erschrocken hält Mendelssohn inne, läßt einen Freund ausrufen: halten Sie ein, verschonen Sie mich mit dieser melancholischen Erinnerung! Und er antwortet: «Schon recht, sie ist trostlos, diese melancholische Erinnerung, und gehört auch überhaupt jetzt nicht zu meinem Vorhaben ...» Wie Mendelssohn über ‹*Candide*› sprach, das belegt, wie ungern er überhaupt die Nachtseiten der Existenz erwähnte. So daß man schließen muß: es ist Lessing in den zwanzig Monaten, die er noch lebte nach Erscheinen des ‹*Nathan*› – der war ausgedruckt am 11. Mai 1779 –, noch schlechter ergangen dank seiner Mitmenschen, als Mendelssohn zugab. Und wir wissen ja auch von anderen Zeugen.

Kinder liebte er noch, sie liebten auch ihn. Weinen muß er, wenn von denen die Rede ist, und er sagt zu einer Hamburgerin: «Euler sogar macht alle seine Ausrechnungen, wenn Frau und Kinder um ihn sind.» Die Hamburgerin kommentiert: «Das erzählte Lessing mir. Armer Mann! dachte ich, dein Kopf würde heller seyn, wenn Du es auch so haben könntest. Jammer ist es den Lessing zu sehn, so viel Geist, und dabey so viel Zerbrechlichkeit ...»

Da ist er einundfünfzig. Aber mag keine Bücher mehr, nur diese Neunzehnjährige soll immer um ihn sein. Evas schöne Tochter, die er vermutlich liebte, so gewiß er sich das auch verbot, und Kinder: «Wer das Tiefste gedacht, liebt das Lebendigste.»

Vergegenwärtigen wir uns das furchtbare *Schweigen* Lessings sogar im Freundeskreis in seinen letzten zwei Jahren. Mediziner belehren uns heute, der depressiv Gewordene – Lessing wurde es, war es früher nie – flüchte in Schlaf. Lessings bespöttelte, auch von ihm selber als genierlich empfundene Schlafsucht in seinen allerletzten Jahren, war vermutlich genau dies: Schweigen aus seinem Wissen, «es kömmt ja doch nischt dabey heraus» ... und habe man gar den ‹*Nathan*› geliefert! Er schwieg wie der nur dreißigjährige Melville nach ‹*Moby Dick*› verstummt war ... Schwieg, obgleich er, nein – das wollen wir für ihn hoffen –, *weil* er zuweilen *doch* gewußt haben muß, Nathan sei eine Figur, nicht weniger exemplarisch für alle Zeiten und Völker als Odysseus ...

Was Lessing nicht wissen kann: daß nie wieder einem seiner Landsleute glücken wird, eine über den Kulturkreis ihres Ursprungs hinaus allen Menschen so verständliche und maßgebende Figur zu erschaffen. (Als Max Reinhardt dachte, auch ‹*Faust*› sei eine solche Gestalt, erlebte er die verheerendste Niederlage seines Lebens am Broadway, kein Amerikaner verstand Goethes Werk, es kam ihnen abstrus vor, während ‹*Nathan*› schon wenige Jahre nach Lessings Tod in Konstantinopel Türken wie Christen entzückte.[66])

Doch sicher ist es keineswegs, daß Lessing dieses tröstliche Wissen vom höchsten Rang seines Gedichts wenigstens zuweilen hatte: der zitierte Brief über die mit ‹*Nathan*› – wie er glaubte – «verdorbene» Zeit spricht dagegen. Denn zu niederschlagend sind die Schilderungen, wie schauerlich ihm die Briefe zusetzten, die ihn täglich erreichten; zu oft ist belegt, daß dieses Mannes früher immer so «gefaßtes Herz gebrochen» war; daß auf dem sonst immer «erstaunt belustigten» Menschenfreund jetzt «eine gewaltige Schwermut» lag, ein «heimlicher Gram»; daß er nie mehr vom Theater zu sprechen bereit war ... Sondern sagen konnte: «Galle is das beste, was wir haben.»[67]

Am Tage nach Lessings Tod schreibt Professor Ebert: «Möchte er doch seine herrlichen Gaben in den letzten Jahren so, wie in den vorigen gebraucht haben! Dann würde er meiner Meinung nach ... weit nützlicher gewesen seyn ... und einen allgemeineren und unverwischteren Ruhm hinterlassen.»

Also: Lessings Arbeit in den letzten Jahren: ‹*Ernst und Falk*›, ‹*Nathan*›, ‹*Erziehung des Menschengeschlechts*›: diese drei Zeugnisse und die Verteidigung der Fragmente vermag dieser Zeitgenosse nicht einmal als «nützlich» anzusehen, geschweige denn als ruhmvoll. (War er einer der Todfeinde, dieser Ebert? Nein: er war Autor, Übersetzer, Universitäts-Gelehrter; war jener gewesen, der wie kein anderer beim Erbprinzen die Berufung Lessings als Zierde an den Braunschweiger Hof durchgekämpft hatte; und war eng befreundet mit Lessing bis zu dessen letzter Bettlägrigkeit.) So die Bürger. Nur der Hof lud ihn bis zuletzt zu Tische ... während älteste sogenannte Freunde wie Jerusalem erörterten, ob man, da er «in Bann gethan», mit Lessing noch essen könne!

Noch bedrückender als der höchst gebildete Freund Ebert in seinem Brief geurteilt hatte, ist natürlich, da ja Lessing das noch erfahren mußte, die Übereinstimmung (aus Feigheit) aller Gebildeten, ‹*Nathan*› sei nie zu spielen! Nur als Buch sei er interessant. Goethe, dessen ‹*Prometheus*› Lessing noch las, mit Freude und Zustimmung, so sehr er dessen ‹*Götz*› wegen der Formlosigkeit verschmähte, werde, laut Knebel, «nicht müde», den ‹*Nathan*› «zu bewundern und zu preisen als höchstes Meisterstück menschlicher Kunst». Es war Lessings letztes Glück zu erfahren, Goethe «sey vor Nathan dem Weisen ordentlich prosterniert». (Prosternieren heißt, sich niederwerfen zum Kniefall.) Doch niemand, auch Herder nicht, preist das Werk anders als brieflich oder mündlich – öffentlich riskiert das keiner der Weimarer ...

Das immerhin sind Nachrichten, die ihn die Schmähbriefe vergessen lassen. Lessing *lacht*, während er seine Post zu lesen sich antut, so, daß die Hausgenossen übereinstimmen: wer dieses Lachen gehört habe, der wisse, daß nicht mehr lange leben *könne*, wer so lache! Und nicht nur hinter vorgehaltener Hand, in Zeitungen sogar sagt man, die Amsterdamer Judenschaft habe Lessing für die «Verleumdung» aller Christen im ‹*Nathan*› ein ungeheures Vermögen zugesteckt. Denn ringsum sind alle guten Menschen – eben die Christen – fest überzeugt, Lessing habe den ‹*Nathan*› nur geschrieben, um sie persönlich in ihrer Christlichkeit zu beleidigen ... der Goeze-Kampf hatte sie kalt gelassen: der ‹*Nathan*› war die Schmähung jedes Christen ...

Lessing lachte oder schwieg oder schlief. Er *lebte* ja unter solchen Menschen! Er hatte also nicht nur das Tiefste gedacht und geschaffen, er hatte es auch *erlitten,* das Tiefste. Und hatte es dank des ‹*Nathan*› und, um ihn dichten zu können, für vier Monate verdrängt. Wer weiß, ob es nicht mit der Tragik so ist wie mit der Mathematik: wenn bestimmte arithmetische Größen im Unendlichen ihre Vorzeichen wechseln, so daß aus Plus Minus wird und umgekehrt, warum könnte dann nicht ebenso Tragik, die das für Menschen erträgliche Maß überschritten hat – die Tragik Lessings –, auch wieder dazu frei machen, «leicht» nannte es Lessing am Sarg Evas, die Tragik zu leugnen, wie Lessing geleugnet hat, verzweifelt zu sein? Er wußte und vermochte deshalb allein, ‹*Nathan*› zu schreiben, was dann Grillparzer formuliert hat:

«Es gibt nun bald kein Tiefstes mehr,
Das jeder nicht erreichte,
Und in der Welt ist nichts mehr schwer
Als eines nur: das Leichte.»

Anmerkungen

1 Siehe Richard Daunicht: ‹*Lessing im Gespräch*›, Berichte und Urteile von Freunden und Zeitgenossen, München 1971, Wilhelm Fink-Verlag. Daunicht wurde so häufig herangezogen, daß seine unersetzliche Sammlung hier künftig nur noch mit «Daunicht» erwähnt wird; möge, auch um Lessings willen, «der Daunicht» mit der Zeit der Nation so teuer werden wie der Eckermann: im Daunicht könnte sie lesen, wie *in der Regel* hierzulande ein Autor lebt! Was sich dort nicht findet in den Angaben über Lessings Hamburger Freund Campe ist die Tatsache, daß Campe es gewesen ist, durch den am 1. März 1798 Schiller endlich sein französisches Bürgerdiplom, «das beinahe sechs Jahre lang seinen Herrn gesucht hatte» zugestellt bekam. Denn auch der berühmte Pädagoge Campe war – wie Schiller, wie Klopstock, wie Pestalozzi und Washington und nur noch sehr wenige andere ausländische Zelebritäten – ehrenhalber zum Bürger Frankreichs ernannt worden! Hugo Wittmann hat in seiner gemeinsam mit Ludwig Speidel herausgegebenen Essaysammlung: ‹*Bilder aus der Schillerzeit*›, Berlin und Stuttgart ohne Jahr, etwa 1883, geschrieben: «Danton und Clavière, die Unterzeichner des Ernennungsdekretes; Roland, dessen Name unter dem Begleitschreiben stand; General Custine, welcher das Diplom, zugleich mit den Diplomen Campes und Klopstocks, auf seinem deutschen Feldzuge besorgen, das revolutionäre Ehrenzeichen gleichsam auf der Spitze seines Degens darbringen sollte: sie alle waren nicht mehr, waren seit Jahren schon über das Schafott hinweg ins Jenseits gegangen. Die Dekrete lagen verschollen in Straßburg und wären wohl im Staube einer Militärkanzlei vermodert, hätte sich nicht ein gewisser Andreas Meyer, einstens Custines Adjutant und später Bezirksrichter im Elsaß, der schwebenden Angelegenheit erinnert und das herrenlose Paket zu weiterer Erledigung an Campe nach Braunschweig geschickt. Warum gerade an Campe und nicht an Schiller oder Klopstock, Männer berühmteren Namens? Vielleicht, weil der Name des Braunschweiger Pädagogen in Frankreich allgemeiner bekannt war, als selbst die Namen unserer größten Dichter. Im Revolutionsjahr 1789 hatte Campe mit seinem ehemaligen Zögling Wilhelm von Humboldt eine Reise nach Paris gemacht, und der ruhige, bereits dreiundvierzigjährige Mann, damals schon ‹das Evangelium der Kinder›, war von dem frisch entfesselten Freiheitssturme so begeistert worden, daß er seinen Aufenthalt an der Seine in hymnusgleichen ‹*Briefen aus Paris*› schilderte. In Deutschland las man die Briefe mit Entsetzen, in Frankreich mit Entzücken. Dieselben werden heute noch von den französischen Geschichtsschreibern als Quelle zitiert, von Louis Blanc zum Beispiel, und scheinen zur Zeit ihres Erscheinens (1790) dem friedsamen

Erzähler des ‹*Robinson*› den Ruf eines Revolutions-Helden eingetragen zu haben. Diesen Briefen verdankte er auch das französische Bürgerrecht. Bei Gelegenheit der Diplomsendung entspann sich zwischen Braunschweig und Jena ein kleiner Briefwechsel ...»
Goethe antwortete Schiller am 3. März 1798 auf dessen Mitteilung, ausgerechnet Campe in Braunschweig, den sie beide in ihren Xenien verspottet hatten, sei der Übersender des französischen Bürgerbriefes: «... Herr Campe scheint an der gefährlichsten aller Tollheiten, so wie noch mancher gute Deutsche, krank zu liegen ...»

2 Eschenburg an Gleim am 2. März 1781 (Daunicht)

3 Adolf Stahr: Lessing. Berlin 1859

4 Heinrich von Treitschke: Bilder aus der Deutschen Geschichte, 2. Band, kulturhistorische-literarische Bilder. Leipzig 1914

5 Heinrich Schneider: Lessing. Zwölf biographische Studien. Bern 1951

6 Daunicht, a. a. O., wie auch die meisten Zitate zur Charakterisierung und äußeren Erscheinung Lessings

7 Schnitzlers Briefwechsel mit Max Reinhardt. Hg. v. Renate Wagner. Salzburg 1971

8 Es handelt sich um die vier Tiergattungen, mit denen die zwei Kanzlerkandidaten Strauß und Kohl und mit denen Bundeskanzler Professor Ludwig Erhard Rolf Hochhuth verglichen haben: Der CSU-Vorsitzende Dr. h. c. Franz Josef Strauß sagte in seiner Ansprache auf dem Oberfrankentreffen der CSU in Kronach, zitiert nach dem *Hofer Anzeiger* vom 31. Juli 1978: «Man kann Filbinger aus dem, was er bei Kriegsende unter den damaligen Verhältnissen getan hat, keinen Vorwurf machen. Aber man führt mit Ratten und Schmeißfliegen keine Prozesse.» Im Bonner Bundestag sagte anläßlich einer der Debatten um den Filbinger-Prozeß am 1. Juni 1978 Dr. Helmut Kohl: «Diese historische Mistkäferei wird uns den inneren Frieden nicht bringen, meine Damen und Herren.» Zitiert nach Rosemarie von dem Knesebeck: In Sachen Filbinger gegen Hochhuth. Reinbek 1980.
Im Fernsehgespräch (zitiert nach Rainer Taëni: Rolf Hochhuth, C. H. Beck. München 1975) sagte anläßlich seines 75. Geburtstages Bundeskanzler a. D. Ludwig Erhard am 6. Februar 1972 im NDR, *Zeichen der Zeit,* auf die Frage von Leo Brawand: «Sie haben das Stichwort geistige Schau abgegeben. Das bringt mich zu der Frage, wie eigentlich Ihr Verhältnis zu den – in Anführungsstrichen – Intellektuellen in diesem Lande war, und ich wüßte heute gern noch, ob Sie beispielsweise die etwas kräftigen Ausdrücke Uhus und Pinscher für Leute wie Grass und Böll noch gerne in den Ohren haben.
Ludwig Erhard: Da muß ich Sie schon korrigieren. Also dieser politische Schwindel, der hier getrieben worden ist, der ist nicht scharf genug

zu brandmarken. Ich habe in einer Versammlung, und zwar vor der Wahl 1965, als Herr Hochhuth, und ich nannte ihn mit Ross und Reiter, also beim Namen und nur ihn, nur ihn allein, der hat ein Pamphlet herausgebracht, das also vor Dummheit strotzte, gesellschaftspolitisch gesehen, und vor Böswilligkeit. Und da habe ich gesagt: Wenn Herr Hochhuth, ich habe immer nur den Namen Hochhuth genannt und niemand anderen, wenn Herr Hochhuth als Schriftsteller sich betätigt, dann ist der für mich völlig tabu, dann kann er schreiben, was er will. Aber wenn er sich glaubt als Herr Hochhuth zugleich als Politiker aufspielen zu wollen und ins niedrigste Parteigeschäft einsteigt, dann ist er in meinen Augen ein Pinscher. Das habe ich gesagt. Aber ich habe nur Herrn Hochhuth gemeint und es ausdrücklich noch betont. Ich meine Herrn Hochhuth auf Grund dieses und jenes Ereignisses. Und was hat die Opposition und böswillige Kräfte daraus gemacht? Ich hätte sozusagen alle Intellektuellen in Bausch und Bogen verurteilt, das wären alles Pinscher.
Leo Brawand: Mit dem Pinscher hatten Sie dann die ganze Meute am Halse, nicht?
Ludwig Erhard: Wieso denn, wie konnte ich denn die ganze Meute am Hals haben? Sind denn alle geistig tätigen Menschen, sind das flammende Anhänger, die sich völlig und vorbehaltlos mit Hochhuth identifizieren?

9 Zitiert nach Carl Jacob Burckhardt: Einführung zu Voltaires Geschichte Karls XII. Zürich 1943
10 Daunicht, a. a. O.
11 Egon Caesar Conte Corti: Ludwig I. von Bayern. Bruckmann-Verlag. München 1937
12 Stahr, a. a. O.
13 Peter Lahnstein: Schillers Leben. List-Verlag. München 1981
14 Hilde Spiel: Lessings liebster Freund. In: In meinem Garten schlendernd, Essays. Nymphenburger Verlag. München 1981
15 Daunicht, a. a. O.
16 Ebd.
17 Herbert Meier: Zur Lage des Theaterautors. Statement auf der Dramatiker-Tagung in Bern, 1982. Darin heißt es: «Goethe zum Beispiel führte in Weimar lauter Zeitgenossen auf, im Schauspiel, im Singspiel, das war das Musical von damals, und in der Oper. Bei ihm traf es auf zwanzig Autoren einen toten!» Vergleich heute: nicht fünf Prozent der Spielpläne sind mehr bestückt von den Arbeiten lebender Deutschschreibender, meist nur drei Prozent: die derart ihre Mitlebenden unterdrücken – lesen oder schreiben gar Essays über «Goethe, den Reaktionär»!
18 Thomas Mann in seinem Essay zu Hesses 70. Geburtstag, 1947
19 Goethe: «Bericht vom Werden eines Dichters», 1823. Aus: Über Kunst

und Altertum. Es heißt da über Anton Fürnsteins Gedichte: «... das Ganze liegt heelheiter unter sinnigem, günstigem Himmel ...»

20 Daunicht, a. a. O.

21 Alle Zitate aus Lessing-Briefen sind entnommen Paul Rillas neuntem Band seiner Lessing-Ausgabe in zehn Bänden, Berlin 1957

22 Goethe, Weimar, den 11. November 1829: Antwort auf den Glückwunsch, der am 28. August 1829 gestifteten Gesellschaft für ausländische Schöne Literatur in Berlin

23 Zu Eckermann, Januar 1827

24 Horst Steinmetz: Lessing – ein unpoetischer Dichter: Dokumente aus drei Jahrhunderten zur Wirkungsgeschichte Lessings in Deutschland. Frankfurt a. M. und Bonn 1969. Siehe auch Horst Steinmetz: Gotthold Ephraim Lessing. Über die Aktualität eines umstrittenen Klassikers. In: Lessing in heutiger Sicht. Internationale Lessing-Konferenz Cincinnati. Jacobi-Verlag. Ohio 1976, Bremen und Wolfenbüttel

25 «Vom Hofpoeten zum ‹freien› Schriftsteller. Untersuchungen und eine Vorlesungsreihe am Münchner Institut für Deutsche Philologie, abgedruckt im *Börsenblatt des Buchhandels* am 24. Februar 1981. Da heißt es: «Fünf Verlage erarbeiteten eine mehrbändige Sozialgeschichte der deutschen Literatur ... das Institut für Deutsche Philologie an der Universität München befaßt sich unter der Leitung von Professor Wolfgang Frühwald und Professor Friedrich Sengle im Rahmen seiner Studien mit thematischen Schwerpunkten aus der Zeit von etwa 1770 bis 1918»

26 Im Fragment eines Briefromans, Herbst 1770. Dort auch der sehr unlessingsche Satz: «Das Lachen ist der Empfindung feindseeliger als die Kälte dem May» ...

27 Richard M. Meyer: Goethe, Berlin ca. 1910

28 Siehe Joseph Gantner: «Hans Holbein d. J.», Gedenkrede am 30. Oktober 1943, Basel 1943

29 Ernst Jünger schreibt im zweiten Band seines Tagebuchs: *«Siebzig verweht»*, daß auf dem Hannoverschen Gymnasium, das er besucht hat, kein anderer Klassiker annähernd so fleißig als Schullektüre verordnet wurde wie Lessing

30 Nicht nur in der Einleitung zu seinen Weltgeschichtlichen Betrachtungen

31 Neben dem genannten Briefwechsel siehe auch den zwischen Gundolf und Curtius: 1963 in der Centrum-Peregrini-Presse von Lothar Helbing herausgegeben

32 Das Phäakenland Homers: Vortrag in Basel am 14. November 1876

33 In seinem Essay über Bruno Franks ‹*Politische Novelle*›, 1928

34 «Gutzkow brauchte sich wahrhaftig nicht zu schämen, auf den Wegen betroffen zu werden, die die Lessing und die Voltaire gewandelt waren, obgleich sie so wenig Dichter waren wie er. Wurde er ein ‹Grenzindivi-

duum zwischen Denker und Dichter› gescholten, so konnte er ruhig sagen: Solche Individuen haben in der Geschichte oft eine höchst respektable Rolle gespielt, manchmal selbst eine viel respektablere als die großen Künstler, die im reinen Schaffen ihrer Kunst jede politische oder soziale Tendenz verschmähten und gerade dadurch – wie es insbesondere auch Hebbels Schicksal gewesen ist – der politischen oder sozialen Tendenz in ihrer albernsten, nichtigsten, ödesten Form verfielen.»
Noch wie hier Franz Mehring das Vernünftige ausspricht: «Enthaltsamkeit» von Politik – schütze keineswegs davor, daß ein Werk gerade dieser falschen Enthaltsamkeit wegen politisch besonders «mißbrauchbar» wird: macht deutlich, daß auch für ihn, Voltaire, Lessing *keine* «großen Künstler» waren; sogar die Sprache läßt Mehring im Stich, wenn dieser Linke die Großen verrät: er spricht «von den Wegen, die die Lessing und die Voltaire gewandelt» seien: als sei nicht Voltaire ein Solitär, wie Lessing ein Solitär war; als gebe es deren jeweils mehr als nur einen! Und ebenso albern denunziert Mehring auch Zola sogar dort noch, wo er ihn zu verteidigen vorgibt: «Er selbst war sich vollkommen klar, daß er eine Kämpfer- und keine Künstlernatur sei.» Als schließe der Kämpfer den Künstler aus! Nichts ist der SPD in ihrem Nichtverhältnis zur Kunst noch heute so teuer zu stehen gekommen wie die Tatsache, daß Franz Mehring Bebels Kirchenvater in Fragen der Ästhetik war! Die Zitate sind seinen zwei Essaybänden entnommen: Zur Literaturgeschichte, Band I und Band II, Berlin 1929. Hg. v. Fuchs und Thalheimer

35 Fritz Ernst: Aus Goethes Freundeskreis und andere Essays. Bibliothek Suhrkamp. Frankfurt a. M. 1955

36 Ansprache des Bundeskanzlers zum Jahreswechsel 1977/78 über Rundfunk und Fernsehen. Presse- und Informationsamt der Bundesregierung Z 1988 B Nr. 1/S. 1. Bonn, 3. Januar 1978

37 Marcel Reich-Ranicki: Anmerkungen zur deutschen Literatur der siebziger Jahre. In: Börsenblatt für den Buchhandel, 29. Mai 1979

38 Marcel Reich-Ranicki: Rilke – zum hundertsten Geburtstag. In: Frankfurter Allgemeine Zeitung, 29. November 1975

39 Bernard Shaw: Sechzehn autobiographische Skizzen

40 Brief an Goethe vom 5. Januar 1798

41 Brief an Schiller vom 18. März 1799

42 Paul Raabe: Über die Lessinggedenkstätte in Wolfenbüttel, Wolfenbüttel, Lessing-Haus.

43 Ranke, Preußische Geschichte

44 Burckhardt, Historische Fragmente

45 Leider hat auch Schiller mit gesetzteren Worten ähnlich albern über Voltaire geurteilt, ausgerechnet in seinem letzten Brief überhaupt vom 25. April 1805, an Goethe: «Sie haben zwar, indem Sie Voltairen die *Tiefe*

absprechen, auf einen Hauptmangel desselben hingedeutet; aber ich wünschte doch, daß das, was man *Gemüt* nennt und was ihm, so wie im ganzen allen Franzosen, so sehr fehlt, auch wäre ausgesprochen worden. *Gemüt* und *Herz* haben Sie in der Reihe nicht mit aufgeführt; freilich sind sie teilweise schon unter andern Prädikaten enthalten, aber doch nicht in dem vollen Sinn, als man damit verbindet... Dieser heteros logos fiel mir beim Lesen ein, und ich wollte ihn nicht vorenthalten.» Jede Bittschrift Voltaires zugunsten Verfolgter straft diesen Unfug Lügen. Es ist schmerzlich, sogar Schiller in seiner letzten Äußerung zu der Häme zurückkehren zu sehen, die seine ersten Gutachten über Mitschüler bei Carl Eugen charakterisiert. Voltaires Briefe sind als Dokumente der Menschlichkeit dieses Mannes, dem «das Herz fehlte», der Menschlichkeit des ‹*Nathan*› ebenbürtig. Wessen Briefe sonst aus dem 18. Jahrhundert? Keine Briefe eines uns überlieferten Deutschen jedenfalls! Selbst Lessings ergreifende Briefe nach Evas Tod betreffen nur sein *persönliches* Leid; Voltaire schrieb stets als – unbesoldeter – Anwalt *für andere*! Gibt es von Schiller einen ähnlichen Brief, wenn man absieht von dem einen, mit dem er um eine Versorgung für den Sohn jener Familie Hölzel sich bemüht hat, die ihn in Mannheim einst vor dem Verhungern rettete durch ihr Darlehen? Wie die Deutschen Voltaire «abtaxieren», das ist aufschlußreich für ihre Haltung nicht nur zur Literatur, sondern auch zur Politik, deren oberste Aufgabe doch sicherlich praktizierte Menschlichkeit ist.

46 Es ist immer wieder von Heydrich selber bestritten worden, daß sein Vater Jude gewesen sei; Heydrich konnte freilich in seiner Heimat Halle, wo sein sehr namhafter Vater als populärer Musiker lebte, nicht bestreiten, daß *der* Jude sei; so gab er an, der «arische» Seitensprung seiner Mutter Elisabeth geborenen Krantz zu sein, die als Tochter des Dresdener Professors und Direktors des Königlichen Konservatoriums Eugen Krantz 1871 geboren worden war. Siehe zu Heydrichs Vater: Der verwundbare Stier. Lebenserinnerungen des Münchner Malers Professor Hans Jürgen Kallmann. List Verlag. München 1980

47 Historische Fragmente. Rückblick und Ausblick beim Aufheben des Konvents

48 Dostojevskij zu Redakteur Suworin, 1881. Zitiert nach Alexander von Rußland: Einst war ich Großfürst. Memoiren. List-Verlag. Leipzig 1931

49 Walter Jens: Fragebogen. In: Frankfurter Allgemeine Zeitung – Magazin, 23. April 1982

50 Daunicht, a. a. O.

51 Die Lustigkeit, auch Schönheit jener Briefzeilen, mit denen Lessing dem Bruder das am 25. Februar 1778 ankündigt, sind wert, überliefert zu werden:

«Doch das sind alles dies Scharmützel der leichten Truppen von meiner Hauptarmee. Die Hauptarmee rückt langsam vor, und das erste Treffen ist meine ‹Neue Hypothese über die Evangelisten als bloss menschliche Geschichtsschreiber betrachtet›.»

52 Michael Balfour: Der Kaiser, Wilhelm II. und seine Zeit. Ullstein Verlag. Berlin 1967

53 In seinem erst aus dem Nachlaß veröffentlichten Essay: Zum Thema Geschichte

54 In seinem Beitrag zur Festschrift: Offener Horizont. Piper-Verlag. München 1953, anläßlich des 70. Geburtstages von Karl Jaspers. Der Aufsatz von Camus heißt: Die Gottesmörder.

55 In der mir vorliegenden Ausgabe der Briefe Flauberts an George Sand, Weimar 1956, mit einem Essay von Heinrich Mann, sind nicht alle Briefe genau datiert. Auch die hier genannten zwei tragen nur Wochentag und Jahr, geben aber den Monat nicht an.

56 Gutzkow: Rückblicke auf mein Leben. 1829–1849

57 Hegel: Die Vernunft in der Geschichte. 5. abermals verbesserte Auflage. Hg. v. Johannes Hoffmeister. Felix Meiner-Verlag. Hamburg 1955. Band XVIII A. I. Teilband-Einleitung

58 Heuss wird hier zitiert nach Horst Steinmetz: Lessing – ein unpoetischer Dichter

59 Siehe Internationaler Heine-Kongreß 1972, Heine-Studien. Hg. v. Manfred Windfuhr, Hoffmann & Campe Verlag. Hamburg 1973, Referate und Diskussionen, S. 245. Siehe auch: Ehrhard Bahr: Lessing: Ein konservativer Revolutionär? In: Lessing in heutiger Sicht, S. 299 der «Beiträge zur Internationalen Lessing-Konferenz Cincinnati. Jacobi Verlag, Bremen und Wolfenbüttel. Ohio 1976

60 Kierkegaard: Abschließende Unwissenschaftliche Nachschrift zu den Philosophischen Brocken, Erster Teil. Diederichs Verlag. Düsseldorf 1957. Ich verdanke Dr. Hans Saner den Hinweis auf Kierkegaards gründliche Auseinandersetzung mit Lessing, so wie ich ihm dafür danke, daß er mir aus dem Nachlaß von Jaspers, dessen Biograph er ist, das damals noch ungedruckte Lessing-Fragment zugänglich machte, aus dem ich später hier zitiere und das Saner inzwischen publiziert hat im zweiten Nachlaß-Band der insgesamt dreibändigen Ausgabe von Jaspers: Die Großen Philosophen. Piper Verlag. München 1981

61 Daunicht, a. a. O.

62 Professor Albrecht Schöne hat Goethes «Todesneurose» und wie er der zeitweise durch Flucht entkam – meines Wissens – am einfühlsamsten beschrieben in seinem Vortrag: *‹Regenbogen auf schwarzgrauem Grunde›*, Goethes Dornburger Brief an Zelter zum Tode seines Großherzogs. Vandenhoeck & Ruprecht-Verlag. Göttingen 1979

63 Im Gespräch zu Thomas Mann, der das in seiner Rede zu Hauptmanns 90. Geburtstag, November 1952, überliefert

64 Gundolfs Lessingrede in der Aula der Heidelberger Universität ist in Heidelberg 1929 als Broschüre erschienen: sehr aufschlußreich, wie hier einer, der sich doch zweifellos als Wissenschaftler fühlte, Lessing gerade noch gelten läßt als unzureichenden Vorläufer Nietzsches, kaum aber mehr um seiner selbst willen.

65 Daunicht, a. a. O.

66 Professor Gottfried Reinhardt: Der Liebhaber. Erinnerungen an seinen Vater Max Reinhardt. München 1977, dazu mündliche Bestätigungen

67 Alle Zitate aus Daunicht, a. a. O.

Geschwister Scholl-Rede

München, im Alten Rathaus,
am 13. November 1980

Verehrte Frau Professor Huber, meine Damen und Herren, liebe Kolleginnen und Kollegen aus dem Münchner Buchhandel, dem auch ich 1952 bis 55 als Sortimenter angehört habe, in der Akademischen Buchhandlung in der Veterinärstraße:

In diesen Tagen, Totensonntage innen und außen, kommt aus dem Kindler Verlag die Neuerscheinung ‹*Deutschland zuliebe*› in die Schaufenster, ein Buch, das Schullektüre werden sollte: die Geschichte der Weißen Rose, die voriges Jahr der einundsiebzigjährige Amerikaner Richard Hanser in New York veröffentlicht hat. Ich beginne angesichts des Volkstrauer- oder, wie er genauer heißen sollte: des Völkertrauer-Tags mit einem Beitrag, den ich diesem faktenreichen Buch entnehme, das so umfassend wie bisher kein anderes das bewegende Heldenlied jener deutschen Studenten und ihres Professors dokumentiert, die dank ihrer Tat alle anderen deutschen Mädchen und Jungen, die in Hitlers Organisationen mitgelaufen sind – wie ich – sicherlich nicht vor der Geschichte rehabilitieren konnten, das war unmöglich, denn die Geschichte kennt keine Gnade. Aber doch vielleicht vor Gott, sofern noch gültig sein sollte, was einst dem Abraham verheißen ward: daß der Herr Sodom nicht ganz zugrunde richten werde, wenn auch nur sechs Gerechte darin wohnten. Diese sechs waren 1943 diese sechs Enthaupteten von Stadelheim – ich nenne ihre Namen in der Reihenfolge, in der sie ihre letzten vierzig Meter aus den Todeszellen in den Scharfrichter-Schuppen zum Fallbeil gehen mußten: Sophie Scholl, Christoph Probst, Hans Scholl am 22. Februar; Alexander Schmorell, Kurt Huber am 13. Juli; Willi Graf am 12. Oktober 1943.

Ihr amerikanischer Chronist erzählt, wie die drei Medizinstudenten, der Sanitätsfeldwebel Hans Scholl mit seinem Vertrauten Alexander Schmorell – der hatte eine russische Mutter –, und Willi Graf in Gschatsk stationiert waren, um in einem Frontlazarett unmittelbar hinter der Linie die ersten Hilfen zu leisten; hier bei Gschatsk, knapp einhundertdreißig Kilometer westlich vor Moskau, war im vorangegangenen

Winter Hitlers Angriff zum Erliegen gekommen. Dort, wo sie Verwundete aufzulesen hatten, auf einem soeben noch hart umkämpften Acker, sahen Scholl und Schmorell einen russischen Soldaten, dem der Kopf vom Rumpf getrennt war. Die beiden hoben für den «Untermenschen», wie das im Rotwelsch der damaligen deutschen Regierungsgangster hieß, ein Grab aus und legten Haupt und Rumpf hinein; erst als sie das Grab geschlossen hatten, fanden sie auch noch einen seiner Arme. Und nachdem sie auch den noch beerdigt hatten, verfertigten sie ein russisches Kreuz, steckten es auf den flachen Hügel, und Hans Scholl sagte: «Jetzt hat er seine Seele Ruhe.»

Das wissen wir nicht. Wir wissen aber, daß Handlungen wie die eben beschriebene – zwei demnächst Enthauptete bestatten einen enthaupteten «Feind» – den einzigen Sinn verdeutlichen, wenn es denn einen geben sollte, der *vielleicht* den Katastrophen der Geschichte abgewonnen werden kann. «Verdeutlichen», sagte ich, aber nehme das schon als übertrieben zurück: deutlich ist ja nichts – und was sonst entzöge sich so strikt den Deutungen wie das Wohin und Wieso, Fragewörter, mit denen wir immer und immer wieder vergeblich die historischen Prozesse betrachten, bedrängt angesichts der Opfer durch die sich aufzwingende wie immer unbeantwortbare Frage: warum der und nicht jener, warum heute und hier. Hans Scholl hat jene verachtet, das belegt sein Chronist, die sich wie wir zumeist als Erwachsene diesen Fragen entziehen; er hatte von Pascal die Überzeugung angenommen, der Mensch sei zum Denken geschaffen und schrieb noch aus Rußland, nur wenige Monate vor seinem Tode, verächtlich über jene deutschen Intellektuellen, die zwar nachdenken über die letzte Verfeinerung eines Maschinengewehrs, die aber «schon in ihrer Jugend die Fragen: warum und wohin – unterdrückt haben». Diese Fragen erhalten ihren Sinn, indem man sie stellt – nicht sich anmaßt, sie beantworten zu können. Sollte eine – *eine* – legitime Annäherung an die Antwort jener erste deutsche Professor gefunden haben, den die Nazis einfach durchs Fenster in den Kopf schossen, 1933, als er in seinem Zufluchtsort Marienbad lesend bei Lampenlicht an seinem Bücherregal lehnte? Theodor Lessing hat den grausigen Verdacht zuerst formuliert, daß Geschichte keinen anderen Sinn habe als den, den die Geschichte-Schreiber ihr geben, sei es in Übereinstimmung mit dem zeitlich bedingten Willen ihrer Nation, sei es in Gegensatz zu ihm. Wir ermessen heute nicht mehr, welches geistige Erdbeben sie auslöste, damals, 1920, diese Formel von der Geschichte – Lessing meinte: der Geschichte-Schreibung – als der Sinngebung des Sinnlosen. Denn natürlich wies er nach (wie ungefähr gleichzeitig Jaspers in seiner ‹*Psychologie der Weltanschauungen*›, daß beinahe jede neue Generation von Historikern, auch von Staatsmännern auf Grund neuer Erfahrungen einen neuen – und wiederum natürlich nur zeitlich bedingten, nämlich *ihren* Horizont entsprechenden, und nur – somit auch – zeitweise «wahren» Sinn in den Verlauf und in die Massaker hineindichte, hineindeute. Einen Sinn und – scheinbar – eine Objektivität, die noch die Großeltern gar nicht gesehen haben konnten; und die bereits von den Enkeln vermutlich wieder nur noch als ausgedachter Humbug, als absolet bis kindisch verlacht werden würden. So wie ja heute kein Franzose und kein Deutscher mehr begreifen *kann* – er könnte es selbst dann nicht, wenn er es wollte –, warum unsere gebildeten und angeblich so zivilisierten Nationen ganze Zeitalter hindurch besessen waren von dem Wahn, nicht nur irgend etwas, sondern gradezu die Existenz hinge davon ab, unter welcher Flagge Elsaß-Lothringen lebe! Wer sich klarmacht, daß Generationen europäischer Historiker, höchstgebildete Leute, Kenner auch des Untergangs der Antike, nicht loskamen von der ehrlichen Überzeugung, die sie sogar «wissenschaftlich» begründeten in dicken Büchern, europäische Völker würden buchstäblich verhungern, besäßen sie nicht Kolonien vom -zigfachen Ausmaß ihrer eigenen Territorien: der sieht erstens, daß keines Zeitalters Fernglas hinausreicht über die Lebensdauer der Repräsentanten *seiner* Epoche; und begreift zweitens, daß *der* Mann getötet werden *mußte*, der zuerst jenen den Boden unter den Stiefeln wegriß, die sich damals anschickten, ein Tausendjähriges Reich zu projektieren. Und die daher in Übereinstimmung mit ihrer Denunziation der so von ihnen genannten «Novemberverbrecher» sogar die menschenverschlingenden Schlachten des Ersten Weltkrieges noch für sinnvoll, für «objektiv unvermeidbar» zu halten genötigt waren ... Wer, wie heute die Marxisten und wie früher die Christen, sich als Schrittmacher eines angeblich objektiven Weltgesetzes fühlen will, wenn er losmarschiert, der kann ja gar nicht darauf verzichten, mit dem inhuman kalten Glasauge des Begriffs Sinn in die Aufmärsche hineinzuhegeln; den kümmern die Abfälle querweltein der Rollbahnen historischer Prozesse nicht, weil er nicht nur einzelne, sondern ganze Generationen – oder wenigstens deren Erdenleben – noch für nichts erachtet, wenn es ihm gilt, im Wortsinn, den Beweis «anzutreten», daß die Geschichte ein unaufhaltsamer Heilungs- und Läuterungsprozeß sei, der über alle Klippen und Katarakte dialektisch nach oben fortschrittlich voranspringende Höhenpfad zu einem Endziel des Wahren, Guten und Schönen, von den einen als ihr Tausendjähriges Reich angedroht, von den anderen als klassenlose Gesellschaft gepriesen, von den Christen als ihr Paradies erhofft. Löwith hat in ‹*Weltgeschichte und Heilsgeschehen*› nachgewiesen, daß eben dies: ein sogenanntes «Heilsgeschehen» nichts ist und war als die fixe, durch keinerlei Anschauung historischer Fakten gestützte Idee ausnahmslos aller geschichtsphilosophischen Interpreten von Augustin bis Marx. Und daß diese Idee – ein Zwangspostulat gegen jede historische Erfahrung – ein und denselben Ursprung hat: den Leben wie Sterben verklärenden Einfall, die Menschheit sei unterwegs zu einem einheitlichen Ziel, ins Reich Gottes. Doch hüten wir uns, Jesus, den einmal der vom Theologie-Studium abgefallene, weil in seinem Glauben wankend gewordene Jacob Burckhardt den «ergreifendsten *Menschen*» genannt hat, der «je über diese Erde ging», mit «Herrenworten» zu belasten, die ihm zugeschrieben werden, aber vermutlich doch gar nicht von ihm, dem Toleranten gesprochen worden sein *können*! Es ist einfach nicht glaubhaft, daß er jenes fürchterliche Urwort der Intoleranz geprägt haben soll, dem einst der religiöse, heute der weltliche Totalitarismus entsprang: «Niemand kommt zum Vater denn durch mich» – da er doch gelebt hat nach jenem von ihm erlassenen Toleranz-Edikt: «In meines Vaters Hause sind viele Wohnungen» ...

Schon Ranke hatte ja den Philosophen, die sich ihre Illusionen über einen kontinuierlich fortschreitenden Verlauf der Geschichte, dem Paradies zu, nur deshalb zu bewahren vermochten, weil sie diese Wunschvorstellung niemals durch das Studium der Geschichte überprüft haben, entgegengehalten: «Jede Epoche ist unmittelbar zu Gott.» Vereinfacht: keine ist ihm näher gerückt als die vorangegangene! Nur diese Denkweise ist human, weil sie ablehnt, in hinweggestorbenen Generationen nichts anderes als «Schrittmacher», als Leitersprossen für künftige zu erblicken – eine Auffassung, die zweifellos auch jenem Jesus näher kommt, an den vermutlich Sophie Scholl dachte beim Abschied von den Eltern vor ihrer Hinrichtung. Denn Sophie Scholl kann nicht den Religionsstifter, der haftbar gemacht wird für alle, die seinen Namen für ihre Weltanschauungs-Gemetzel mißbrauchten, im Blick gehabt haben, sondern nur *den*, der das Gesetz der Nächstenliebe, der Barmherzigkeit in die Welt gebracht hat, als sie das letzte Wort, das ihre Mutter ihr zusprach: «Jesus!» dankbar aufnahm und der Mutter erwiderte: «Ja, aber du auch!»

Wir wissen nicht, wie dieser ihr letzter Satz zu den Eltern gemeint war: ob auch ihre Mutter den Halt in Jesus finden werde, den die Tochter in ihm suchen sollte; oder ob Sophie Scholl mit diesem: «Ja, aber du auch», erwidert hat, daß die Mutter ihr, wenn sie jetzt zur Guillotine gehe – ebenso als Halt und Hilfe vor Augen trete wie Jesus.

Denn was uns überliefert ist von den Geschwistern, aus den Briefen und Tagebüchern – die endlich komplett gedruckt werden sollten, da sie schon glücklicherweise den Krieg überdauert haben – sind keine Gewißheiten, sondern das unendlich viel Menschlichere und Zeitgemäße: sind Zweifel. Nicht nur, daß Hans Scholl – ich zitiere aus Hansers Chronik – «es als besonders schmerzlich empfand, daß beide großen Kirchen Adolf Hitler bereitwillig akzeptiert hatten und ihm auch jetzt (im Kriege) noch völlig unkritisch gegenüberstanden. Im Familienkreis sprach er einmal darüber, wie sehr er ein offenes Wort der Kirchen vermißte, und beklagte die allgemeine Untätigkeit der christlichen Führungskreise angesichts der offenbaren Verbrecher der Nazis. ‹Es ist höchste Zeit, daß die Christen Position beziehen›, meinte er. ‹Was werden wir einmal vorzuweisen haben – verglichen etwa mit dem Widerstand der Kommunisten –, wenn dieser Terror vorüber ist? Wir werden mit leeren Händen dastehen. Wir werden keine Antwort haben, wenn man uns fragt: Was habt ihr getan?›»

Es war aber dann doch das Beispiel des Bischofs von Münster, des Grafen Galen, der mit dem Stuttgarter Landesbischof Wurm tatsächlich der Tötung der Geisteskranken durch seine Brandreden Einhalt gebot, was Hans Scholl und seine Freunde zum aktiven Widerstand, zu den ersten Flugblättern, veranlaßt hat ... Nicht also die Schriften Augustins, in denen Sophie zwar Beruhigung fand, Ablenkung, was wiederum ihr, mehr aber noch dem Bruder auch verdächtig war – sondern das Beispiel des «Löwen von Münster», wie die Bevölkerung Galen nannte, an dem nie die Nazis sich zu vergreifen wagten: war die unabweisbare Anregung zum Aufruhr. Wenn sie dagegen die Christen und die Philosophen und die Dichter lasen – im Ozean der Gleichschaltung waren deren Bücher ihnen «Inseln der Individualität» –, dann quälte sie hinterher das schlechte Gewissen, der Selbstvorwurf, sich der Forderung des Tages entzogen zu haben. Sophie notierte einmal, Lektüre habe so viel mit Wein gemeinsam: angenehm zu trinken, aber dem folge die Ernüchterung. Dann wieder leiteten sie, die Geschwister, aus Friedrich Schlegels sehr deutscher, aber unverantwortlicher

Maxime, man solle nicht Glaube und Liebe auf die politische Welt verschwenden, sondern sein Innerstes der Gelehrsamkeit, der Kunst und der Bildung widmen, vorübergehend die Berechtigung für sich ab, danach zu leben. Doch die Begegnungen mit Theodor Haecker, der ihnen zuweilen aus seinem lebensgefährlichen Tagebuch vorlas, brachte ihnen die Einsicht, daß – wie Haecker formuliert hatte – «die Idee ihren vollen Sinn und Gehalt erst in der Verwirklichung durch die Tat erfahre». Hans Scholl sprach nun in seinen Notizen von der «falschen Humanität, nur die Einsamkeit und nur sich selbst zu sehen». Er zögerte noch, doch er wußte bereits, daß er sich die *Tat* abverlangen mußte.

Und *so* kamen die sechs und auch ihre Freunde außerhalb Münchens auf den Weg, der den vorbildlichen Vater Robert Scholl im Gerichtssaal Freislers (Freisler heißt auf mittelhochdeutsch: der Schreckliche) ausrufen ließ: «Ihr werdet in die Geschichte eingehen!» ... Es gehört zu deren Ungerechtigkeiten, allenfalls einige der Galionsfiguren zu überliefern: auch wir hier – das wäre nicht im Sinne der beiden Scholl – kennen kaum, nennen gar nicht deren namenlos gebliebene Mitstreiter, die wie sie ihr Leben für Deutschland geopfert haben: den Hamburger Studenten Hans Leipelt zum Beispiel, der ebenfalls in Stadelheim enthauptet wurde, und sieben andere Mitglieder seiner Gruppe, unter ihnen seine Mutter, die in Gefängnissen und Konzentrationslagern umkamen ...

Die Beispielhaftigkeit dieser einzelnen, gerade auch der Namenlosen ist es, die Geschichte überliefernswert macht. Denn Geschichte lebt nicht dank ihrer Auslegung durch Philosophen und Dichter und Theologen, sondern par existence. Denn nur einzelne in ihr sind sichtbar, wenn auch das Schicksal der vielen in ihr kein gnädigeres ist: Geschichte lebt durch das *Bild*, das Menschen in ihr hinterlassen haben.

Denn wo die keineswegs «ewigen» Ideen, wo auch die Träume von einem Himmel dem Menschen die Antwort und Zuflucht versagen – auch Sophie Scholl hat ja mehrfach notiert, wie es ihr schauderte, «ausgeschlossen» zu sein «von dem unbeteiligten Himmel», und Karfreitag 1941 notierte sie: «Der so seltsam ferne, gleichgültige Himmel machte mich traurig»; so wie ihr Bruder bei Beginn seines letzten Jahres einmal sagte, er bringe es einfach nicht mehr fertig, «ein Blatt Papier zu zerstören, indem er es beschreibe»: ein weißes Blatt schien im wertvoller und schöner, nicht aus ästhetischen Gründen, sondern «weil noch keine Lüge darauf steht, keine fadenscheinige Behauptung, weil ein weißes Blatt noch eine potentielle Kraft enthält» – wo die Philosophie der Geschichte echolos schweigt auf unsere unabwendbare Frage, ob ihre Tröstungen nicht ausflüchtig und unzureichend, ja würdelos sind angesichts der Skeletthalden, die der Weltgeist hinterläßt, so gleichgültig gegenüber dem Individuum wie der Hobel gegenüber seinen Spänen: wo alles Gedachte nur noch Gerede ist, Geschwätz, da bleibt das menschliche Beispiel. Und bleibt als das einfach Anschaulichste, weil einzig Konkrete, allein auch tradierbar. Wenn Burckhardt überhaupt nur *einen* Standort für weltgeschichtliche Betrachtungen gelten ließ, den «duldenden, leidenden und handelnden Menschen, wie er ist und war und immer sein wird»: in den Gestalten der Weißen Rose war noch einmal der Mensch in seiner Idealität verkörpert, über deren Makellosigkeit man seit den Tagen, da der sehr junge Autor von ‹*Kabale und Liebe*› seinen Ferdinand ausrufen ließ: «Ich – ein teutscher Jüngling» nur noch lächeln zu dürfen geglaubt hat. Und sie war, diese Idealität, noch gesteigert um das, was durchaus Schillers Ferdinand noch nicht besaß in seiner Jugend – was aber die Studenten der Weißen Rose, obgleich nicht älter als dieser Major von Walther, schon hatten; und was sie als zeitlos gültige Hinterlassenschaft ihrem Volk geschenkt haben: das Beispiel, für ein überpersönliches Ziel, sein Leben in der Gewißheit zu wagen, daß es dem Scharfrichter verfallen wird. Nirgendwo ist das ergreifender und auf die Weiße Rose zutreffender gesagt als angesichts der Guillotinen der Französischen Revolution in ‹*Hermann und Dorothea*›: daß ein solcher Tod nicht als Bild des Schreckens zurückbleibt, sondern den Betrachter «... zurückdrängt ins Leben und *lehret ihn handeln*»! Die drei Worte: lehret ihn handeln – hat Goethe gesperrt drucken lassen ... So hat – «brave, herrliche junge Leute!» – auch Thomas Mann bereits am 27. Juni 1943 der Welt die Gestalten der Weißen Rose vorgestellt, ja, er hat sie dem ringsum mit Deutschland im Kriege liegenden Ausland angeboten als Beweis dafür, daß nicht die ganze deutsche Jugend verseucht sei von der Pest der Hitleritis. Er sagte in deutscher Sprache über die BBC, doch es wurde in andere Sprachen übersetzt: «Jetzt ist die Welt aufs tiefste bewegt von den Vorgängen an der Münchner Universität, wovon die Nachricht durch Schweizer und schwedische Blätter, erst ungenau, dann mit immer ergreifenderen Einzelheiten zu uns gedrungen ist. Wir wissen nun von Hans Scholl ... und seiner Schwester, von Adrian Probst, dem Professor Huber und all den anderen; von dem österlichen Aufstande der Studenten gegen die obszöne Ansprache eines Nazi-Bonzen ... von ihrem Märtyrertod unterm Beil, von der Flugschrift, die sie verteilt hatten, und worin Worte stehen, die vieles gut machen, was in gewissen unseligen Jahren an deutschen Universitäten gegen den Geist deutscher Freiheit gesündigt worden ist. Ja, sie war kummervoll, diese Anfälligkeit der deutschen Jugend – gerade der Jugend – für die nationalsozialistische Lügenrevolution. Jetzt sind ihre Augen geöffnet, und sie legen das junge Haupt auf den Block für ihre Erkenntnis und für Deutschlands Ehre ...»

Thomas Mann glaubte damals, auch Professor Huber sei schon enthauptet. Sich vorzustellen, der Verurteilte in seiner Münchner Todeszelle habe noch erfahren, daß der *eine* Deutsche, der allein damals Kredit genug hatte in der Welt, «das deutsche Wort in alter Freiheit zu führen», ihn, den Professor und seine Studenten als die Ehrenretter der Nation den Alliierten wie den Neutralen in einer so tief beschwörenden Form vor Augen brachte, daß darin zweifellos die Bitte Thomas Manns eingeschlossen war – und wie oft hat Thomas Mann diese Bitte geäußert, doch Deutschland hat ihm ja niemals verziehen, was es ihm angetan hatte! –, die Alliierten möchten doch einen Unterschied machen zwischen der Hitlerclique und uns anderen, den Mitläufern ...

Aber sie ist gar zu tröstlich, um in die Geschichte zu passen, diese Vorstellung, auch Schmorell und Graf hätten noch Kunde von Thomas Manns feierlichem Versprechen erhalten: «Ihr sollt nicht umsonst gestorben sein» ...

Daß die Weiße Rose Dauer haben wird als das neue Fundament eines historisch begründeten Idealismus: wer könnte daran zweifeln, der dem Leben, dem Schreiben, dem Sterben dieser Deutschen nachsinnt? Daß aber unsere Jugend – das sagt einer, der zwar Kinder hat, aber pädagogisch mit so leeren Händen vor ihnen steht wie sicherlich die meisten Eltern – daß die Jugend Vorbilder gerade auch heute, inmitten unserer Republik der Selbstversorger, nötig braucht: bezweifelt das wer? Und welche Gestalten unserer nationalen Geschichte vermöchten als Vorbilder standzuhalten neben den drei eminenten *Schwaben*: Johann Georg Elser, Hans Scholl und Claus von Stauffenberg? Und Mädchen und Frauen, wenn für sie – wer weiß, wie schnell das geschehen kann – die Stunde kommt, wo sie inmitten einer politisch hysterisierten Meute den in Demokratien besonders aktuellen Satz des Evangeliums als Halt und Mahnung in sich sprechen hören: «Du sollst der Menge nicht folgen zum Bösen»: auf wen sonst, wenn nicht auf Sophie Scholl und die Frauen und Mädchen der Berliner Schulze-Boysen-Harnack-Gruppe sollten sie sich besinnen, wenn sie dann allein stehen gegen den Wutjubel der Zahllosen? In einer Zeit, da uns ausnahmslos alle Medien mehr und mehr entmündigen und gleichschalten und verfolgungssüchtig machen in einem Unmaß, von dem der Braunauer nur geträumt hat? «Faß» – Hunde lernen das auf der Polizeischule, Menschen durchs Fernsehen ...

Wenn ich bisher immer Johann Georg Elser als die ergreifendste Gestalt unserer vaterländischen Geschichte in diesem

Jahrhundert angesehen habe – und dabei bleibt es, denn Elser war so unbarmherzig *allein* wie kein anderer Täter, er hatte nicht *einen* Menschen in dem Jahr, in dem er vierzig Nächte lang vor der Säule des Bürgerbräukellers kniete – ein Bluterguß im Knie hat ihn verraten –, um seine Bombe einzubauen; er konnte mit niemandem sprechen als mit Gott, so daß er ebensooft Kirchen betrat wie seinen Tatort: wenn mich bisher immer Elser um so vieles tiefer beeindruckt hat, wie ein Mordanschlag auf Hitler – im Wortsinn –, nun einmal «zündender» ist als Flugblätter: so muß ich heute sagen, ich war nicht darüber informiert, daß zuletzt auch Hans Scholl entschlossen war zu schießen. Er hatte heimlich aus Rußland eine russische Maschinenpistole mitgebracht und zweifellos von Willi Graf gehört, daß der Freiburger Philosophie-Dozent Heinrich Bollinger, der für die Weiße Rose Pässe gefälscht und ein Waffenlager angelegt hatte – es wurden ja auch fünf Freiburger Professoren mit den Geschwistern Scholl verhaftet –, daß Bollinger und andere die Tötung Hitlers als ihre eigentliche Befreiungstat, die wesentliche, noch geplant hatten ...

Die Unmöglichkeit, in dieser Feierstunde diese spärlichen Streiflichter auszudehnen wenigstens auf jene Freunde der Weißen Rose, die ebenfalls hingerichtet wurden: belegt nur erneut die deprimierende Erfahrung, die jeder macht, der eine Geschichte oder gar Geschichte erzählen will – nämlich wie armselig lückenvoll alles bleibt, was man darstellt, wie subjektiv auch schon in der Auswahl dessen, was man zur Sprache bringt oder was man nur um das Recht bringt, Sprache zu werden, das heißt: Kunde für die nächste Generation! Nur diese *eine* Frau am Rande der Scholl-Gruppe sei noch erwähnt, Jenny Grimminger: sie wurde in Auschwitz vergast, weil ihr Mann, Eugen Grimminger, der Hans Scholl fünfhundert Mark zur Mitfinanzierung seiner Flugblätter gegeben hatte, dummerweise per Scheck, was ihn verriet, im Prozeß zehn Jahre Zuchthaus erhielt. Das Gesetzes-Rotwelsch der damaligen Staatsbanditen sah vor, daß ein sogenannter Vollarier den jüdischen Ehepartner – wenn der Volljude war im Sinne der Nürnberger Gesetze – zum Halbarier mache. Halbarier wurden (außer zeitweise aus Kurhessen) nicht deportiert. Die Stuttgarter Jüdin Jenny Grimminger aber kam ins Gas, nur weil ihr Mann, der kein Jude war, für zehn Jahre im Zuchthaus verschwinden sollte – so lebte sie für die Mörder sozusagen bereits als Witwe, war damit wieder auf den tödlichen Stand als Volljüdin «zurückgestuft» und wurde deportiert ...

Meine Damen und Herren, so sehr man verpflichtet wäre, noch zu verweilen in den Abgründen des Jahres 1943: im Sinne der Geschwister Scholl wäre es *nicht*, über der Betrachtung einer noch so heroischen Tat die Gegenwart völlig auszusparen, etwa deshalb, weil die nichts weniger ist als vorbildschaffend.

Lassen Sie mich Ihnen danken für den Preis. Ersparen Sie mir die Frage, ob ich mir einbilde, dieser so hohen Ehre würdig zu sein. Einen Preis entgegenzunehmen, der nach Sophie und Hans Scholl benannt ist – man kann das nur in Demut vor denen, die *den* Weg gingen, den man aus Feigheit selber nie gegangen wäre. Nähme man als *Norm*, was die Weiße Rose uns vorgelebt hat – wer, der noch lebt, vermöchte vor dieser Norm zu bestehen! Ich frage Sie das im Sinne jenes Satzes von Jaspers, der auch schwieg, nicht nur, weil er mit einer Jüdin verheiratet war, sondern auch um seinetwillen, um zu überleben – und der deshalb 1945 sagte: daß wir noch leben, ist unsere Schuld ...

Aber lassen Sie mich auch sagen, meine Damen und Herren, so hochherzig Ihr Gedanke war, mir zwanzigtausend Mark zu schenken: da ich noch gesund bin und arbeite, hätte ich diesen stattlichen Betrag wie andere Autoren auch in München lieber *verdient*! Doch kann ich in München seit nun schon achtzehn Jahren nichts verkaufen – nichts ans Theater, nichts ans Fernsehen, keine Zeile an die *Süddeutsche Zeitung*; nur vor zwölf Jahren hat Dr. Dollinger mein Churchill-Drama als Hörspiel angenommen und vor acht Jahren August Everding meine ‹*Hebamme*› in den

Kammerspielen in seiner Meisterinszenierung uraufgeführt.

So gebe ich das Geld weiter an eine wahrhaft bedürftige Persönlichkeit, die in unserer Republik um ihrer Überzeugung willen politisch verfolgt und materiell entrechtet wurde. Ich bitte Frau Professor Dr. Renate Riemeck, der ich persönlich niemals begegnet bin, um die Ehre, das Geld von mir anzunehmen, damit sie ihr Opus magnum fertig schreiben kann, eine Geschichte der Konzilien. Ich habe vor vielen Jahren, als ich hörte, was man hierzulande der Frau angetan hat, den Bundespräsidenten Heinemann gebeten, sich einzuschalten, damit Nordrhein-Westfalen dieser Wissenschaftlerin, die – zuerst in Braunschweig, dann in Wuppertal – zwölf Jahre beamtete Hochschullehrerin war, endlich Pension zahle. Sie erhält keine, bis heute nicht, weil sie in einer – offenbar beamtenwidrigen – Anwandlung von Trauer und Würde sich dazu hatte hinreißen lassen, selber das Beamtenverhältnis aufzukündigen, als die Düsseldorfer Regierung ein Verfahren gegen sie eingeleitet hatte, sie ihrer Professur zu entheben. Pausenlos schikaniert, durfte sie zuletzt nicht einmal mehr Examina abnehmen. Da ging sie. Der sogenannte Grund, sie amtlich und in der Presse jahrelangem Rufmord, sie habe «Ost-Kontakte», auszusetzen: Frau Riemeck hatte sich an leitender Stelle in der Bewegung gegen die atomare Bewaffnung der Bundeswehr engagiert. So blieb ihr nur die Wahl – scheinbar, in Wahrheit aber nicht –, durch ein langfristiges Gerichtsverfahren das über sie verhängte indirekte Berufsverbot rückgängig machen zu lassen – oder aber aus dem Beamtenstand auszuscheiden. Während des Verfahrens, das von der Regierung nach Belieben hätte hinausgezögert werden können, wäre der Beamtin Schweigepflicht auferlegt gewesen. Sie zog es vor, sich den Maulkorb abzureißen und offen zu sprechen – so daß sie tatsächlich *nicht* die Wahl hatte, zu bleiben oder zu gehen. Renate Riemeck, 1943 mit zweiundzwanzig Jahren Deutschlands jüngste Inhaberin des Doktortitels – so jung hatte nicht einmal

Nietzsche promoviert –, dank einer glanzvollen Studie über Ketzerbewegungen im mitteldeutschen Raum, später Autorin der historischen Werke: *‹Mitteleuropa – Bilanz eines Jahrhunderts›* und *‹Jan Hus, Reformation 100 Jahre vor Luther›* sowie der Studien: *‹Der andere Comenius›* und *‹Moskau und der Vatikan›*, Ehrendoktor der Lutherischen Fakultät in Budapest und Trägerin der Carl von Ossietzky-Medaille: Frau Riemeck hatte sich verdächtig und endlich *dadurch* schuldig gemacht in den Augen derer, denen nichts einfiel, die verrammelten Türen nach Mitteldeutschland aufzustoßen, daß sie genau die gleiche Politik betrieb wie Gustav Heinemann nach dessen Austritt aus Adenauers erstem Kabinett. Das hat Heinemann mir auch bestätigt. Ich hatte in meiner Petition durch Redevergleiche nachgewiesen, daß der spätere Bundespräsident – der ja als eine wahrhaft tragische Figur in die Zeitgeschichte eingehen wird, weil er genau voraussagte, was kam, dafür so lange als Hoch- und Landesverräter angepöbelt wurde, bis er wieder Zuflucht in einer festetablierten Partei suchte, um überhaupt noch einmal eine Rostra zu finden und sprechen zu können: ich hatte den Nachweis erbracht, daß Renate Riemeck genau die Ansicht und Einsicht Heinemanns zur Richtschnur ihrer Politik gemacht hatte. Denn nach der Weigerung der Regierung Adenauer, über Stalins Märznote 1952 auch nur zu *reden*, war keine Hoffnung mehr, durch eine Politik ausgerechnet der Stärke dem Verfassungsauftrag nachzukommen, nämlich Wiedervereinigungspolitik zu betreiben ... Heinemann sagte mir resigniert, die Bürokratie hierzulande sei stärker als eine Petition, nicht nur *an* den, sondern auch *des* Präsidenten! Er wollte, aber konnte nicht helfen, Frau Riemeck erhält – wie die meisten Angestellten-Witwen – eine niederträchtige Altersbeihilfe, genau gesagt: den dreizehnten Teil dessen, ein Dreizehntel der Summe –, die ein hiesiger Rechtsanwalt allein im ersten Jahr seiner Pensionierung als Landtagspräsident zu seinem Einkommen als Anwalt hinzubekam! Oder anders gesagt: nach zwölfjähriger Tätigkeit als beamtete Hochschulprofessorin hat Frau Riemeck im Alter nicht einmal ein *Fünftel* dessen, was bereits mit fünfundfünfzig Jahren ein Bonner Minister bekommt, wenn er auch nur vier Jahre dem Kabinett angehört hat, nämlich 5545 Mark, seine Bundestagspension nicht mitgerechnet ... *Die Republik der Selbstversorger:* wie stünde sie da, wäre sie den Blicken der Geschwister Scholl ausgesetzt? Deren Frage, ob es lohne, für ein Volk zum Schafott zu gehen, das nach seiner Befreiung *das* Geschenk der Westmächte, die Demokratie, sofort wieder aufs Spiel setzt und knebelt, indem es mit einer Fünf-Prozent-Klausel zum Beispiel den Grünen nicht einmal den Zugang in die *eigentliche*, in die ausschlaggebende Wahlkampf-Arena freigibt, ins Fernsehen! Sich vorzustellen und am Beispiel der Frau Riemeck abzulesen: daß eine Persönlichkeit wie Gustav Heinemann nie wieder zu Wort gekommen wäre nach seinem Austritt aus Adenauers Kabinett, wenn er nicht bei der SPD Zuflucht gesucht hätte – sondern ein *Einzel*kämpfer geblieben wäre, ein Nicht-Organisierter ... Auch die Scholl waren keine Organisierten.

Mir ist aufgetragen, durch eine Mitarbeiterin von Bundesrichter Martin Hirsch, dem früheren Vorsitzenden des Wiedergutmachtungsausschusses im Bundestag, den Gesetzgeber zu fragen, warum er zwar am 3. Oktober dieses Jahres ein Gesetz verabschiedet hat, daß endlich finanzielle Hilfe vorsieht für solche Juden, die es versäumt haben – aus welchen Gründen immer –, *fristgerecht* ihre Wiedergutmachungsanträge zu stellen, daß jedoch dieses Gesetz den politisch Verfolgten, die keine Juden sind, dieses Recht *nicht* gewährt!

Sie müssen wissen, meine Damen und Herren – ich wußte das auch vorige Woche noch nicht –, daß ein Spätheimkehrer, ein Kriegsgefangener, ein Umgesiedelter durch keine Frist daran gehindert wird, im Rahmen des Kriegsfolgenrechts seine Ansprüche geltend zu machen. Unser Kriegsfolgenrecht kennt keine Befristung für Antragsteller. Nur die Anträge auf Wiedergutmachung mußten bis zu einem bestimmten Zeitpunkt gestellt worden sein, sonst waren sie verfallen. Jetzt ist für Juden Abhilfe geschaffen – ausdrücklich aber nicht: für nichtjüdische politische Verfolgte.

Schließen wir mit der Frage: Ist ein von den Nazis politisch Verfolgter ein Außenseiter unserer Gesellschaft und diesem Staat weniger wert als ein Verwundeter, ein Jude oder ein Spätheimkehrer?

Inhalt